구선모 新무협 판타지 소설

혹열지도

酷熱之道

호열지도 11

구선모 新무협 판타지 소설

초판 1쇄 찍은 날 § 2005년 2월 4일
초판 1쇄 펴낸 날 § 2005년 2월 14일

지은이 § 구선모
펴낸이 § 서경석

편집장 § 문혜영
편집책임 § 장상수
편집 § 김희정 · 한지윤
마케팅 § 정필 · 강양원 · 이선구 · 홍현경

펴낸곳 § 도서출판 청어람
등록번호 § 제1081-1-89호
등록일자 § 1999. 5. 31
어람번호 § 제2-0524호

주소 § 경기도 부천시 원미구 심곡1동 350-1 남성B/D 3F (우) 420-011
전화 § 032-656-4452 팩스 § 032-656-4453
E-mail § eoram99@chollian.net

ISBN 89-5831-422-2 04810
ISBN 89-5505-427-0 (SET)

구선모 新무협 판타지 소설

호열지도

號 熱 之 道

11 움직이는 혈거(血車)

도서출판

청어람

목

차

푸른 늑대의 포효 소리

◆ 제1장 푸른 늑대의 포효 소리

봄 냄새가 물씬 풍기는 삼월.

동장군(冬將軍)이 물러간 것이 실감나듯, 몇 달 동안 하얀 눈 옷을 걸치고 있던 산자락에 푸른 기운이 조금씩 태동하고 있었다. 산들산들 불어오는 따스한 바람에 푸른 새싹들이 마치 기지개를 켜듯 주뼛거리며 고개를 내밀었고, 개울과 들녘 한 귀퉁이를 흐르는 물은 주변에 자리잡고 있는 겨울의 그늘을 지우고 있었다.

그러나 아직 완연한 봄은 오지 않았는지, 서산 너머로 해가 기울기 시작하자 천지는 온통 물감을 흘려보낸 듯 현란하여 보는 이의 눈을 어지럽게 했다.

해가 기울기 시작한 서쪽 하늘은 노을이 붉게 물들어 아름다웠고, 이러한 자연의 조화는 보는 이로 하여금 한결 푸근한 정감을 일게 하였다. 노을이 지는 어디서나 이러한 자연의 오묘함은 감상할 수 있겠지만, 유독 오대산(五台山) 협두봉(峽斗峰)의 서쪽 하늘은 마치 가을의 단풍잎을 보듯 붉게 물들어가고 있었다. 또한 오대산은 달리 오대산(五臺山)으로 세인들에게 불려지고 있는데, 높게 솟은 봉우리의 모양이 물건을 올려놓을 수 있을 정도로 높고 평평한 데서 연유한 것이었다.

"오랜만에 보는 장관이로구먼. 그렇지 않은가, 곽 총관."

산자락에 해가 간신히 걸쳐져 있는 모습을 한동안 바라보고 있던 천룡검(天龍劍) 현원승(玄遠乘)은 목까지 내려온 흰 수염을 한차례 어루만진 후 등 뒤에 시립해 있는 곽 총관을 향해 입을 열었다.

"그런 것 같습니다, 가주님. 아마도 겨울이 다 지난 것 같습니다."

"삼월에 들어섰으니 그럴 만도 하겠지. 흐음……."

현원승은 어느덧 오대산의 한 봉우리 뒤로 모습을 반쯤 가린 석양을 보고 있었다. 가히 시대를 초월하여 이름을 드높이고 있는 화예(畵藝)의 대가라 해도, 지금 현원승이 보고 있는 것을 그대로 화폭에 옮겨 담을 수는 없을 것이다. 아니, 현원승은 그렇게 믿고 있었다. 장엄한 대자연의 조화를 보잘것없는 인간의 재주로 그린다는 것이 어불성설이라여긴 것이다. 꼭 그것이 진리가 아니라 하더라도 현원승은 지금 이 순간만큼은 그러한 느낌이 들었다.

현원세가에 적(籍)을 두고 있는 문인들 모두 태원에서 오대산에 있는 본가로 옮겨온 지 몇 달이 지났다. 몇 달 전만 해도 본가에서 태원으로 많은 수의 문인을 파견하여 세력을 확장하는 데 주력하였으나, 얼마 전부터 외부로 나가 있는 문인들에게 세가로의 복귀를 명했던 것이다.

"그나저나 본국에서는 별다른 연락이 없었는가?"

한동안 석양을 주시하던 현원승의 굳은 입술이 살짝 일그러지면서 정적을 깼다. 인간의 조그마한 소음으로 인해 대자연의 조화가 깨진 듯 고요함과 엄숙하던 분위기는 순식간에 사라져 버렸다.

"아! 예, 아직 별다른 연락은 없었습니다. 아마도 지금쯤 군사들의 사기를 진작시키는 데 총력을 기울이고 있을 것입니다. 북으로 올라간……."

"올라가긴, 쫓겨난 거지."

"흠흠, 예. 그 후 사십 년 만에 중원 땅을 밟는 것이니만큼 그들 역시 이번 기회가 마지막이란 생각을 가지고 무슨 일이 있어도 반드시 승리를 취하기 위해서 철저한 준비를 할 것입니다."

곽 총관은 갑자기 자신의 말을 자르며 퉁명스럽게 말하는 현원숭의 얼굴을 한차례 올려다보았다. 자신도 모르는 실수가 있었지 않았나 하는 우려에서였다. 그러나 현원숭의 얼굴에서 별다른 표정의 변화가 없는 것을 확인한 곽 총관은 마음을 차분하게 가라앉힌 후 계속해서 자신의 생각을 이야기했다.

"그렇겠지. 무엇보다 세가를 실망시키지 않으려면 그래야 할 것이야……."

현원숭은 곽 총관의 설명을 들으면서 고개를 끄덕여 보였다.

곽 총관은 현원숭의 독백에서 세월의 힘을 느끼게 하는 여운이 깊게 담겨져 있는 것을 느낄 수 있었다. 하지만 현원숭의 말은 곽 총관에게 마치 세가의 주인으로서 세가에 대한 말이 아닌 다른 곳을 이야기하는 것처럼 들렸다.

중년의 모습을 하고는 있지만 현원숭의 나이는 벌써 육 년 전에 백 세를 훌쩍 넘었다. 이 정도면 세월을 초월하여 만물을 포용할 수 있는 연륜이 쌓이고도 남는 세월이라 할 수 있는 것이다. 하지만 모든 것을 초월한 것처럼 보이는 현원승의 또 다른 이면에는 한 명의 무인으로서 지닐 수 있는 무서운 야망과 신념, 그리고 이것을 꼭 이룩하고야 말겠다는 집념이 고스란히 담겨 있었다.

그러나 그러한 것은 자신의 느낌일 뿐, 총관으로서 자신의 본분을 다하는 것이 무엇보다 중요하다는 것을 곽 총관은 잘 알고 있었다.

"물론입니다. 올해엔 세가의 식솔들은 물론 우리 동족들이 예전과 같이 강호를 활개하고 다니는 모습을 보실 수 있을 것입니다."

곽 총관은 이번 일의 성공 여부에 따라 세가에 얼마나 큰 영향력을 일으킬 것이며, 또한 그 영향력은 해일보다 큰지라 그 힘이 미치는 범위는 무림과 황궁을 뒤엎을 정도라는 것을 너무나도 잘 알고 있었다.

"흐음……."

현원승은 오랜만에 곽 총관의 설명을 들으면서 깊게 숨을 들이쉬었다. 하지만 아직까지 뒤쪽을 향해 고개 한 번 돌리지 않고 있었다.

곽 총관은 가주인 현원승과 오랜 세월을 함께했었기에 이런 행동이 무엇을 의미하는지 너무나도 잘 알고 있었다. 아직 보고할 것이 있으면 계속하라는 무언의 명령이기도 했던 것이다.

"그리고 마교에 관한 것도 올라와 있습니다. 현재 마교의 선발대는 백제성에 머물고 있는데, 별다른 위협 요소가 없는 관계로 조만간 호북성에 들어설 것으로 예상됩니다."

"백제성이라……."

"예, 아마도 그들은 현재 본국의 남하 소식을 기다리고 있는 것 같습니다."

"……."

곽 총관의 설명이 없었어도 능히 짐작할 수 있었기에 현원승은 지그시 눈을 감으며 앞으로의 일을 정리하기 시작했다.

백제성(白帝城).

사천성 봉절현(奉節縣)의 동부 백제산(白帝山) 산록에 있는 고성(古城)으로, 전한(前漢) 말에 군웅의 한 사람이던 공손술(公孫述)이 백제성에 왔을 때 우물 속에서 백룡(白龍)이 나오는 것을 보고 한(漢)나라의 명운을 자신이 받게 되었다고 하여 자신을 백제(白帝)라 칭하고 그 성을 백제성이라 이름 붙였다고 전해진다. 또한 유비(劉備)와 제갈량(諸葛亮) 등을 제사 지낸 묘당(廟堂)과 이백(李白) 및 두보(杜甫)가 백제성을 읊은 시를 지어 역사와 전설의 성으로써 세간 사람들에게 유명한 곳이었다.

하지만 현원승이 생각하고 있는 것은 이러한 것들이 아니었다. 현원승은 백제성의 위치가 어디인지 잘 알고 있었기에, 그곳의 지리적인 위치와 앞으로 마교의 행보를 가늠하고 있었던 것이다.

'역시 무한이 먼저인가? 하지만 그전에 패혈맹에서 명분을 세워야겠지.'

이미 해는 서산을 넘은 지 오래되었다. 아무리 낮엔 따뜻한 햇볕이 온기를 가져다주고 있지만, 아직 오대산에 완연한 봄 날씨가 넓게 드리워진 것은 아니기에 밤 기온은 서서히 냉기를 띠기 시작했다.

*   *   *

매서운 바람이 모래를 이곳저곳으로 운반하며 지형을 바꾸고 있었지만, 자연의 조화도 굳게 닫힌 성벽은 어찌하지 못하고 있었다. 하지만 성안에서 생활하고 있는 주민들에게는 아직 밤은 자신의 세상이란 것을 보여주기라도 하듯 거리를 움직이고 있는 사람은 아무도 없었다. 그저 사람들은 자신만의 안식처에서 차가운 밤공기를 피하며 하루의 피곤을 풀고 있을 뿐이었다.

하지만 단 한 곳, 사람들로 인해 횃불이 환하게 밝혀진 곳이 있었다. 바로 성의 중심부에 위치해 있는 대전으로 넓은 대전은 오랜만에 사람들로 넘쳐 나고 있었다. 또한 대전에 자리하고 있는 사람들의 얼굴 표정에선 어떠한 기대감을 어렵지 않게 읽을 수 있었다. 이러한 기대감은 사람들의 열기로 발휘가 되고 있어 넓은 대전은 훈훈함마저 감돌았다.

"이제 두 달이다. 두 달 후면 우리의 백성들은 예전처럼 따뜻한 곳에서 평화롭게 살 수 있을 것이다."

"그렇사옵니다, 폐하. 앞으로 두 달이옵니다. 콜록콜록! 흐으, 흠… 소신이 죽기 전에 그러한 광경을 볼 수 있게 되어 정말 뭐라 말할 수 없이 기쁠 뿐이옵니다. 그리고 이 모두가 성길사한께서 보살펴 주시고 계셨기에 가능한 일이라 생각되옵니다."

토리스타르는 늠름하게 용상에 앉아 있는 부니아시리 황제를 바라보면서 주체할 수 없는 떨림을 온몸으로 느끼고 있었다. 비록 용상에 앉아 있는 황제가 자신의 증손자였지만, 토리스타르는 한없는 충성을 다하고 있었기에 머지않아 타타르 국의 앞날에 서광이 비추리라는 것을 의심하지 않았다.

"동평장사(同平章事)께서는 편하게 앉으시지요. 아직 몸이 불편하다고 들었습니다."

"아니옵니다. 나이가 들면 몸에 병 하나쯤은 달고 사는 것이 자연의 이치이옵니다. 그런데 어찌 소신이 폐하께서 계신 자리에 동석할 수 있겠사옵니까. 그것은 있을 수 없는 일이옵니다. 그러니 폐하께서는 소신을 생각하지 마시옵소서. 우승상은 무엇을 하는가! 어서 폐하께 앞으로의 행보에 대해서 보고를 올리게."

토리스타르는 황제가 자신을 진심으로 배려하고 있다는 것을 잘 알고 있었기에 그것에 대해서 감사해했다. 하지만 그것으로 족할 뿐이었다. 더 이상의 배려는 오히려 자신과 다른 대소 신료들에게 돋이 될 뿐이라는 생각을 가지고 있었기에 황제에게 자신의 뜻을 완고하게 전하는 것은 물론, 아직까지 자신의 옆에 서서 회의를 진행하지 않고 있는 우승상 염상백(廉霜白)에게 시선을 주었다.

부니야시리 황제 또한 평소 동평장사 토리스타르의 성품을 잘 알고 있었기에 더 이상 다른 말을 하지 않고 용상에 몸을 기대며 염상백에게 회의를 시작하라는 듯이 고개를 살짝 끄덕였다.

"폐하의 윤허를 받아 본국의 남하에 대한 회의를 진행하도록 하겠사옵니다. 우선 지금까지의 상황과 진행 과정을 폐하께 보고드린 후 여러 신료들과 함께 앞으로의 일정에 대하여 의견을 듣는 것으로 하겠사옵니다."

"……."

황제인 부니야시리의 윤허 하에 진행되는 회의이기에 우승상 염상백이 다소 일방적인 진행을 하고 있어도 대신들은 그것에 대해서 어떠한 불만도 쉽게 성토할 수 없는 입장이었다. 또한 지금까지 염상백이 나라와 황제를 위해, 또한 백성들을 위해 얼마나 큰 공로를 세웠는지 잘 알고 있었기에 스스로 적을 만들고 싶어하는 대신들도 없었다.

비록 사람들이 숨 한 번 고를 수 있는 초유의 시간이 흘렀지만 자신의 의견에 듣고 있는 대신들 누구 하나 불만을 표출하지 않자 염상백은 이미 그럴 줄 알았다는 듯이 무거운 분위기를 쇄신하려는 듯 헛기침을 몇 번한 후 황제가 좌정하고 있는 용상을 향해 뒤돌아섰다. 그런 후 지금까지 수중에 들고 있던 장계(狀啓)를 조심스럽게 편 후 천천히 읽어 내리기 시작했다.

염상백의 보고가 계속될수록 조용히 듣고 있던 황제의 용안이 붉게 상기되기 시작했으며, 동평장사 토리스타르 이하 대신들도 서로의 얼굴을 마주 보며 고개를 끄덕이기 시작했다. 자신들의 생각보다 성과가 컸던 것이다.

"그리고… 마지막으로 이번 남하 계획에 동원될 병력의 수는 모두 삼십만이옵니다. 하지만 이들과 별도로 무공을 익힌 삼만의 병사들도 함께 출병할 예정에 있으며, 이들은 별도의 명령이 없는 한 일반 병사들과 따로 떨어져서 움직이게 될 것이옵니다. 이상이옵니다."

"오~ 정말 장하오. 그동안 우승상의 노고가 얼마나 컸는지 능히 짐작되고도 남는구려."

"그렇사옵니다, 폐하. 신이 생각하기에도 우승상이 이번 일에 얼마나 많은 고심과 노력을 했는지 보지 않아도 눈에 선한 것 같사옵니다."

"소신들도 그렇게 생각하옵니다, 폐하."

염상백의 보고가 모두 끝나자 토리스타르를 비롯한 대신들 모두 자리에서 일어서며 한동안 염상백의 노고를 치하하는 데 여념이 없었다.

"모든 대신들이 우승상의 노고를 치하하는 것처럼 짐 역시 본국의 병력이 오늘처럼 대군으로 성장할 수 있었던 것 모두 우승상의 노고가 컸음을 잘 알고 있네. 하하, 대신들은 알고 있는가? 짐이 제위에 오른 후 오늘처럼 기쁜 날이 없었도다. 하하하!"

부니야시리는 오랜만에 크게 웃을 수 있었다. 정말이지 지금까지 살면서 오늘처럼 가슴이 시원하게 뚫릴 정도로 유쾌한 일이 있었던 적이 없었기에 그 기쁨은 다른 사람들이 생각할 수 있는 한계를 크게 웃돌았다.

하지만 아직 회의가 끝난 것이 아니었고, 무엇보다 지금까지 해왔던 일들보다 앞으로 해야 할 일이 더욱 큰일이기에 웃고만 있을 수 없다는 것을 잘 알고 있었다.

"아니옵니다, 이 모두 폐하의 성은에서 비롯된 것이옵니다. 어찌 소신 혼자만의 힘으로 오늘과 같은 성과를 거둘 수 있었겠사옵니까."

"하하. 우승상이 그와 같이 말을 하니 지금은 우선 지금까지의 노고를 치하하는 것으로 대신하겠네. 그러니 우승상은 짐의 뜻에 너무 서운해하지 말기를 바라네."

"어찌 그런 일이 있겠사옵니까. 소신은 그저 폐하를 위해 충정을 다할 수 있다는 것만으로도 족할 뿐이옵니다."

"하하, 알았네. 자! 그럼 이제 계속해서 회의를 진행하도록 하게. 지금의 기쁨이 아무리 크다고 해도 추후에 있을 기쁨만 하겠는가. 자, 우승상."

부니야시리 황제는 대신들의 들뜬 분위기를 가라앉힌 후 우승상에게 회의를 계속하도록 지시했고, 염상백 역시 황제의 의도에 따라 바로 회의를 진행하기 시작했다.

"앞으로 오십 일 후, 정확히 오월의 첫날 현원세가에서 무림맹을 공격하기로 합의되었습니다. 한때 천하제일검가라 불릴 정도로 큰 위세를 떨쳤던 현원세가는 저희가 상상했던 것 이상의 저력을 지니고 있습니다. 또한 현재 본국의 병력을 총동원한다 하더라도 쉽게 감당할 수 없을 정도로 그들 개개인의 능력은 상상을 불허할 정도입니다."

"흐으음……."

"그런 현원세가가 구파일방과 오대세가는 물론 정파를 자처하는 중원의 모든 문파가 가입한 무림맹과 격돌하게 된다면 명 황실에서도 그냥 넘어가지는 않을 것입니다. 현원세가와 무림맹의 결전은 그들만의 결전이 아니라 중원 무림 전체와 그 일대에 살고 있는 백성들과 군부에까지 영향력을 미치는 대전투이기 때문입니다. 이러한 관계로 아무리 주원장이 황실에서 무림의 일에 개입하는 것을 금했다고 해도, 그것은 어디까지나 백성들의 안위와 황실에 위협이 없었을 때에 한하는 것이기에 명 황제는 상황이 극단으로 치달을 경우 오군도독부의 군사들을 동원해서 진압하려고 할 것입니다. 지금의 명 황제는 조카를 몰아낸 후 제황의 자리에 오른 만큼, 그에게 있어서 백성들의 민심이 안정되는 것은 무엇보다 우선해야 할 과제이기 때문입니다."

"그렇겠지. 백성들의 민심을 잡기 위해 많은 노력을 했었던 만큼, 아무리 무림의 일이라 해도 전란으로 인한 황실의 위험을 보고만 있지는 않겠지."

"그렇사옵니다, 폐하. 따라서 본국은 우선 모든 병력을 포두(包頭)까지 이동시켜야 할 것이옵니다. 그런 후 오군도독부의 군사들이 움직이기 전에 최소한 황하 이북까지는 수복해야 합니다. 만약 이번 남하에서 황하까지 밀고 내려가지 못할 경우, 본국의 병사들은 보급이 끊어지는 것은 물론 주변으로부터 철저히 고립되는 상황을 맞이하게 될 것이옵니다."

"우승상, 무슨 말인지는 알겠는데… 그러자면 무엇보다 만리장성을 수비하고 있는 전군도독부의 대군을 뚫어야 할 것이 아닌가? 따라서 구변진(九邊鎭) 중 북변(北邊)의 한곳인 대동(大同)과 가장 근접한 집녕(集

塞)에 병사들을 집결시켜야 할 것이고. 내가 알기로 결전을 위한 최종 집결지가 집녕인 것으로 아는데, 왜 칠백팔십 리나 떨어져 있는 포두로 멀리 회군한다는 말인가? 그렇게 되면 시간은 시간대로 허비하는 것은 물론, 병사들 역시 많이 지치게 될 것이 아닌가?"

"그렇군. 동평장사의 이야기를 들어보니 짐 역시 의구심이 드는데, 우승상은 그에 대해서 설명을 해보게."

염상백의 설명을 주의 깊게 듣고 있던 동평장사 토리스타르가 의문을 표하자 부니아시리 황제 역시 고개를 크게 끄덕여 보이며 염상백을 쳐다보았다.

염상백 역시 이 부분에 대해서는 황제와 대신들이 납득할 수 있는 충분한 설명이 필요하다는 것을 이미 예상하고 있었기에 머뭇거리지 않고 차분하게 이야기를 시작했다.

"동평장사께서 좋은 말씀을 하셨습니다. 남하를 계획함이 있어서 소신 또한 그러한 것을 염두에 두지 않은 것은 아닙니다. 또한 동평장사께서도 이미 말씀하셨듯이 소인 역시 최종 집결지로 집녕을 선택했습니다. 이곳에 계신 모든 대신도 아시고 계시겠지만, 전군도독부와의 일전을 앞둔 시점에서 집녕만큼 병사들의 집결지로 좋은 곳도 없을 것입니다."

"그런데 왜……?"

"하지만 집녕은 삼십삼만이 넘는 대군이 이동함에 있어서 꼭 필요한 물이 부족한 곳입니다. 우리의 병사들은 추운 날씨와 메마른 사막을 행군해야 합니다. 그 거리가 무려 이천오백 리가 넘습니다. 당장 이틀 후에 출병을 해야 하는데, 바로 집녕까지 가는 날짜와 포두로 회군한 후 이틀 정도의 휴식 시간을 보낸 다음 집녕에 도착하는 날짜의 차이가 열흘 정도라 한다면 충분히 생각해 볼 문제라 여겨집니다. 아무리 본국의 병사들이 철인과 같은 체력과 정신력을 지녔다고 해도, 두 달 가까이나 되는 강행군은 병사들의 사기를 저하시킴은 물론 앞으로 있을 명나라와의 결전에도 악영향을 끼칠 것이 분명하기 때문입니다. 이에 소신은 일정에 큰 차질을 주지 않는 선에서 병사들의 체력을 비축하며 집녕까지 이동시키는 방안이 좋다는 생각에 이번 계획을 구상하게 된 것입니다."

사슴이 있는 곳이라 해서 포극도(包克圖)라고 불려지는 포두는 후투평원(後套平原) 부근에 있으며 음산산맥(陰山山脈)의 대청산(大靑山) 북쪽, 황하의 남쪽 기슭에 면한 하항(河港)이었다.

"그렇군. 포구는 황하로 흐르는 강을 끼고 있어서 병사들의 목을 축일 수 있는 물이라면 넘치는 곳이지. 그러나 사인샨드를 거쳐서 갈 경우엔 그냥 집녕까지 움직여도 되지 않겠는가?"

"그렇사옵니다, 폐하. 소신 역시 사인샨드를 거쳐서 갈 생각도 했사옵니다. 하지만 무엇보다 소신이 포구로 회항한 후 집녕으로 병사들을 이동시키고자 함은 다른 이유가 있어서이옵니다."

"다른 이유라… 그것이 무엇인가?"

"예, 현재 전군도독부는 두 곳을 중심으로 해서 만리장성을 수비하고 있는 상황이옵니다. 앞으로 우리가 뚫고 진군하게 될 대동과 오이라트 국을 경계하고 있는 난주(蘭州)이옵니다. 하지만 대동은 난주보다 더욱 견고한 곳이옵니다. 우선 그 지휘관은 전군도독부의 도독인 맹번효(氓繁曉)란 자로서 그 용맹함은 명 황제도 익히 인정했던 인물이옵니다."

"흐으음."

"또한! 십팔 리가 넘는 길이와 칠 척 높이의 성벽이 대동 시내를 빈틈없이 감싸고 있어 함락시키는 데 여간 어려운 곳이 아니옵니다. 하지만 대동은 무슨 일이 있어도 꼭 함락시켜야 하는 곳이옵니다. 그곳을 함락시키지 않고서는 본국의 병사들을 남하시킬 수 없기 때문이옵니다."

"이르다 뿐이겠는가! 당연한 소리지. 맹장이 이끄는 적을 뒤에 두고 어찌 전진을 할 수 있겠는가! 그렇다면 당연히 사인샨드를 거쳐서 가는 것이 더욱 좋지 않겠는가?"

"하지만 폐하, 소신은 사인샨드에서 집녕으로 가는 길목에 혹 적들의 간세가 있지 않을까 하는 우려를 생각하지 않을 수 없었사옵니다. 이곳 카라코룸에서 울란바토르, 그리고 사인샨드까지 이어지는 곳은 적들의 정찰병들이 쉽게 움직일 수 없는 곳이옵니다. 하지만 사인샨드와 집녕으로 이어지는 길은 대상들이 많이 지나다니는 곳이옵니다. 소신은 되도록 그들의 눈을 피하기 위해 그런 결정을 내렸던 것이옵니다."

"흐음… 짐이 우승상의 보고를 들으니 이미 모든 계획이 치밀하게 짜여진 것 같구먼. 더 이상 우승상의 보고를 듣는다 해도 아까운 시간을 허비하는 것처럼 느껴지네."

부니아시리 황제는 염상백의 보고를 들으면서 빈틈을 찾아볼 수 없는 치밀함을 느낄 수 있었다. 그에 기쁜 마음에 용좌에서 몸을 반쯤 일으킨 후 대신들의 얼굴 하나하나를 훑어보았다.

"송구하옵니다, 폐하."

"아니네. 더 이상 우승상의 보고를 들을 필요가 없을 것 같구먼. 여러 대신들은 들으라!"

"하명하시옵소서, 폐하!"

"짐은 이번 남하를 감행함에 있어서 모든 전권을 우승상에게 일임할 것이다. 그러니 대신들은 우승상이 이번 일을 행함에 있어서 부족함이 없도록 한 치의 소홀함도 없어야 할 것이다."

"폐하의 명을 충심을 다해 받들겠나이다, 폐하."

"폐하, 신 우승상 염상백… 폐하의 하해와 같은 성은에 보은하기 위해 충심을 다하겠사옵니다."

"하하, 고맙네. 짐은 우승상이 제남(濟南)에서 보내주는 승전보를 기다리고 있겠네."

"폐하, 이번 출정에 소신도 함께 갈 수 있도록 윤허하여 주시옵소서."

"응? 동평장사가?"

"동평장사께서 말입니까?"

부니야시리 황제는 우승상의 기백 넘치는 모습을 바라보며 환한 미소를 얼굴에 머금고 있다가 한쪽 옆에 서 있던 동평장사 토리스타르가 단상 앞으로 나서자 깜짝 놀랐다. 또한 이러한 놀람은 황제뿐만이 아니라 염상백과 대신들도 마찬가지였다.

"그렇사옵니다, 폐하. 소신도 이번 출정에 참가하고 싶사옵니다. 그러니 윤허하여 주시옵소서, 폐하."

토리스타르는 황제의 단상 앞에 천천히 무릎을 꿇으며 고개를 숙여 보였다.

부니야시리 황제는 사적으로 증조부(曾祖父)가 되는 토리스타르가 무릎을 꿇자 용좌에서 일어서 단상으로 빠르게 내려선 후 토리스타르를 일으키려 하였다.

"폐하, 소신은 폐하의 윤허가 있기 전에는 이곳에서 움직일 수 없사옵니다. 그러니 소신의 청을……."

"어찌 동평장사께서 이 힘든 일을 자청하신단 말씀입니까! 이제 여든이 넘으셨습니다. 이번 남하는 동평장사께 무리입니다."

"그렇습니다, 동평장사. 폐하의 말씀이 백 번 생각해도 옳습니다."

"폐하, 어찌 몸이 늙었다고 편안함에 안주를 할 수 있겠사옵니까. 그것은 신하 된 자로서 있을 수 없는 일이옵니다. 소신은 이 한 목숨 사라질 때까지 폐하와 백성들을 위해 바칠 각오가 되어 있사옵니다. 그런데 어찌 전장으로 나서는 병사들을 외면할 수가 있겠사옵니까. 폐하, 소신이 전장에서 병사들과 함께할 수 있는 영광을 주시옵소서."

"흐으음……."

토리스타르는 얼마 전부터 몸이 많이 쇠약해져 있는 상태였다. 아무리 용장이라 하더라도 나이가 들면서 하루가 다르게 기력이 쇠하고 있는 것만은 어찌할 수 없었던 것이다.

그러나 부니야시리 황제가 쉽게 동평장사의 뜻을 수락할 수 없는 이유는 이것만이 아니었다. 황제인 자신이 이번 전쟁에 직접 출전하지 않은 관계로, 그 자리를 황실의 최고 연장자인 토리스타르가 대신하려는 것임을 잘 알고 있었기에 더욱 가슴이 아팠던 것이다.

"휴~ 동평장사께서 정히 그러시다면 수락을 하겠습니다. 하지만 몸이 예전과 같지 않으니 각별히 신경 쓰셔야 할 것입니다."

"폐하, 성은이 망극하옵니다. 허허허."

"우승상과 좌승상은 동평장사를 모심에 있어서 짐을 대하는 것과 같이 하라. 또한! 이것은 이곳에 있는 모든 대소 신료들 역시 마찬가지일 것이다. 알겠는가!"

"명을 받들겠사옵니다, 폐하."

"충심으로 받들겠사옵니다, 폐하!"

"신 좌승상 아룩타이, 동평장사님의 곁에서 직접 모시겠으니 걱정하지 마시옵소서."

"알았다. 그럼 더 이상 짐은 이번 일에 왈가왈부하지 않겠다. 그러니 우승상과 여러 대신들은 이번 일을 행함에 있어서 추호의 차질도 없도록 신중하게 추진하도록 하라. 올 여름에는 백성들과 함께 황하의 전경을 바라보며 보내고 싶구나."

"성심을 다하여 폐하의 뜻을 이루도록 하겠사옵니다, 폐하!"

염상백을 비롯한 대신들은 부니야시리 황제의 마지막 말에 일제히 온몸을 숙여 보이며 한목소리를 냈다. 하지만 모두의 마음속에는 자신들조차 어찌할 수 없는 무언가가 요동치며 끓어오르고 있었다. 바로 사막을 지배하는 푸른 늑대 사나이들의 투지였다.

오랜 시간 각고의 노력으로 인한 결실을 볼 날이 얼마 남지 않았다는 것도 중요했지만, 이들에게 있어서 한마음으로 하나의 목표를 향해 함께 전진한다는 것 자체가 무엇보다 중요했다. 그렇기에 결전을 앞둔 사나이들의 가슴은 두려움보다는 피를 끓게 하는 설렘이 자리하고 있는 것이다.

엄숙하고도 숙연한 분위기.

마치 대전에 자리하고 있는 사람들의 귓가에 오랫동안 잊혀져 있던 소리가 아련하게 울려 퍼지는 것 같은 착각이 들었다. 그 옛날 성길사한과 함께 영광의 세월을 이룩했던 푸른 늑대의 포효 소리, 그 전설의 푸른 늑대가 대전에 자리하고 있는 모든 사람들의 가슴에 깊게 자리한 것이다.

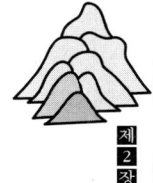

제
2
장

이름은 그 존재를 나타낸다고 하지 않던가

제2장 이름은 그 존재를 나타낸다고 하지 않던가

무한은 완연한 봄기운이 드리워진 지 오래되었다. 도도하게 흐르는 장강이 힘차게 찬바람을 몰아내서 그런지 겨울 내내 숨죽이고 있던 백성들은 저마다 바쁜 일상을 보내고 있었으며, 이러한 분주함은 무한에 적을 두고 있는 사람들 모두에게 해당되었다. 철혈검문 또한 이런 상황에서 예외가 될 수 없었다.

삼 년 전 무한에 철혈검문이란 현판을 내건 후 문인과 하인들이 요즘처럼 분주하게 움직였던 적은 없었다. 작년보다 문인들의 수가 더 늘어난 것도 아니건만, 문인들은 엄해진 수련을 하느라 매일같이 정신없는 하루를 보내고 있었으며 하인들은 하루가 멀다 하고 무한과 문중을 드나들며 진땀을 흘렸다. 이 모든 것이 철혈검문이 대외적으로 크게 성장한 것을 전적으로 보여주는 한 단면이라 할 수 있었다. 하지만 그로 인해 가장 피곤한 날들을 보내게 된 추 전주는 오히려 황궁에서 생활했던 당시가 그리울 정도였다.

"황궁에서 정확히 언제쯤 북벌을 단행한다고 하는가."

"자세한 사항은 알 수 없으나, 소인이 알기론 곧 북벌이 단행될 것 같습니다. 동창의 보고대로라면 이미 구복(丘福) 정로대장군(征虜大將軍)이 만리장성과 인접해 있는 대동으로 병사들의 이동을 마친 상황이라 합니다."

"벌써?"

오랜만에 집무실에서 서류를 검토하던 호열은 추 전주의 말에 놀랍다는 듯 눈을 크게 뜨며 고개를 들었다. 웬만하면 책상에 올려져 있는 서류에서 시선을 떼지 않았을 테지만, 백성들이 의식하지 못할 정도로 기민하게 움직인 구복 대장군의 치밀함에 놀라 확인하지 않을 수 없었던 것이다.

더구나 일전에 추 전주와 양 군사가 이번의 일에 대한 상세한 상황들을 분석했던 회의의 내용이 떠오르자 호열의 표정은 점점 더 굳어지기 시작했다. 비록 유사시 영락제가 황군을 움직이지 못하도록 조치를 취해놓았지만, 돌아가는 상황은 최악의 전개로 진행되고 있었기 때문이다.

추 전주는 호열의 표정이 굳어지는 것을 보며 무슨 생각을 하고 있는지 충분히 짐작할 수 있었다. 하지만 자신은 할 수 있는 한 문주인 호열에게 모든 것을 보고할 의무가 있었다.

"예, 소인도 어제 동창에서 올라온 보고를 받고서야 알 수 있었습니다. 더구나 이번 북벌에 동원된 병사들의 수가 무려 사십만에 이른다고 합니다."

"사, 사십만이라고!"

"그렇습니다. 말이 사십만이지, 어디 그것이 말처럼 쉽게 생각할 수 있는 일이겠습니까. 그 정도의 대병력을 동원하기 위해서는 아마도 전 군도독부의 병사들을 제외한 다른 도독부에서 상당한 지원을 했을 터인데, 아직까지 백성들은 물론 무림에서조차 군부의 이동을 감지하지 못했다는 것은 놀라운 일입니다."

"흐음~ 글쎄… 난 무림맹에선 이미 군부의 이동에 대해서 어느 정도는 알고 있을 것이라는 생각이 드는구먼. 패혈맹이야 장강 이남에 있으니 이북에서 어떤 움직임이 벌어지고 있는지 파악할 수 없었겠지만, 사방에 깔려 있는 무림맹의 시선은 피할 수 없었을 게야. 중원에 거지가 좀 많은가! 더군다나 각 지방의 군부들과 밀접한 관계를 형성하고 있는 문파들도 부지기수고 말이야. 하지만 무림맹에서도 황궁에서 대병력을 이동하는 것에 대해 관심은 가졌겠지만 크게 신경 쓰지 않았겠지. 조만간 현원세가를 공격할 생각이니 그것에 더욱 초점을 맞추며 태원과 오대산 주변의 정세에 민감한 반응을 보였을 것이네."

"문주님의 말씀을 듣고 보니 소인이 생각하기에도 문주님의 생각이 옳으신 것 같습니다. 동창의 보고대로라면 아마도 며칠 후에 진군을 감행할 것 같습니다. 하지만 소인이 생각하기론 이번 북벌이 폐하께서 생각하시고 계신 것처럼 쉽지만은 않을 것 같습니다."

"응? 그것은 무슨 말인가?"

"북벌에서 대승하기 위해서는 타타르 국의 수도인 카라코룸까지 치고 올라가야 하는데, 그러자면 최대한 빠르게 고비사막을 넘는 강행군을 해야 합니다. 전력 면에서는 사십만 대군을 동원하는 만큼 타타르 국과 비교할 수 없을 정도로 큰 우위에 있지만, 소인이 생각하기에 이번 전투는 단기간 내에 끝낼 수 없는 변수가 있습니다. 바로 사막입니다."

"사막……?"

"그렇습니다. 정로군이 타타르 국의 수도인 카라코룸까지 가기 위해서는 필히 고비사막을 넘어야만 합니다. 고비사막은 모래로 이루어져 있는 여타의 사막과 같지는 않지만 물이 부족하여 풀조차 좀처럼 자랄 수 없는 척박한 암반으로 이루어져 있는 곳입니다. 그런데 어찌 대병력을 이끌고 그런 곳을 무사히 넘어갈 수가 있겠습니까."

"사막이라……."

호열은 한동안 추 전주가 말한 것에 대해서 생각했다. 병법에 대한 실전 지식이 없어서 상황을 이해하는 데 다소 시간이 걸렸지만, 대충 추 전주가 설명한 것들을 이해하게 되자 수긍이 갔다. 자신이 생각하기에도 사막이라는 변수가 이번 전투에 큰 영향력을 줄 거라는 것은 부인할 수 없었던 것이다. 아직 사막이 어떠한 곳인지 경험해 보지 못했지만, 서책을 통한 간접 경험만으로도 어떠한 곳인지 잘 알고 있기에 추 전주가 북벌의 변수로 거론할 만하다는 것에 공감이 갔다.

"추 전주의 말에 일리가 있는 것 같구먼. 그런데 어찌해서 황제는 이번 전쟁이 단기간에 끝낼 수 있다고 생각하는지 모르겠네. 분명 군부는 물론 육부(六部)나 동창에서 이와 같은 것에 대해서 충분한 논의가 이루어졌을 것인데. 휴~ 하지만 어찌하겠나. 이미 북벌은 시작됐고 우리들 앞에는 마교라는 큰 적이 있으니 당장은 그것에 전념할 수밖에. 그렇지 않은가, 추 전주."

"그렇습니다. 소인도 그렇기 때문에 양 군사와 며칠 동안 논의를 했었습니다. 하지만 그것은 저희들이 어찌할 수 없는 일이기에 왈가왈부한다는 것 자체가 시간 낭비라는 생각이 들었습니다."

"옳은 생각이네. 현재 우리들에게는 북벌보다 마교를 어떻게 상대해야 하는가가 더욱 중요한 일이지."

다소 넋두리가 섞여 있는 듯한 추 전주의 말에 호열의 고개가 저절로 끄덕여졌다.

"예. 북벌이 진행된다는 것을 알고 있다 해도, 현재의 무림맹이라면 현원세가를 공격한다는 것에는 변함이 없을 것입니다. 그러나 문제는 무림맹과 현원세가의 혈투가 벌어지게 되면 마교에서 그동안 미루어왔던 동진을 시작한다는 것입니다. 마교에서 이와 같은 기회를 마다할 리가 없으니까요. 그렇다고 지금까지 동창과 만리표국(萬里鏢局)을 통해 얻은 정보를 바탕으로 패혈맹의 동향을 종합해 볼 때, 처음 우리가 생각했던 대로 패혈맹의 적극적인 개입도 바랄 수 없을 것 같습니다. 아마도 무림맹과 무림인들의 비난을 피할 수 있을 정도의 소극적인 방어만 할 것으로 보여집니다."

"우리가 가장 우려했던 상황이 되어버렸구먼. 패혈맹이 적극적으로 방어를 해주지 않으면 그 공백을 우리가 메워야 한다는 말인데… 그렇다면 마교를 상대함에 있어서 우리의 대책은 뭐가 있는가?"

"죄송합니다, 문주님. 양 군사와 한동안 이 문제를 가지고 논의했었지만, 솔직히 말씀드리자면 현재 마교의 전력을 정확히 알 수 없는 상황에 문주님께 보고드릴 수 있는 것이 전무한 실정입니다. 하지만 아무래도 우리 철혈검문이 마교를 감당한다는 것은……."

추 전주는 차마 말을 끝맺을 수가 없었다. 아무리 자신의 판단이 정확하다고 해도, 그것이 쉽게 입 밖으로 나오지 않았기 때문이었다. 또한 철혈검문의 대소사를 책임지고 있는 자로서 입에 올릴 수 없는 말이기도 했다. 그에 추 전주는 자신의 실수를 깨닫고 호열의 눈치를 살폈다. 다행히 호열에게서 이렇다 할 반응이 보이지 않자 절로 안도의 한숨을 내쉴 수 있었다.

하지만 호열은 추 전주의 마지막 말이 무엇인지 능히 짐작할 수 있었다. 그것은 어린아이라 해도 알 수 있었기 때문이다.

그러나 자신 역시 추 전주와 같은 생각을 하고 있었기에 아무런 말 없이 지나쳤다. 그에 호열은 잠시 중단했던 서류를 검토하기 시작했다. 자신 역시 명확한 해결 방안이 없었기에 전문가라고 할 수 있는 양 군사와 추 전주로부터 조만간 그에 대한 해답이 나올 것임을 기대하면서 차분하게 마음을 가라앉히고자 했다.

"문주님, 양 군사가 밖에 와 계십니다."

한참 서류에 집중하고 있던 호열은 문밖에서 들려온 시녀의 목소리에 추 전주의 얼굴을 쳐다보았다. 혹시 추 전주가 부른 것이 아닌가 해서였다. 그러나 추 전주 역시 미리 양 군사와 이야기가 되어 있지 않은 상황이기에 영문을 모르는 얼굴을 하고 있자, 호열은 시녀에게 양 군사를 들이도록 했다.

"어쩐 일인가, 양 군사?"

"마침 추 전주께서도 계셨군요. 그렇지 않아도 문주님께 급히 보고 드릴 것이 있어서 전주님의 집무실로 갔다가, 마침 그곳에 있는 시녀에게 이곳에 계시다는 말을 듣고 이렇게 들게 되었습니다."

"보고? 무슨 일이 또 있는가?"

추 전주는 이미 어제와 오늘 아침에 양 군사와 회의를 했었기에 다른 보고 사항이 있다는 양 군사의 말에 의구심을 드러냈다. 하지만 양 군사의 손에 쥐어져 있는 두툼한 장계를 보고는 호열에게 시선을 주었다.

"다른 것이 아니오라, 동창에서 아침나절에 올라온 장계를 검토하다가 긴급한 사안을 보게 되어 이렇게 급히 오게 되었습니다."

양 군사는 얼른 호열에게 자신이 가지고 온 장계를 건네주었고, 호열은 보던 서류를 한쪽으로 치운 후 장계를 빠르게 훑어보았다.

"벌써 북벌이 시작되었단 말인가? 최소한 일주일 이상은 대동에서 머물 것이라 생각했었는데……."

"그러나 그것보다 더 중요한 정보가 있습니다. 바로 마교에 관한 것인데, 우리가 예상했던 것보다 마교의 동진이 빠르게 진행되는 것 같습니다. 벌써 한 달 전부터 마교의 주세력이 백제성에 머물면서 중원의 상황을 예의 주시하고 있었다 합니다."

"뭐라? 양 군사! 지금 무어라 했는가! 마교가 오래전부터 백제성에 진을 치고 있었다는 말인가?"

양 군사의 설명을 옆에서 듣고 있던 추 전주가 화들짝 놀라면서 양 군사에게 정확한 설명을 요구하는 눈빛을 보냈다. 아무래도 보통 사안이 아니라는 생각이 들었기에 정확한 상황을 파악하지 않으면 안 되었던 것이다.

"사천성 봉절현을 관할하고 있는 포정사사(布政使司)와 그 일대의 군정을 담당하는 도지휘사(都指揮使)로부터 올라온 것이라 충분히 신뢰할 수 있는 정보입니다."

"어떻게 그런 중요한 정보가 지금에서야 올라온다는 말인가! 분명 마교의 주세력은 난주(蘭州)에 머물고 있는 것으로 알고 있었는데, 그렇기에 지금까지 그들의 이동 경로를 황하 일대를 중심으로 움직일 것이라 추측하지 않았는가!"

"그렇습니다. 그렇기에 패혈맹에선 지금 산서성 서안(西安)에 진을 치기 위해 움직이고 있는 것으로 알고 있습니다."

장강 이남에 세력권을 형성하고 있던 패혈맹.

현원세가를 공격하는 동안 마교의 동진을 막기 위해서 무림맹은 패혈맹과의 동맹을 선언함과 동시에 미리 패혈맹에서 중요한 위치를 선점(先占)할 수 있는 길을 열어주었다.

마교의 주세력이 감숙성(甘肅省) 난주에 머물러 있다는 것은 이미 만천하가 다 알고 있는 사실이었다. 그렇기에 마교의 주세력이 황하를 중심으로 움직일 것이란 사실에 무림맹의 영수들은 만장일치로 동의를 하게 되었고, 그렇기 때문에 길목의 첫 접전지로 서안을 선정함과 동시에 패혈맹의 장강 이북행을 묵인했던 것이다.

하지만 상황은 모두의 예상을 크게 벗어나 있었다. 도저히 생각할 수 없는 곳에서 마교의 주세력은 호시탐탐 동진의 기회를 엿보고 있던 것이다.

"이런……!"

"백제성이라… 백제성이 어디에 위치해 있기에 추 전주가 그렇게 흥분을 하는가?"

호열은 양 군사를 통해서 마교가 현재 사천성에 있는 백제성에 진을 치고 동진을 준비 중이라는 설명을 들으면서도 고개를 갸웃거릴 수밖에 없었다. 정확히 백제성이 자리하고 있는 위치를 몰랐기에, 이 일이 얼마나 급하면서도 중요한 사안인지 짐작할 수 없었던 것이다. 그에 호열은 추 전주를 향해 고개를 돌렸다. 백제성에 대해서 간략하게 설명해 줄 것을 요구하는 눈빛을 보낸 것이다.

"백제성은 사천성 봉절현에 있는 고성(古城)입니다. 정확히 봉절현 동부 백제산 산록에 위치해 있는데, 어느 정도의 병력이 움직일지는 모르겠지만 장강의 줄기와 근접해 있기에 수로로 이동할지 육로로 이동

할지 파악하기 힘든 상황입니다. 그리고 육로로 이동할 경우 무한까지는 약 천삼백 리, 그리고 무림맹이 있는 안휘성(安徽省) 회남(淮南)까지는 하남성의 신양(信陽)을 거칠 경우 이천 리가 조금 넘는 거리입니다."

"그렇습니다, 문주님. 하지만 정보가 정확하다면 전주님 말씀대로 마교는 신양을 향해서 동진을 감행할 게 분명합니다. 그렇게 되면 이미 상당수의 문인들이 서안으로 이동 중에 있는 패혈맹으로서는 쉽게 움직일 수 없는 상황인데도 불구하고 마교가 먼저 움직이기 전에 패혈맹의 문인들은 신양으로 회군해야만 하는 급박한 상황이 전개되게 되는 것입니다."

"흐으음~"

"이미 북벌은 시작되었고, 마교의 동진이 기정사실화된 시점이기에 하루라도 빨리 이와 같은 상황을 패혈맹에 전달해야만 합니다. 그렇게 해야만 패혈맹이 이번 마교와의 결전에 참가할 수 있게 될 것이고, 우리로서는 그들의 도움을 받을 수 있게 되기 때문입니다."

추 전주의 설명을 들으면서 고개를 끄덕일 때 양 군사가 더욱 격양된 목소리로 가세하자 호열은 상황이 자신이 생각했던 것보다 훨씬 더 심각하게 돌아가고 있다는 것을 깨달을 수 있었다. 아직 중원의 지리에 정통해 있지 않은 관계로 추 전주와 양 군사의 설명을 모두 다 이해한 것은 아니었지만, 그들의 설명을 통해서 대략적이나마 상황을 파악할 수 있었다.

"흐음… 만약 우리가 패혈맹에 소식을 전하는 시간과 그들이 우리의 소식을 듣고 문인들을 이동시키는 데 소요되는 시간은 대충 얼마나 걸릴 것 같은가."

"우선 오늘 당장 패혈맹으로 출발할 경우 말을 타고 쉼없이 간다고 해도 패혈맹이 있는 강서성(江西省) 남창(南昌)까지 칠백 리가 넘는 길입니다. 적어도 이틀 이상은 소요될 것입니다. 그 다음은 패혈맹에서 우리의 소식을 듣고 어떤 결정을 내릴지가 의문입니다. 어떤 의도를 가지고 있느냐에 달려 있을 것 같습니다. 그들이 패혈맹 내에 머물러 있는 문인들만 신양으로 보내줄 것인지, 아니면 서안에 진을 치고 있는 문인들을 회군시킬 것인지는 두고 볼 일이고, 정확한 시간은 추측이 불가능합니다."

"그렇다면 시간이 많지 않겠구먼. 패혈맹에 머물고 있는 문인들을 보내준다고 하면 어느 정도 여유가 있겠지만, 만약 그들이 서안에 있는 문인들을 회군시킬 경우 서신이 오가는 데 시간이 걸릴 것 아닌가?"

"그렇게 될 것입니다."

"흐음~ 우리로서는 그들이 어떤 결정을 하든 관여할 수 없겠지. 그나저나 이틀이라… 그럼 추 전주는 지금 당장 마교의 행보에 관해서 자세한 사항들을 서신으로 작성한 후 패혈맹으로 문인을 통해 보내도록 하게. 급전인만큼 말을 잘 다루는 문인으로 보냄은 물론, 얼마 전에 추 전주가 마시장(馬市場)에서 구입했다던 명마를 타고 갈 수 있도록 하게. 아! 그리고 이 사실을 무림맹에도 전하도록 하게. 신양 주변에 있는 다른 문파들과 연합할 수 있었으면 한다는 내용으로 말이야."

"그렇게 하겠습니다. 그럼 소인은 이만……."

추 전주가 호열의 명을 받고 급히 집무실을 나가자, 호열은 아직 책상 앞에 서 있는 양 군사를 향해 고개를 돌렸다.

"양 군사는 문위당(門衛堂)의 책사(策士)들은 물론 추 전주와 상의하면서 우리가 신양에서 마교를 상대할때 쓸 수 있는 구체적인 전략을 빠른 시일 안에 수립할 수 있도록 하게. 내가 생각하기에도 마교와의 전면전을 한다는 것은 힘든 상황일 것이고, 그렇다면 그들의 발목을 묶어둘 수 있는 방안을 생각해야 할 것이네. 무슨 말인지 알겠는가?"

"최선을 다해보겠습니다."

양 군사 역시 호열의 명을 받은 후 추 전주와 마찬가지로 빠르게 집무실을 나갔다. 이미 자신들이 해야 할 일을 문주인 호열로부터 명받았기에 허둥대는 일 없이 자신들의 소임을 다해야 했기 때문이다. 더군다나 이번의 일은 철혈검문의 존폐가 걸려 있는 만큼 최선을 다하지 않으면 안 될 상황이라 그 책임이 막중했기에 걷는 시간조차 아까운 실정이었다.

호열은 추 전주와 양 군사가 집무실을 나간 후 한동안 책상에 어질러져 있는 서류들을 멍한 눈으로 바라보았다. 도저히 책상에 놓여져 있는 서류들이 눈에 들어오지 않았던 것이다.

'어쩌면 생각했던 것보다 큰 전투가 벌어질 것 같구나. 하지만 이겨내야만 하겠지. 그래도 무한에서 접전이 벌어지지 않는 것만으로도 다행스러운 일이 아닌가.'

"그래, 이름은 그 존재를 나타낸다고 하지 않던가. 내가 거짓이 아니고, 내 이름이 거짓이 아니라면 지금의 나 자체도 거짓이 아니다. 나 임호열! 그래도 철혈검황(鐵血劍皇)이란 칭호를 들었던 내가 아니던가! 철혈검문의 문주로서, 한 여자의 지아비로서 내 가정은 지켜야겠지. 그래야 내 존재의 가치가 증명되는 것이 아니겠는가."

호열은 천천히 의자에서 일어선 후 태양이 눈부시게 하얀빛을 뿌려대고 있는 창가로 걸어갔다. 창밖에는 푸른 녹음이 우거져 있는 후원이 바로 보였으며, 그런 후원에서 천천히 걸어오고 있는 소호 공주의 모습을 볼 수 있었다. 눈부시도록 하얀 얼굴엔 보고 있는 사람의 마음까지 하얗게 만들어주는 신비한 미소가 피어나고 있었다.

*   *   *

사람들은 다른 사람의 과실을 곧잘 찾아내지만 자신의 과실을 인정하는 데는 몹시 인색한 편이다. 아무리 지혜가 출중한 사람일지라도 한 가지 허물은 있게 마련이고, 이것은 바꿔 말해 아무리 어리석은 사람일지라도 한 가지쯤은 현명한 판단을 할 수 있다는 말이다.

그러나 아무리 허물이 한 가지밖에 되지 않는다고 할지라도 어떤 사람에게 있어서는 큰일일 수도 있으며, 그 사람이 한 무리를 영도하는 위치에 있다면 더욱 크게 보이기 마련이다. 그렇기에 대부분의 사람들은 다른 사람들을 굽어볼 수 있는 지위에 있을수록 자기 자신을 방어하는 데 더욱 주력할 뿐이다.

하지만 현검선생(玄劍先生) 제갈현(諸葛賢)은 무림맹의 맹주로서 무림인들을 영도하는 수장임에도 불구하고 장로들에게 고개는 물론 허리까지 굽히고 있었다. 도저히 무림맹을 이끌어가는 맹주로서 있을 수 없는 일이었으나, 제갈현은 자신의 잘못된 판단으로 현원세가와 마교를 상대함에 있어서 힘겨운 싸움을 하게 된 것에 대해 자신의 잘못을 인정하지 않을 수 없었던 것이다. 아니, 인정하고 조금이라도 빨리 대책을 강구하지 않으면 안 되었다. 그렇지 않으면 수많은 목숨이 대지 위에 붉은 혈우(血雨)를 뿌려댈 것이 자명했기 때문이다.

"죄송합니다. 제가 이 자리에 서 있는 것 자체가 여러분과 무림맹의 모든 문인들에게 미안할 뿐입니다."

"흠… 제갈 맹주, 빈도가 많은 서책을 읽어보지는 않았지만 한때 경행록이란 서책을 접한 적이 있습니다. 마침 한 구절이 생각나는데 들어보시겠습니까?"

"……."

"대장부는 남을 용서할지언정 남에게 용서받는 사람이 되지 말라는 말인데, 누구나 알고 있지만 평생을 살면서 쉽게 행할 수 없는 일이기도 합니다. 맹주의 모습을 보니 그에 가장 근접해 있는 것 같습니다. 원시천존."

"그렇습니다. 오영 장문인의 말씀이 맞습니다. 어차피 그 일은 이곳에 있는 우리들 모두 제갈 맹주와 같은 판단을 내렸었고, 그렇기 때문에 이와 같은 일이 벌어지게 되었지 않습니까. 그러니 그 일에 관해서 굳이 제갈 맹주께서 우리들에게 사과할 필요가 없습니다."

"맞습니다. 차라리 맹주께서는 앞으로의 일에 더욱더 만전을 기해주심이 옳을 듯싶습니다. 지금 우리가 이렇게 서로의 잘잘못을 따지는 동안에도 무림은 아까운 시간을 허비하고 있는 것입니다."

"크흠! 그렇겠지요. 더 이상 잘잘못을 따지기보다는 난관을 타개하는 것이 우선이겠지요."

"헛흠."

곤륜파의 운용검선(雲龍劍仙) 오영(悟瀛) 장문인이 제갈 맹주를 직접 일으키면서 침묵에 싸여 있는 좌중을 돌아보며 말하자, 그 뒤를 이어 점창파의 일양자(一陽子) 현천(玄天) 장문인이 가세를 했다. 이렇듯 상황이 제갈 맹주의 허물을 모든 장로들의 허물과 같이 만들어 버리자, 조용히 두 사람의 이야기를 듣고 있던 다른 영수들도 서로의 얼굴을 바라보면서 헛기침을 해댔다. 직접 말을 하지는 않았지만 어느 정도 자신들의 판단 착오를 인정한 것이다.

"아미타불. 제갈 맹주, 여러 영수들도 황제가 우리의 판단보다 빨리 북벌을 단행할 줄은 미처 생각하지 못했던 것을 인정했으니 그만 좌정하시지요. 현시점에서는 황제가 벌이는 북벌보다 마교의 동진을 어떻게 막느냐가 중요한 일이지 않습니까. 더구나 철혈검문에서 보내온 정보가 사실이라면 무림맹에서도 빨리 조치를 취하는 모습을 보이는 것이 현명한 판단일 것입니다."

"케헴! 나도 그렇게 생각하네. 마교 녀석들이 머리를 조금 썼다고 하지만, 그것이 어디 제갈 맹주에게 비하겠는가. 그러니 맹주는 어서 좌정을 하게."

"궁 방주님의 말씀이 옳습니다. 다소 일정에 차질이 빚어지게 되었지만, 우리가 계획했던 것을 실현함에 있어서 큰 장애는 없을 것입니다. 이미 철혈검문에서 패혈맹에 이와 같은 정보를 보냈고, 패혈맹에서도 우리와 같은 회의를 진행하고 있을 것입니다."

"흐으음……."

평소 자신을 좋게 생각하고 있지 않다 여기고 있던 용두호개(龍頭號丐) 궁여상(穹濾霜) 방주마저 과거의 허물보다는 현재의 문제점을 중요하게 거론하며 좌정할 것을 요구하자, 어쩔 수 없이 제갈 맹주는 영수들에게 미안한 마음이 담긴 인사를 한 후 천천히 맹주 석에 좌정했다. 하지만 입 밖으로 나오는 침음을 속으로 삼킬 수는 없었다. 어찌 되었든 맹주로서 책무를 다 수행하지 못한 것만은 명백한 사실이었기 때문이다.

"자, 이제 맹주도 좌정했으니 앞으로의 일을 허심탄회하게 논의하도록 합시다."

"좋습니다. 그럼 우선 철혈검문에서 보내온 정보에 대해서 의견이 있으신 분이 계시면 말씀해 주시지요."

제갈 맹주가 무거운 심정을 가라앉히는 동안 팽 가주가 좌중을 향해 논제를 던졌고, 마치 기다렸다는 듯이 남궁 가주가 의자에서 일어서며 회의를 진행하기 시작했다. 순간 모든 사람들의 시선은 남궁 가주에서 쏠렸지만 남궁 가주는 아무렇지 않은 듯 자신을 바라보고 있는 시선을 훑어보았다.

"마침 이번 회의엔 철혈검문의 임 문주를 제외한 세 분 장로들이 참석하고 계시니 좋은 의견들이 나올 것 같습니다."

이번 정무전(正武殿) 회의엔 새롭게 장로 직을 수여받은 네 명 중 철혈검문의 호열을 제외하고 무림맹에 도착해 있던 세 명도 함께 참석하고 있었는데, 남궁 가주는 좌정하고 있는 세 명의 얼굴을 한차례 바라본 후 입가에 사람 좋아 보이는 미소를 지어 보이며 말문을 열었다.

일전의 회의를 통해 장로 직을 수여받은 이는 절강성(折江省)에서 오랜 세월 동안 명성을 이어 내려오고 있는 엽씨검문(葉氏劍門)의 엽무검(葉武劍) 문주와 보타문(普陀門)의 보타신니(普陀神尼) 일영(一靈) 문주, 북경에 분타를 만든 후 세력을 떨치고 있는 장백검파(長白劍派)의 현운(玄雲) 장문인이었다.

그러나 남궁 가주의 눈은 자신의 눈을 직시하고 있는 두 사람에게서 한동안 떨어지지 않고 있었다. 엽무검 문주와 보타신니 일영 문주였다. 이 두 문파는 세상이 다 알고 있는 검왕과 검후의 전설을 간직하고 있는 곳이었다.

"글쎄요. 저로서는 이 문제에 관하여 내놓을 만한 별다른 의견이 없습니다."

"빈니도 엽 문주님과 마찬가지입니다. 그러니 남궁 가주께서는 저희들을 신경 쓰지 마시고 회의를 진행하도록 하세요."

"흐음. 그럼 현운 장문인께서도……."

남궁 가주는 당대 검왕이라 여겨지는 엽무검 문주와 보타신니 일영 문주의 얼굴을 한차례 바라본 후, 그 옆에 조용히 앉아 있는 장백검파의 현운 장문인 쪽으로 고개를 돌렸다.

"허허, 무림맹에 들어온 지 얼마 되지 않아서 그런지 잘 모르겠습니다. 그러니 다른 분들의 의견을 물어보시는 것이 좋을 것 같습니다. 원시천존……."

현운 장문인은 자신을 바라보는 남궁 가주에게 엷은 미소를 한차례 지어 보인 후 합장하며 두 눈을 지그시 감았다.

"잘 알겠습니다. 세 분의 의견의 그렇다면 다른 분들께서 먼저 말씀해 주시지요."

한동안 침묵이 흘렀다. 남궁 가주의 요구에도 불구하고 아무도 나서서 자신의 의견을 내놓는 사람이 없었다. 이에 남궁 가주는 어쩔 수 없이 자신의 앞에 앉아서 자신을 바라보고 있는 팽 가주에게 무언의 시선을 주었다.

"흠흠. 아무도 말씀하지 않으시니 제가 먼저 의견을 내놓도록 하겠습니다. 제가 말하고자 하는 것은 간단합니다. 그냥 계획했던 방향으로 밀고 나가자는 것입니다. 지금에 와서 계획했던 것을 없었던 일로 할 필요가 있겠습니까? 계획한 방향대로 밀고 나가지 않는다면 우리로서는 현원세가를 배후에 두고 마교를 대적해야 하는 최악의 상황에 놓이게 됩니다."

남궁 가주의 눈치를 받은 팽 가주는 미리 준비해 놓은 것이 있었는지 평소와는 약간 다른 모습을 보였다. 비록 논리 정연하지는 못했지만 자신의 생각을 직설적으로 말한 것이다.

"흐음! 팽 가주의 뜻은 잘 알겠습니다. 그러나 이 문제는 그렇게 쉽게 결정할 문제가 아닌 것 같습니다. 만약 팽 가주의 말씀대로 현원세가에 주력 부대를 보내게 되면 무림맹은 빈 껍질만 있는 것과 같은데, 자칫 신양에서 패혈맹과 철혈검문이 버텨주지 못했을 경우 무림맹은 최악의 상황에 직면할 수도 있는 상황입니다. 현원세가가 있는 태원에서 회남까지는 이천사백 리 길입니다. 신양에서 회남까지는 칠백육십 리밖에 되지 않는 거리고요. 도저히 회군해서 어찌해 볼 수 없는 거리입니다."

"그렇다면 범광(凡光) 장문인께선 다른 방법이라도 있다는 말입니까? 있다면 어서 말씀해 보시지요."

"지금으로서는 달리 방법이 없기 때문에 이렇게 회의를 하는 것 아닙니까. 좀 더 좋은 의견을 찾아보고자 말입니다."

"아니, 내놓을 의견도 없으면서……."

"팽 가주, 말씀이……!"

"그만! 그만 하시지요. 그렇게 두 분께서 언성을 높인다고 해서 금방 해결될 일도 아니지 않습니까. 그러니 팽 가주께서도 우선은 의견을 내놓으셨으니 어떤 결정이 나오는지 지켜봐 주시고, 복마선인(伏魔先引) 범광 장문인께서도 상황이 좋지 않은 만큼 더 좋은 의견이 생각나시면 말씀해 주십시오. 자, 우리 모두 좀 더 차근히 생각해 봅시다."

팽 가주와 범광 장문인의 언성이 조금씩 높아지자 회의를 이끌어가기 위해 일어섰던 남궁 가주가 얼른 팽 가주의 말을 끊으며 분위기를 가라앉히고자 했다.

"크흠! 알겠습니다. 그럼 어떤 결정이 나오는지 지켜보지요."

"허흠! 원시천존……."

"맹주, 맹주께선 어떤 생각을 가지고 계십니까? 우선은 맹주의 의견을 들어보는 것이 좋을 듯합니다. 아미타불."

남궁 가주가 회의를 진행하는 동안 아무런 말 없이 자리에 앉아 있는 제갈 맹주를 옆에서 지켜보던 현불(賢佛) 담현(曇玄) 방장의 입이 천천히 열렸다. 아무래도 좀 더 빠르고 원활한 진행을 요구하는 뜻이 다분히 담겨져 있음을 좌중에 앉아 있는 영수들 모두 짐작할 수 있었다. 또한 적당한 시기에 담현 방장이 나서준 것에 대해 동조하는 얼굴들이었다.

"크흠, 저도 담현 방장님의 말씀을 들어보니 제갈 맹주의 의견을 먼저 들어보는 것이 좋을 것 같습니다. 허흠……."

남궁 가주는 모두의 시선이 제갈 맹주에게로 옮겨지자 헛기침을 몇번 한 후 천천히 자신의 의자에 앉았다. 더 이상 나선다는 것은 자신의 체면에도 좋지 않다는 것을 직감적으로 알았기 때문이다.

제갈 맹주는 모두의 시선이 자신에게 쏠리자 담현 방장에게 한차례 수인사를 한 후 천천히 자리에서 일어났다. 자신의 실수가 컸던 만큼 예전보다 한층 자신을 낮출 필요가 있었기 때문이다.

"우선는 이렇게 저를 다시 믿어주시는 담현 방장님과 여러분들께 감사하다는 말씀을 해야만 할 것 같습니다. 정말 감사합니다."

"감사는 무슨! 어서 회의나 진행하도록 하게."

"알겠습니다, 궁 방주님. 흐음, 그럼 우선 제가 생각한 것들을 말씀드리겠습니다. 그러니 여러분들께서는 제 생각에서 잘못되었다 생각되는 부분이 있으면 지적해 주시기 바랍니다. 우선 저는 황제가 벌이는 북벌과 마교의 동진을 함께 생각해야만 한다고 봅니다. 그 이유는 첫째로, 일전에 남궁 가주께서 현원세가와 타타르 국 또는 오이라트 국과의 연관 관계를 거론했던 적이 있었습니다. 그 당시에는 크게 생각해 보지 않았는데 지금 생각해 보니 어쩌면 황제의 북벌은 혼원세가를 공격하는 데 유리하게 작용할 수도 있을 것 같습니다."

"어찌해서 이번 북벌이 현원세가를 공격하는 데 유리하다는 말씀입니까?"

"그렇습니다. 저도 청운 장문인께서 말씀하셨듯이 맹주의 갈에 의문점이 듭니다. 맹주께서는 좀 더 알아듣기 쉽게 설명을 해주시지요."

"알겠습니다, 당 가주. 그나저나 청운 장문인께서 좋은 지적을 해주셨습니다. 사실 저도 처음엔 북벌로 인해 우리가 현원세가를 공격하는데 많은 어려움이 있을 것으로 생각하였고, 그러한 것은 지금도 마찬가지입니다. 하지만 달리 생각해 보면 이점으로 작용할 수도 있지 않을까 생각하게 되었습니다."

"이점이라니요? 전국이 혼란한 와중에 자칫 현원세가와 접전이 벌어지게 될 경우 황제의 진노를 사게 될 터인데요? 빈니의 판단이 잘못된 것입니까, 맹주?"

회의에 참석해도 별다른 의견을 내놓는다거나 남들 앞에 잘 나서지 않던 아미화수(峨嵋化手) 혜요(惠了) 장문인이 의자에서 몸을 약간 앞으로 내밀며 제갈 맹주를 향해 말했다.

다른 사람들 역시 말을 하지 않았을 뿐 모두 혜요 장문인과 같은 생각을 하고 있었기에, 일순간 모두의 시선은 제갈 맹주에게로 향할 수밖에 없었다. 그것은 회의의 주도권을 제갈 맹주에게 다시 넘겨주게 된 남궁 가주와 팽 가주 역시 마찬가지였다.

이 모든 것이 자신들이 생각할 수 없는 그 무엇인가가 제갈 맹주로 부터 나올 수도 있다는 막연한 기대감에서 비롯된 것인데, 그것은 지금 까지 제갈 맹주의 행동과 뛰어남이 사람들에게 어느 정도 각인되어 있 었기에 나타난 결과였다.

"사실 저는 저번 회의 때 남궁 가주께서 했던 말의 진의를 살펴보고 자 나름대로 정보를 구해보았습니다. 왠지 남궁 가주의 말에 신빙성이 있다는 판단을 했기 때문입니다. 그러나 그 어디에도 현원세가가 타타 르 국이나 오이라트 국과 연관되어 있다는 것을 찾을 수 없었습니다."

"맹주, 사실 그때는 저도 추측만 했을 뿐 이렇다 할 정보도 없었는 데……."

"그렇습니다. 당시 남궁 가주께선 추측일 뿐이라고 말씀하신 것으로 빈도도 알고 있습니다. 그리고 무림맹의 정보력에도 걸려들지 않을 정 도면 신빙성도 없다고 보는데요?"

"아무리 암중으로 숨긴다 해도 언젠가는 드러나는 것이 비밀이 아니 겠습니까! 흐음, 저도 청운 장문인과 같은 생각입니다."

"팽 가주, 잠시 맹주의 의중이 어떠한지 계속 들어보는 것도 나쁘지 않을 것 같습니다. 지금까지 맹주께서 불확실한 일에 이처럼 확고한 의견을 내놓았던 적이 없었지 않습니까."

"그렇군요. 우리 모두 당 가주의 말대로 맹주의 말을 끝까지 들어본 후 결정하는 것이 좋을 것 같습니다. 모두들 어떻게 생각하십니까?"

"좋습니다. 우선은 매화검선(梅花劍仙)의 말에 따르도록 하지요."

"그렇게 하는 편이 모두를 위해 좋을 것 같습니다. 저도 호 장문인 의 말에 동의합니다."

"모든 분들이 제 의견에 동의해 주서서 감사합니다. 맹주, 이제 그동안 생각하고 계셨던 것을 편안하게 말씀하시지요."

"감사합니다, 호 장문인."

제갈 맹주는 자신으로 인해 어수선해진 분위기를 깔끔하게 마무리 지어준 호영검(弧榮劍) 장문인에게 고마움을 표한 후 탁자에서 조금 뒤로 물러섰다. 그런 후 좌중을 한차례 훑어보며 서서히 말문을 열었다.

"현재로서는 조금 전에 제가 말했던 것을 설명한 후 마교에 관한 일로 넘어가는 것이 좋을 것 같습니다. 재차 말씀드리는 것은 시간 낭비라 여겨지니 우선은 제 의견을 말씀드리겠습니다. 하지만 저는 현원세가가 언급했었던 두 곳 중 한곳과 연관이 있다고 생각하고 있으며, 아마도 오이라트 국보다는 타타르 국과 깊은 관련을 맺고 있으리라 생각합니다. 비록 두 나라 모두 옛날 성길사한이라 불리는 황제의 후손으로 자청하고 있고 그러한 것이 사실이지만, 지금에서는 타타르 국 황제인 부니야시리가 성길사한의 후손으로 밝혀졌습니다. 그렇기에 이런 판단을 하게 된 것입니다."

"하지만 성길사한의 출생지는 오이라트 국이 아닙니까?"

"남궁 가주의 말씀이 맞습니다. 그런데 어찌 된 일인지 그의 후손은 오이라트 국이 아닌 타타르 국의 황제가 된 것 같습니다. 따라서 저는 이번 북벌로 인해 현원세가가 유사시 도움을 청할 수 있는 가장 든든한 후원 세력을 잃었다고 생각합니다."

"흐으음……."

제갈 맹주의 설명이 계속될수록 그의 말에 동조를 하는 사람들이 조금씩 늘었으나, 아직 대다수의 사람들은 쉽게 수긍을 하지 못하고 있었다. 이에 제갈 맹주는 영수들에게 좀 더 확실한 설명을 해 줄 필요가 있었다.

"여러분들이 우려하는 부분이 무엇인지 알고 있습니다. 나라에 큰 전쟁이 일었는데 무림에서 분쟁이 일어난다면 황제가 경계할 것은 분명합니다. 하지만 황제가 움직일 수 있는 시간을 주지 않고 현원세가를 섬멸할 경우 아무런 문제가 없다고 생각됩니다. 또한 추후 황제의 분노를 사게 되더라도 현원세가와 타타르 국과의 연관설을 내놓을 경우 충분히 무마될 수 있다고 생각됩니다. 북벌에 관한 것은 이 정도로 그치겠습니다. 제 설명이 부족하다 생각되시는 분은 말씀해 주십시오."

제갈 맹주는 다소 길게 설명을 했다 싶었는지 하나의 주제에 대해 마무리를 한 후 사람들이 의견을 내놓을 수 있는 여유를 주고자 했다. 이에 몇몇 사람은 서로의 얼굴을 쳐다보며 자신들의 의견을 나누는가 하면, 반쯤 눈을 감고서 깊은 생각에 빠져 있는 사람들, 처음부터 제갈 맹주의 말이 끝난 후까지 제갈 맹주에게 시선을 고정하는 사람도 있었다. 이렇게 수유의 시간이 흐르는 동안이었지만 몇몇 사람에게는 충분할 정도로 의견을 나눌 수 있는 시간이었다.

"맹주, 그냥 소문이지만 일전에 타타르 국의 황제인 부니아시리가 전군도독부가 지키고 있는 만리장성을 공격하다가 사망했다는 말을 들었던 것 같은데……."

"사실 빈도도 그러한 소문을 접했습니다, 맹주."

"아마 다른 분들도 그와 같은 소문을 들어보셨을 것입니다. 그러나 그것은 사실이 아닌 것 같습니다. 황제도 부니아시리 황제가 사망했다는 것을 믿고 있지 않은 것으로 파악되고 있으며, 그렇기 때문에 이번에 북벌을 감행키로 한 것 같습니다."

"아~"

"그렇군요. 맹주의 말대로 부니아시리 황제가 살아 있다면 황제로서는 북벌을 단행하는 데 충분한 명분이 될 것입니다. 황제에 으르기 전부터 타타르 국을 경계해야 한다고 항상 홍무제에게 상서를 올렸으니까요."

"모든 분들의 의견을 청취해 보니 맹주의 판단이 정확한 것 같습니다. 허허, 역시 맹주다운 판단을 했다는 생각이 듭니다. 무량수불."

"연정(緣正) 장문인의 말대로 빈승도 이번 북벌에 관한 맹주의 의견에 동감합니다. 아미타불."

제갈 맹주의 의견에 소림과 무당의 수장이 서로를 바라보며 고개를 크게 끄덕이자 다른 사람들도 별다른 의견을 내놓을 수가 없었다. 또한 언제나 그렇지만 제갈 맹주의 설명을 들으면서 자신들 역시 충분한 가능성을 생각했던 것이다. 더구나 현원세가와 타타르 국과의 연관성을 설명한다면 추후 황제의 분노를 무마할 수도 있을 것 같았으며, 잘만 하면 황제의 북벌을 측면에서 지원하는 형국이라 일종의 보상도 받을 수 있을지 모른다는 생각까지 이어가는 사람들도 있었다.

제갈 맹주는 사람들 모두 자신이 내놓은 의견에 동조하자 천천히 탁자가 있는 곳으로 걸음을 옮겼다. 그런 후 문밖에 미리 대기시켜 놓았던 문인들에게 전음으로 무언가를 지시했다.

"맹주님, 명하신 것을 가지고 왔습니다."

"알았다. 들어오너라."

"응?"

"뭐지?"

무림 영수들이 궁금증을 표하며 제갈 맹주에게 의문을 드러냈지만, 제갈 맹주는 문인들이 자신이 지시했던 대로 긴 두루마리를 들인 후

벽에 거는 것을 지켜볼 뿐 아무런 말도 하지 않았다. 그러자 모든 사람들의 시선이 벽에 걸려진 두루마리로 향했다.

두루마리의 길이는 어림잡아도 어른 두 명이 양손을 벌려야 양쪽 끝이 닿을 정도로 길었는데, 아직 밑으로 펼쳐 놓은 상태가 아니라서 무슨 내용을 담고 있는지 알 수가 없었다.

제갈 맹주는 문인들이 설치를 마친 후 밖으로 나가자, 한차례 좌중을 향해 시선을 던진 후 얇고 긴 막대기를 손에 들고서는 지도 앞에 섰다.

드르르르.

제갈 맹주에 의해 긴 두루마리가 활짝 펼쳐졌는데, 그것은 바로 중원 전역의 도시들과 길목 등을 표시해 둔 지도였다. 어찌나 상세하게 그려놓았는지 도시와 도시 간의 거리를 비롯해서 이름도 들어보지 못한 산과 강들까지도 표시가 되어 있었다.

지도가 활짝 펼쳐진 후 모든 사람들의 시선이 지도로 고정이 되자, 제갈 맹주는 지도의 한 지점을 막대기의 끝으로 가리켰다.

"추리도(墜理圖)입니다. 하지만 이 추리도는 황궁에서 만들었던 것을 수정하고 보완하여 우리들 실정에 맞게 다시 제작한 것입니다. 현재 본 맹이 위치해 있는 곳은 이 지점이고 마교의 본진이 위치해 있는 곳은 바로 이 지점입니다. 그들이 난주에 있다는 정보로 인해 패혈맹의 문인들이 현재 이곳 서안에 머물러 있는 실정이고, 철혈검문이 위치하고 있는 무한이 바로 이곳입니다. 아마도 마교는 회남과의 직선 거리 상에 위치해 있는 신양을 거쳐서 올 것이 분명합니다."

"이렇게 보면서 설명을 들으니 이해하는 게 한결 수월합니다. 저도 사천에 있었을 때 추리도가 지금까지 제작된 지도 가운데 잘되었다는 말은 들었던 적이 있었지만, 그래도 이 정도로 보완하려면 꽤 어려움을 겪었을 텐데… 역시 제갈 맹주입니다."

"무슨 말씀을, 당치도 않습니다. 당 가주께서 별말씀을 다 하십니다. 본 맹을 따르며 중원의 평화를 위해 자신의 목숨을 서슴없이 내놓고 있는 젊은 문인들의 안위를 생각할 때 이 정도의 일로 그만한 칭찬을 듣는다는 것은 저로서는 얼굴을 붉힐 일입니다."

"아닙니다, 맹주. 당 가주의 말처럼 고생한 것은 사실이지 않습니까. 흐음… 하지만 이 지도를 보니 우리가 우려했던 것들이 여실하게 보여지는군요. 서안을 첫 접전지로 가정했을 때는 뒤로 퇴각할 수 있는 여지가 충분했었는데, 맹주의 의견을 들어보니 접전 예상 지역이 아마도 신양이 될 것 같습니다. 하지만 만약 신양에서 마교를 막지 못했을 경우를 가정한다면 도저히……."

남궁 가주는 다른 사람이 나서기 전에 얼른 당 가주의 달을 받으며 제갈 맹주의 노고를 치하했다. 그런 후 바로 마교와 접전이 예상되는 지점인 신양을 향해 고개를 돌리며 이야기를 이끌어나갔다. 하지만 남궁 가주가 지도를 보며 우려의 말을 꺼내면서 말끝을 흐리자 호 장문인은 그에 호응하며 우려의 목소리를 내었다.

"그렇군요. 접전이 벌어진다면 그곳은 신양일 것 같습니다. 그러나 남궁 가주의 말대로 신양에서는 퇴각할 수 있는 여지가 전혀 보이지 않는군요. 또한 안휘성(安徽省)은 황궁이 있는 곳입니다. 하물며 본 맹이 위치해 있는 회남과 금릉은 불과 사백육십 리밖에 떨어지지 않았으니, 안휘성 안에서 마교와의 접전이 있을 경우 이유를 불문하고 황제의 분노를 사게 될 것이 분명합니다. 그러므로 제 의견을 덧붙이자면 최후의 방어선은 하남성이어야 할 것입니다."

"지도를 보니 호 장문인의 말씀이 일리가 있는 것 같습니다. 그러나 마교에서도 생각이 있다면 안휘성 내에서 혈전을 벌이는 무모한 짓은 벌이지 않을 것입니다. 그러니 아마도 회하(淮河) 유역의 이 평야 지대가 우리의 최후 방어선일 될 것입니다. 그리고 이번 접전에서 무림맹이 퇴각하게 된다면 향후 중원은 마교의 수중에 넘어가게 되는 것은 시간문제일 것입니다."

"흐음… 그렇구먼. 하지만 그 일대는 곡창 지대라 일반 백성들이 많이 살고 있는 곳이네. 내 생각이지만 그 일대에서 접전을 벌일 경우 백성들의 피해가 극심해질 것이고, 그렇게 되면 황제가 우리에게 책임을 물을 것 같은데… 그렇지 않나, 연정 장문인, 맹주?"

용두호개 궁여상은 중원 천지 사방 곳곳에 제자들이 상주해 있는 개방의 방주로서 제갈 맹주가 애써서 만들어온 지도가 없어도 어디 어느 위치에 무엇이 있는지 정도는 확실하게 알고 있었다. 그렇기 때문에 호 장문인과 범광 장문인의 말에 고개를 끄덕여 보이면서도 확실한 확답을 연정 장문인과 제갈 맹주에게 구했다.

"여러분들 모두 많은 생각을 하셨고 또한 궁 방주님의 말씀이 계셨지만, 이처럼 복잡한 상황이 되었기에 현시점에서 제가 우선 말씀드릴 수 있는 것은 여러분들의 도움이 절실하다는 것뿐입니다. 그리고 그러한 것을 전제 하에 저 나름대로 생각해 본 것이 있는데, 제가 생각하는 마교와의 첫 접전 지역은 신농가(神農架) 일대입니다."

"신농가? 신농가라면 호북성에 있는?"

"그렇습니다, 궁 방주님."

"아니, 왜 하필 신농가를?"

궁 방주는 제갈 맹주의 말에 깜짝 놀랐다. 어차피 마교가 동진을 감행할 경우 가장 먼저 통과하는 곳은 호북성의 경계 지역에 위치한 무산(巫山) 일대이며, 그중의 한 군데가 바로 장강이 무산의 초서산지(楚西山地)를 가로지르며 형성된 삼협(三峽)이다. 그러나 수로를 이용해야 한다는 것과 험난한 협곡(峽谷)이라 가능성은 별로 없는 곳이었다. 그렇다면 무산의 북쪽에 위치해 있는 신농가를 통과할 가능성이 높았다. 하지만 궁 방주로서는 무산 삼협과 마찬가지로 험한 산세로 유명한 신농가에서 첫 접전을 벌인다는 제갈 맹주의 말에 쉽게 동의할 수가 없었다.

신농가의 초목들은 신기한 색채를 띠고 있으며, 전설에 따르면 먼 옛날 신농씨(神農氏)가 여기서 여러 가지 약초를 맛보고 난 후 산이 높고 길이 험하여 부득이 탑목 위에 올라서서 바로 신농가라는 아름다운 이름을 지었다고 할 정도로 험준함을 자랑하는 곳이었다. 또한 정상에 위치한 신농정(神農頂)은 드높은 벽과 같이 기괴한 형태의 판벽암(板壁岩)이 화중 지역에 오만한 듯이 뽐내며 세워져 있어 명실상부한 화중제일봉이라 할 수 있다.

산 정상에서는 하늘 가득히 운모(雲帽)가 자리하고 있었다. 더구나 방대한 규모의 운모는 한 쾌의 두꺼운 메밀밭을 이루듯 일 년 내내 정상을 감싸고 있어 사람들에게 신농정의 신비한 전설을 느끼게 해주는 곳이었다.

"궁 방주께서 무엇을 염려하시는지 잘 알고 있습니다. 그러나 신농정은 기암괴석뿐만 아니라 대나무가 밀집한 곳도 있습니다. 당연히 문인들이 몸을 충분히 은닉할 수 있는 장소이기도 하지요. 또한 마교에서는 우리가 호북성에 첫발을 들여놓는 순간부터 대규모로 반격을 감행할 줄은 생각지 못할 것입니다. 그렇기 때문에 다소 험난하고 무리가 있기는 하지만 첫 접전 지역을 신농가로 하고자 한 것입니다."

"흐으음……."

"그럴 수도……."

"만약 마교의 무리가 신농가를 지나 악서산지(鄂西山地)를 넘을 경우 성계(省界)에는 대별산(大別山) 등의 구릉성 산지와 중앙의 호광(湖廣) 평야 및 강한(江漢) 평야가 있습니다. 우리는 이들 대평원에서 최후의 방어선을 형성할 수 있습니다. 이렇게 신양까지 가는 길목을 철저히 막아 현원세가를 멸문시킬 수 있는 시간을 벌어주어야만, 본 맹이 향후 무림 정국을 원활하게 이끌어갈 수 있는 토대가 마련되는 것입니다."

제갈 맹주의 긴 설명이 끝난 후 수유의 시간 동안 정무전(正武殿) 안에는 정적이 감돌았다. 아무리 생각해도 현재로서는 실현 불가능에 가까운 계획이었기 때문이다.

하지만 모든 사람들이 그러한 것을 알면서도 쉽게 반박할 수 없는 것은, 제갈 맹주가 처음 말문을 열었을 당시 자신들에게 했던 말이 머리 속에서 지워지지 않고 있었기 때문이다.

'우리들의 도움이 절실하게 필요하다는 말은 무슨 뜻인가? 설마 우리들 중 누군가가 현원세가가 있는 태원이 아닌 마교를 상대하기 위해 신농가로 향해야 한다는 말인가? 빈약하기는 하지만 무한에 철혈검문이 있고 패혈맹이 적극적으로 도움을 줄 수 있는 상황인데 설마……?

구파일방과 오대세가는 물론 새롭게 장로 직을 수여받은 세 사람의 얼굴 표정이 서서히 굳어지기 시작했다. 강호에서 쌓아 올린 명성과 연륜이 쉽게 얻어지는 것이 아닌 만큼, 조금만 생각해도 제갈 맹주가 자신들에게 무엇을 원하는지 쉽게 알 수 있었던 것이다.

맹주를 제외한 열일곱 명의 영수 중 가장 먼저 말문을 연 사람은 하북팽가의 가주 팽덕호(彭悳扈)였는데, 강호에서 패도(覇刀)라 불리는 것보다 급도(急刀)라 불리는 것이 더 어울릴 정도였다.

"그렇다면 맹주께선 우리들 중 몇 명은 신농가로 향해야 한다는 것입니까?"

"이런 말씀을 드려서 여러분들께 죄송하지만, 모두들 아시듯이 어쩔 수 없는 상황입니다. 그렇게 생각하시지 않습니까, 팽 가주."

"헛! 흐음… 뭐 그렇기는 하지만 그래도……."

팽 가주는 제갈 맹주의 직접적인 물음에 순간적으로 당황하여 쉽게 반박할 수가 없었다. 달리 생각할 수 있는 방법도 없었기에 나중에는 고개를 끄덕이며 수긍하는 자세를 취했다. 이러한 상황은 다른 영수들 역시 마찬가지였다. 비록 팽 가주처럼 직접적으로 대놓고 하지는 못했지만, 상황이 상황인만큼 제갈 맹주의 의견에 동의할 수밖에 없었던 것이다.

제갈 맹주는 자신의 앞에 앉아 있는 영수들의 표정에서 고심 가운데 어쩔 수 없이 동조를 해야 한다는 의중이 자리잡고 있음을 알 수 있었다. 이에 그는 한발 앞으로 나서며 영수들의 얼굴을 천천히 훑어보았다. 누군가 먼저 나서주기를 바라는 마음이 담겨 있음을 여실히 드러낸 것이다.

"흐음, 무량수불……. 호북성은 무당이 자리하고 있는 곳입니다. 당연히 마교의 무리가 호북성에 발을 들여놓는 것을 가만히 지켜볼 수 없겠지요. 무당이 가도록 하겠습니다."

"감사합니다, 연정 장문인. 쉽게 결정할 수 없는 사안일 텐데 제 뜻에 동참해 주셔서 뭐라 감사의 말씀을 드려야 할지 모르겠습니다."

"무량수불. 맹주께서는 제게 그런 말씀을 하지 않으셔도 됩니다. 무당은 엄연히 무림의 그늘에서 존재하는 곳이고 또한 맹의 한 축을 담당하는 곳인데 당연한 일이 아니겠습니까."

"좋습니다. 그렇다면 저희 곤륜에서도 가도록 하겠습니다. 어차피 마교와는 피를 보아야 하는 관계가 아닙니까."

"그렇다면 저희 당가(唐家)도 동참하겠습니다. 마교에 의해 본가를 비우고 맹으로 도피한 상황입니다. 이 굴욕을 이 참에 씻을 수 있다면 기꺼이 무당, 곤륜과 함께하겠습니다!"

"당 가주의 말씀을 들어보니 신농가엔 저희 아미가 가지 않으면 안 되겠군요. 맹주, 아미도 가도록 하겠습니다."

"어찌 아미파만 가겠습니다. 엄연히 백제성이 있는 곳은 사천성에서 점창의 관할 구역이 아니었습니까. 점창에서도 가겠습니다."

"청성에서도……."

"잠시, 잠시만 말씀을 멈춰주십시오."

제갈 맹주는 무당의 연정 장문인을 시작으로 마교의 공격을 피해 맹으로 퇴각했던 여섯 곳의 영수가 신농가행을 원하자 얼른 앞으로 나서며 진정할 것을 권했다. 자신이 의도했던 상황이 된 것은 좋았지만, 너무나 많은 문파가 한꺼번에 빠져나간다면 현원세가와의 접전에서 쉽게 승리를 장담할 수 없다는 판단이 들었기 때문이다.

"여러분들의 의견은 잘 들었습니다. 그러나 그렇게 되면 거의 무림맹의 삼 할정도 되는 어마어마한 전력이 신농가로 향하게 됩니다. 그렇게 되면 현원세가를 공격하고자 하는 본 맹의 계획에 차질이 생길 수밖에 없습니다."

"아니, 그렇다면 맹주께서는 어디가 갔으면 합니까? 무슨 복안이라도 계십니까?"

"사실 저는 이번에 무당의 연정 장문인을 주축으로 해서 두 개 정도의 문파만 동행했으면 합니다. 현원세가를 공격하는 일도 쉽지 않을 것이므로 태원에는 소림을 주축으로 하여 문인들의 수가 많은 구파일방과 오대세가는 최대한 많이 동행하는 편이 좋을 것 같습니다. 마교는 분명 정예들이 움직일 것입니다. 그런 그들을 상대함에 있어서 무공이 낮은 문인들은 허무한 죽음만 부를 뿐입니다. 더구ㄴ 이번 일에 가장 큰 목적은 마교가 아니라 현원세가의 멸문입니다."

"맹주의 말씀대로 무당을 제외한 구파일방과 오대세가가 태원으로 간다면 남은 곳은 장백검파와 보타문, 그리고 저희 엽씨검문(葉氏劍門)이 아닙니까?"

제갈 맹주의 설명을 들으면서 가장 불쾌한 표정을 지은 사람은 엽씨검문의 문주 엽무검이었다. 아무리 자신들이 원해 무림맹에서 제안한 장로 직을 받아들였지만, 그렇다고 해도 무림 최강의 세력과 접전을 벌이라고 등 떠밀리는 상황은 그리 좋게 생각되지 않았던 것이다.

"엽 문주께서 무슨 말씀을 하시는지 알겠습니다. 하지만 현시점에서 오십 명도 안 되는 문인들을 이끌고 오신 엽씨검문과 보타문, 그리고 장백검파의 전력은 현원세가보다는 마교를 상대함에 더 적합하다는 판단이 들었습니다. 그것은 세 분께서 대동하고 온 문인들 모두 각 문파의 정예들이기 때문입니다. 그에 비해 다른 문파들과 세가들은 무공수위가 낮은 문인들이 대부분입니다. 엽 문주께선 제가 왜 이런 말씀을 드렸는지 아실 것입니다."

"흐으음……."

엽 문주는 제갈 맹주의 설명을 들으면서 내심 동의할 수밖에 없었다. 하지만 그렇게 될 경우 자신이 힘들여 키운 제자들이 마교를 상대로 힘든 혈전을 벌여야 하는 상황이기에 쉽게 고개를 끄덕일 수 없었다. 그저 제갈 맹주의 말을 듣고서 조용히 침묵을 지키며 돌아가는 상황을 주시할 뿐이었다.

"맹주, 맹주의 의중이 어디에 있는지 알겠지만, 아무래도 엽 문주의 말씀을 들어보니 저희 점창에서도 무당과 함께 신농가로 향하고 북경에 위치해 있는 장백검파가 태원으로 향하는 것이 좋을 듯싶습니다. 아무리 패혈맹에서 수많은 문인들을 보내준다고 해도 그들도 보는 눈이 있을 것 아닙니까. 또한 험한 산세 속에서 생활해 온 것도 많은 도움이 될 것이고, 이대제자 이상의 문인들만 대동하고 갈 것이니 마교를 상대함에 있어서 큰 어려움은 없을 것입니다."

"알겠습니다. 현천 장문인께서 그렇게 말씀하시니 그렇게 하십시오. 엽 문주, 다른 의견이 있으십니까?"

"흐으음, 현천 장문인께서 신농가로 함께 가시고자 하는데 무슨 말을 더 하겠습니까. 그렇게 하겠습니다."

"그럼 다른 분들께서는……."

"……."

"좋습니다. 그럼 무당파의 연정 장문인께서 진두지휘를 하시고 점창파와 엽씨검문, 보타문이 신농가로 함께 출정하는 것으로 하겠습니다. 또한 다른 분들은 모두 현원세가로 향하기는 하되 궁 방주께서는 서안과 낙양, 그리고 하남성 일대에 문인들을 풀어서 혹 마교의 양동 작전이 전개되는가를 신속하게 파악할 수 있도록 조치해 주십시오. 만약 양동 작전이 전개될 경우 태원으로 향한 문파들이 그들을 상대해야 하기 때문입니다."

"알았네. 내 이 문을 나서자마자 제자들에게 지시해 놓겠네."

"감사합니다. 오늘 회의는 이것으로 마치도록 하고, 내일 출정하는 것으로 하겠습니다. 그러니 여러분들은 각별히 신경 써주시기 바랍니다."

"흠! 자, 마교면 어떻고 현원세가면 어떻습니까. 모두 다음에 모일 때 웃으며 만날 수 있기를 바랍니다."

"아미타불."

"무량수불……."

"그럼 다음에 뵙겠습니다, 원시천존."

회의가 끝난 후 정무전은 제갈 맹주 혼자만 남아 썰렁한 타람이 불어오는 창가에 서서 먼 하늘을 바라보고 있었다. 어찌 되었든 이제 내일이면 무림에 혈풍이 불게 되고, 맹주인 자신은 그 회오리의 중심에 설 수밖에 없기에 착잡한 심정은 말로 다 설명할 수 없을 정도였다. 하지만 해야만 하는 일이고, 하지 않으면 안 되는 일이기에 제갈 맹주는 천천히 손을 말아 쥐며 주먹에 힘을 주었다.

'어쩔 수 없이 피를 보아야 하는 상황이라면 철저하게 할 수밖에!'

조반을 먹은 후 시작된 회의는 해가 서쪽 하늘에 옮겨갈 시간이 되어서야 끝났기에 무림맹에는 서서히 그늘이 드리워지고 있었다.

하지만 내일은 분명 태양이 떠오를 것이기에 제갈 맹주는 구름의 하늘에도 언젠가는 만천하를 따뜻하게 비춰줄 태양이 떠오를 것임을 믿어 의심치 않았다. 그것이 언제가 될지는 모르겠지만, 그 태양은 무림인들 가슴에 이 세상 무엇보다 밝고 찬란하게 빛날 것이기에…….

내일은 전투다운 전투를 할 수 있겠구

제3장 내일은 전투다운 전투를 할 수 있겠군

암반의 겉 표면을 바람이 훑고 지나가면서 미세한 먼지를 공기 속으로 날리고 있었다. 또한 그 암반을 걷고 있는 수많은 사람들은 공기 중에 떠다니는 먼지를 마시지 않기 위해 무거운 외투를 두르고 있었다. 그래서인지 간간이 보이는 매서운 눈매를 통해서 그들이 사람이라고 알아볼 수 있었다.

기나긴 행렬.

하지만 아무리 긴 행렬이라 하더라도 끝은 보이지 않을지 모르지만 반드시 그 시작점은 있게 마련이다. 또한 군대를 통솔함에 있어 선두에 서서 진두지휘하는 사람이 수장임은 말할 것도 없거니와 지금과 같은 행렬에서도 그것은 마찬가지였다.

"응?"

가장 선두에 서서 행렬을 이끌고 있는 사람은 멀리서부터 일어나는 먼지구름을 보았다. 그것은 한눈에도 많은 말들이 함께 움직이며 일으키는 먼지라는 것을 알 수 있었다.

저 멀리 먼지구름을 일으키며 다가오는 무리들이 타고 있는 말들은 어짜나 빠른지 수유의 시간이 흐르기도 전에 바로 코앞까지 다가와 있었다.

"자네들은 누구인가? 응?"

"헉헉, 휴~ 우승상, 아우니스요."

"아니, 집녕으로 먼저 출발한 것으로 알고 있는데 추밀원(樞密院) 원주께서 어쩐 일로 이렇게 급히 되돌아오신 것입니까?"

"우승상, 정말 이렇게 만나게 되어서 다행입니다. 자칫 길이 어긋나기라도 했다면 큰일 날 뻔했습니다."

"……?"

우승상 염상백은 자신의 앞에서 숨을 헐떡이고 있는 육십이 넘은 장군의 안색을 살펴보는 데 여념이 없었다. 도대체 무슨 일이 있었기에 예정에도 없는 회군을 한 것인지 짐작할 수 없었던 것이다.

분명 계획대로라면, 자신의 눈앞에 있는 아우니스 추밀원 원주는 집녕에 있어야만 했다. 더구나 만리장성 넘어 대동의 정세를 살펴본 후 자신이 이끌고 있는 본대와 합류함과 동시에 모든 사항을 보고해야 할 임무가 부여되어 있었다.

하지만 아우니스 원주는 분명 자신이 대동했던 병사들과 함께 염상백의 눈앞에서 가쁜 숨을 몰아쉬며 지친 몸을 다스리고 있었다.

"우승상, 무슨 일인가?"

"아, 토리스타르 동평장사께서도 나오셨습니까?"

염상백은 좌승상 아룩타이가 몸이 불편안 토리스타르를 부축하고 나서자 시선을 좌승상에게 주었다.

"행렬이 멈추자 동평장사께서 무슨 일인지 직접 확인하겠다고 하시기에 제가 모시고 나왔습니다."

"그렇군요. 자, 이리로 오시지요."

"알았네. 그나저나 아우니스 원주, 도대체 무슨 일인가? 이런 일은 계획에 없었던 것으로 기억하는데?"

"휴~ 동평장사님도 계셨군요. 먼저 인사를 올립니다."

"됐네. 그런 격식을 차릴 시간이 있으면 어서 온 이유나 설명해 보게!"

"옛? 그, 그렇게 하겠습니다."

아우니스 원주는 토리스타르 동평장사에게 상관에 대한 예를 취하려고 말에서 내린 후 한쪽 무릎을 바닥에 꿇으려 하다가 제지를 당하자 멋쩍은 표정을 지어 보인 후 천천히 토리스타르 앞으로 걸음을 옮겼다.

처음 말에서 내린 후 어느 정도 기력을 회복했는지, 추밀원 원주 아우니스는 아직 힘차게 뛰고 있는 심장을 한 손으로 어루만지면서 의문이 가득 담긴 눈으로 자신을 쳐다보고 있는 토리스타르와 염상백을 향해 힘겹게 말문을 열었다.

"지금 최종 집결지인 집녕이 명나라의 군사들에 의해 공격당하고 있습니다. 저희들은 멀리서 그런 전황을 살핀 후 바로 이곳으로 온 것입니다."

"뭐라! 집녕이 공격을 받고 있다는 말인가?"

"그렇습니다."

"그런데 원주는 집녕의 군사들을 지원하지 않고 이곳으로 왔다는 말입니까?"

"그렇군. 원주는 타타르 국의 한 축을 담당하고 있는 장수로서 어찌 적에게 등을 보였단 말인가! 자네의 군사들도 상당한 훈련을 한 것으로 알고 있는데!"

아우니스 원주의 설명을 들은 염상백은 이해할 수 없다는 눈빛을 하며 따지듯 물었다. 또한 큰 충격을 받았는지 혼자서 서 있을 기력조차 보이지 않던 토리스타르 동평장사가 마치 호랑이의 눈처럼 붉게 충혈된 눈으로 직시하며 아우니스 원주의 해명을 듣고자 했다.

이에 아우니스 원주는 지휘관으로서 자신이 잘못된 판단을 하지 않았다는 것을 보여주기라도 하듯 주눅 든 표정을 지어 보이지 않기 위해 애쓰면서 힘겹게 말문을 열었다. 하지만 긴장으로 인해 흐르기 시작한 이마의 땀방울은 숨길 수가 없었다.

"동평장사님, 당시로서는 집녕을 지원하기보다는 그와 같은 상황을 알리는 것이 급선무라 판단했습니다. 워낙 급하게 회군한 상황이라 명나라의 군세를 정확히 파악할 수는 없었지만, 어림잡아 사십만이 넘는 대병력이었습니다."

"사, 사십만?"

"원주! 정말 그 정도의 대병력이었단 말입니까? 그럴 리가……."

"확실합니다. 그렇기에 집녕을 지원하기보다는 곧장 이곳으로 말 머리를 돌린 것입니다. 제가 부족하여 병사들을 이끌고 이 자리에 섰지만, 어찌 타타르 국의 장수로서 적에게 등을 돌리겠습니까! 이 모두 황제 폐하와 백성들을 위한 충정입니다."

아우니스 원주는 자신을 한심하다는 눈으로 바라보고 있는 토리스타르 동평장사를 향해 두 무릎을 꿇으며 깊게 고개를 숙였다.

"휴~ 아우니스 원주는 그만 일어나게. 아무래도 상황이 급한 듯하니 포두(包頭)로 병사들을 이끌기보다는 얼른 집녕으로 말 머리를 돌리는 것이 좋을 듯싶구먼. 우승상의 생각은 어떠한가?"

"사실 지금으로서는 쉽게 결정을 내릴 수 없는 상황입니다. 정말로 적의 병사 수가 아우니스 원주가 말할 것처럼 대규모라면 이 일은 쉽게 생각할 수 없는 일입니다. 만약 그와 같은 대병력이 집녕을 공격하고 있었다면 지금쯤 함락되었을 것은 자명한 일이고, 그렇다고 그들이 집녕만을 함락시키기 위해 그런 대규모의 공격을 감행했다고는 생각할 수 없기 때문입니다."

"그렇다면 우승상의 의중은 무엇인가? 가만, 설마……!"

"아마도 명 황제가 북벌을 감행하려는 것이 아닐는지……."

"뭐라! 부, 북벌……?"

"이, 이런! 동평장사님! 괜찮으십니까?"

토리스타르 동평장사는 우승상의 말에 너무나 놀란 나머지 그만 다리에 힘이 빠지는 것을 느끼며 그 자리에 주저앉을 뻔했다. 바로 옆에 좌승상 아룩타이가 팔을 잡아주지 않았다면, 토리스타르는 말에서 떨어질 뻔한 상황이었다. 아룩타이의 부축을 받으면서 자꾸만 두근거리는 심장의 떨림을 다스리고자 했다. 하지만 토리스타르로서는 쉽게 마음을 진정할 수가 없는 상황이었기에 인해 입조차 제대로 뻘리지 못하고 있었다.

"좌승상, 어서 동평장사님을 마차로……."

"알겠습니다."

"아니네, 좌승상. 나는 괜찮으니 우승상은 어서 이 일을 대비하도록 하게. 휴~ 나는 잠시 이곳에 앉아야겠네."

"그럼 그렇게 하십시오. 저는 잠시 상황을 좀 더 생각해 보아야만 할 것 같습니다."

"그렇게 하게."

토리스타르 동평장사가 좌승상 아룩타이의 부축을 받으며 수하들이 마련한 의자에 힘겹게 몸을 눕히자, 염상백은 정보를 가지고 온 추밀원 원주 아우니스를 향해 침착하게 자신이 본 것을 설명하도록 명했다. 이에 아우니스는 자신이 집녕에 도착한 후 수하들에게 보고받은 정보와 나름대로 수집한 정보를 하나도 빠짐없이 염상백에게 보고했다.

아우니스의 보고가 계속될수록 듣고 있는 염상백은 물론 옆에 앉아 숨을 고르던 토리스타르 동평장사의 눈에 놀람의 빛이 감돌았다.

"동평장사님, 명 황제의 북벌 정책이 시작된 것 같습니다. 이런 일이 일어나지 않기를 바라고 또 바랐건만, 안타깝게도 우리가 한발 늦은 것 같습니다."

"정녕 북벌이란 말인가? 이런 어처구니없는 일이 벌어지다니……."

"우승상, 그럼 지금 당장 옐렌하오터로 회군을 해야 하지 않겠습니까? 그와 같은 대병력의 무차별적인 공격이라면, 아무리 집녕의 성벽이 철통 같다고 해도 함락되었을 것입니다. 그러니 빨리……."

아우니스 원주의 설명으로 아룩타이는 상황의 심각성을 느낄 수 있었다. 또한 그렇기에 하루라도 빨리 적을 상대할 수 있는 위치로 이동해야 한다고 생각했다.

"아닙니다, 좌승상. 옐렌하오터로 가는 것보다는 오히려 사인샨드로 직접 향하는 것이 좋을 듯싶습니다."

"샤인샨드라면……?"

"그렇습니다. 집녕을 함락한 상태라면 지금쯤 그들은 폐하께서 계신 카라코룸으로 이동 중에 있을 것입니다. 그렇다면 그들 중 이쪽 지리에 밝은 지휘관이 있을 것이고, 그들은 대병력을 이끌고 고비사막을 종단하려는 무모한 짓은 하지 않을 것입니다. 아무리 그들이 폐하께서 계신 카라코룸을 함락하고자 출병한 것이지만, 그들 역시 안전한 길을 통해 카라코룸까지 이르고자 할 것입니다. 그러니 그들은 아마도 옐렌하오터와 차민위드를 거쳐 사인샨드로 향할 것입니다."

"어차피 그들이 그쪽 길로 향한다고 해도 사막을 넘는다는 것은 같지 않습니까?"

"아니지요. 언급한 두 곳을 지날 경우 사막을 종단한다는 것은 같겠지만 그래도 끝 자락을 돌아서 이동하는 것 아닙니까. 그래서 우리들도 그곳을 지나 이곳까지 온 것이고요."

"그렇군. 그것은 우승상의 말이 맞는 것 같네. 그렇다면 우승상은 앞으로 어떻게 할 생각인가? 이 상황을 하루라도 빨리 폐하께 알려야 하지 않겠는가?"

"그렇게 해야겠지요. 하지만 우선은 우리가 사인샨드에 도착하기 전에 옐렌하오터와 차민위드에 주둔 중인 병사들을 모두 뒤로 물려야 할 것입니다. 이런 상황에서는 병력의 집결이 무엇보다 승패에 직접적인 영향을 미치기 때문입니다. 또한 우리가 먼저 사인샨드에 도착해서 충분한 휴식을 취하고 있어야만 힘들게 고비사막을 종단한 명나라의 군세를 격퇴시킬 수 있을 것입니다."

염상백은 자신만을 바라보고 있는 토리스타르에게 앞으로의 상황을 세심하게 설명할 필요가 있었다. 이런 상황에서는 무엇보다 서로 간의 믿음이 중요하다는 것을 잘 알고 있었으며, 그렇게 하기 위해서는 자신의 생각을 허심탄회하게 내보여야 하기 때문이었다. 비록 황제인 부니야시리의 명에 의해 총지휘관으로 자신이 임명되었지만, 토리스타르는 그러한 것을 무시할 정도로 막강한 영향력을 지니고 있었다.

"그렇군. 역시 우승상이네. 그들은 사막에 익숙하지 못하니 우리에게 그들을 이길 수 있는 충분한 기회가 주어지겠지. 그렇다면 아우니스 원주는 지금 당장 우승상의 명대로 거론된 곳으로 가서 병사들을 사인샨드로 이동할 것을 전한 후 폐하께 보고드리도록 하게. 지금 당장 출발하도록 하게!"

"동평장사님의 명을 받들겠습니다. 그럼 소인은 이만……."

아우니스 원주는 올 때와는 달리 이십 명의 병사만 대동하고 길을 떠났다. 얼마나 빨리 움직이느냐에 승패가 달려 있는 만큼, 오천 명이 넘는 병사를 이끌고 움직일 수가 없었던 것이다.

"동평장사님, 우리도 지금 당장 회군해야 할 것 같습니다. 불편하시겠지만 추후의 일은 움직이면서 진행하도록 하겠으니 얼른 마차에 오르시지요."

"그렇게 하겠네. 휴~ 이번엔 중원 땅을 밟을 수 있을 것 같았거늘……."

'몇 달만, 몇 달만 먼저 출병했으면 좋았을 것을… 정말 안타깝기 그지없구나. 아…….'

토리스타르는 아쉬운 마음에 하늘을 향해 깊은 고뇌가 담긴 한숨을 내뿜었다. 나이가 나이인만큼 토리스타르는 자신이 조금이라도 정정할 때 황제에게 중원 땅을 밟을 수 있도록 해주고 싶었다. 하지만 하늘은 그것을 바라고 있지 않은지, 힘들게 첫발을 내디딜 여유조차 주지 않고 발걸음을 돌리도록 강요하고 있었던 것이다. 얼마나 고통스럽게 힘들게 기다리면서 달려온 세월이었는데…….

*   *   *

끝없이 펼쳐진 암반들.

어쩌다 보이는 작은 나무들.

사방이 적막함에 젖어 있던 곳에 낯선 이방인 한 무리가 이동하면서 생긴 소음으로 빠끔히 고개를 내밀어 주변을 두리번거리는 이름 모를 동물들.

그러나 그런 동물들조차 무엇에 놀랐는지 순식간에 자신의 보금자리로 들어가 버린 지 오래였다.

이처럼 아무도 반겨주지 않는, 도저히 사람이 살 수 없을 것만 같은 삭막한 사막은 이따금씩 불어오는 모래바람이 그 열기를 조용히 식혀주고 있었다.

이러한 곳을 정복하기 위해 천천히 이동 중에 있는 일단의 무리들이 있었는데, 그 수가 얼마나 많은지 수를 헤아릴 수 없을 정도였다. 정확히 선두가 어디인지는 알지만, 그 뒤로 끝나는 지점을 눈으로 확인할 수 없을 정도로 기나긴 행렬이 꽉 짜여진 틀에 맞추어 일사천리로 행군을 계속하고 있었다.

"아직 멀었는가?"

"조금만 더 가시면 됩니다."

"흠, 차민위드를 떠나온 지 벌써 열흘이 다 되었는데 아직이란 말인가? 사막을 건너는 동안 병사들은 조금도 쉬지 못했네. 더 이상 행군이 길어지면 병사들 사기에도 큰 영향을 줄 것이야."

"장군님, 하지만 소인으로서도 어쩔 수 없습니다. 아무리 소인이 이곳 지리를 잘 알고 있다지만, 사십만 명이 넘는 병사들을 데리고 이 정도의 속도로 이동 중인 것만 해도 소인으로서는 다행이라고 생각될 정도입니다. 그리고 아마도 내일 오후쯤엔 사인샨드에 도착할 수 있을 것입니다."

"그렇다면 천만다행이고."

사막을 거의 지났다는 수하의 말에 적지 않게 안심이 되었는지, 고개를 끄덕이며 길게 늘어진 수염을 매만지는 장군은 영락제의 칙령을 받아 정로군(征虜軍)의 총지휘관인 정로대장군(征虜大將軍)으로 임명된 구복(丘福) 전 중군도독부(中軍都督府) 좌도독(左都督)이었다.

"우리들이 진군하고 있는 것을 저들도 알았는지 지금까지 지나온 도시들마다 식량은 고사하고 목을 축일 물조차 구할 수 없었지 않은가? 아무래도 최대한 빨리 카라코룸까지 가야 할 것 같네. 표기장군(驃騎將軍)은 사정장군(四征將軍)과 사진장군(四鎭將軍)에게 일러 각 군부의 장군들에게 병사들의 발걸음을 재촉하라 이르게."

구복 대장군은 각 지휘관들에게 명해 병사들의 걸음을 재촉하게 했다. 조금이라도 빨리 행군할수록 지긋지긋한 사막을 빨리 넘을 수 있기 때문이었다.

"그렇게 하겠습니다."

평상시에 군을 통솔하는 최고위 무관으로서 대장군이 없을 시 군의 총지휘권자가 되는 표기장군은 구복 대장군의 명을 수행하기 위해 말머리를 힘차게 돌려 뒤따라오고 있는 장군들에게로 향했다. 자신 또한 사막을 하루라도 빨리 벗어났으면 하는 바람이 있기에 말을 다루는 모습엔 긴 행군으로 지쳐 있던 모습이 보이지 않았다.

"저 사람도 어지간히 이곳이 싫었던 모양이구먼. 휴~ 그나저나 대동을 출발한 지 벌써 이십 일이 넘고 있구나. 우려했었던 것보다 큰 저항은 없었지만, 어째 시일이 지날수록 불안한 마음이 드는 군……."

구복 대장군은 대동을 출발할 당시 힘차게 요동치던 심장이 지금은 차분하게 가라앉은 것을 느낄 수 있었다. 그것이 언제부터인지 잘 알 수는 없었으나, 아마도 집녕을 함락한 다음부터일 것이라 짐작하고 있을 뿐이었다.

대장군으로 부임한 후 첫 전투지였으며, 또한 별다른 피해 없이 기분 좋게 첫 승리를 취할 수 있었던 집녕.

구복 대장군은 집녕을 출발한 이후 지금까지 별다른 저항을 보이지 않고 있는 타타르 국의 움직임에 불안감을 느끼고 있었다. 거의 최종 목적지까지 절반 정도 되는 거리를 이동하는 동안 적의 움직임이 없다는 것은 지휘관으로서 신경 쓰이지 않을 수 없는 문제였다.

'지금까지 우리를 그냥 통과시켰다? 아무래도 그런 생각이 드는구면. 그렇다면 도대체 어디일까? 카라코룸일까? 아니겠지. 황성까지 그냥 통과시킬 정도로 타타르 국의 장수들이 그냥 보고만 있지는 않겠지. 그렇다면……? 그렇군! 그렇겠구나! 아~ 이거 참, 아마도 내일 큰 전투가 벌어지겠구나. 오후쯤 사인샨드에 도착한다고 했었으니 그동안 사막을 건너느라 지칠 대로 지쳐 있는 우리를 상대하고자 할 것이 분명할 것이다.'

"이런! 상황이 별로 좋지 않구나. 흐으음……."

자신이 만약 타타르 국의 장군이라면 자신들을 정벌하기 위해 쳐들어온 적을 어떻게 상대할까를 고민하던 구복 대장군은 한동안 깊은 고심에 빠져 있다가 자신의 무릎을 탁! 치면서 일어서려다 말에서 떨어질 뻔했다. 하지만 몸이 지쳐 있는 관계로 큰 동작을 하지 못해 큰 불상사는 일어나지 않았다.

"대장군, 무슨 일이십니까?"

"아니다. 아무 일 아니니 자네는 당장 표기장군과 거기장군(車騎將軍)을 불러오도록 하고, 후방으로 가서 사정과 사진장군들을 불러와라. 급한 일이니 지금 당장 출발하도록!"

"명을 받들겠습니다, 대장군."

"알겠습니다, 대장군!"

"어찌 되었든 적이 우리를 상대하기 위해서 진을 치고 있을 것이니, 드디어 내일은 전투다운 전투를 할 수 있겠군. 무의미하게 사막을 종단하는 것보다는 적이 우리를 기다리고 있는 것이 좋겠지. 군사들의 사기에도 좋은 영향을 미칠 것이야. 그래도 우리는 황제 폐하의 명을 수행하기 위해서 움직이는 정로군이 아닌가."

안휘성(安徽省) 봉양현(鳳陽縣)에서 태어나 십팔 세의 어린 나이에 병졸이 되어 육십칠 세에 대장군이 되기까지 그동안 수많은 죽음의 고비를 넘긴 구복 대장군이었다. 군 생활의 시작을 병졸로 시작해서 그런지 명나라의 수많은 장군들 중에 병졸들의 심정을 그 누구보다 잘 알고 있는 그였다. 그렇기 때문에 자신을 따르고 있는 장군들은 물론 병졸들에게까지 깊은 믿음을 주고 있었다.

중군도독부 좌도독의 자리까지 오르는 동안 주변의 많은 장군들로부터 시기와 멸시도 많이 받았지만, 구복 대장군에게는 그러한 것들은 눈에 들어오지도 않았다. 자신을 믿고 따르는 수하들과 병사들의 안전이 그에게는 최고의 근심거리였던 것이다.

또한 그는 그 무엇보다 자신이 대장군의 지위까지 오를 수 있었던 배경에는 자신의 능력보다 수하들의 믿음이 큰 역할을 했다고 생각했다. 그렇기 때문에 구복 대장군은 병사들이 내일 있을 전투에서 무의미하게 희생되는 것을 바라지 않았다. 승리를 위해 최선을 다하는 것은 다른 장군들과 마찬가지였지만, 구복 대장군은 최소한의 희생으로 승리를 쟁취했으면 하는 소망이 좀 더 컸으며, 병졸들 역시 대명제국의 병사로서 당당하게 싸워주었으면 하는 바람이었다.

*   *   *

얼마 전부터 세인들의 이목이 집중되기 시작한 곳.

오대산은 불교의 성지로써 참배객들의 왕래가 많은 곳이었지만, 협두봉에 있는 현원세가와 무림맹 간의 접전으로 인해 지금은 일반인들이 쉽게 드나들 수 없는 곳이 되어 버렸다.

탁탁탁탁…….

이른 시간이라 아직 태양도 떠오르지 않은 이른 새벽.

물안개처럼 자욱하게 퍼져 있는 새벽 안개를 좌우로 흩어지게 하며 신형을 분주하게 움직이고 있는 사람이 있었다.

"큰일 났습니다, 총관님!"

"응? 밖에 누군가?"

"부총관입니다!"

"부총관? 아니, 이른 새벽부터 범 부총관이 이곳엔 어쩐 일인가? 어서 들어오게."

인시가 넘도록 무림맹을 상대할 전략을 구상하다가 간신히 잠들었던 곽 총관은 뜻밖에 문밖에서 들려온 시끄러운 목소리에 단잠이 깨면서 인상을 구겼다. 하지만 상대가 범 부총관이고 급한 일이 있기에 달려온 것임을 알고는 별다른 추궁없이 방 안으로 들였다.

범 부총관의 성격상 자신의 선에서 처리할 수 없는 큰일이라 하더라도 이른 새벽에 달려와서 소리칠 정도로 덤벙대지 않는다는 것을 잘 알고 있기에 곽 총관은 얼른 의관을 정비하고는 침실 옆에 마련되어 있는 접견실로 빠르게 걸음을 옮겼다.

"부총관, 무슨 일인데 새벽부터 목청을 높이는가?"

"주무시고 계신 것은 알지만 워낙 급한 사안이라 어쩔 수 없었습니다. 죄송합니다."

"죄송은 무슨. 그래, 급하다는 일은 무엇인가?"

곽 총관은 천천히 자신의 의자에 앉으면서 범 부총관이 자신의 옆자리로 앉을 수 있도록 손으로 의자를 가리켰고, 범 부총관은 곽 총관의 안내에 따라 의자에 앉았다. 평소의 범 부총관이라면 있을 수 없는 일이었지만, 무엇이 그리 급한지 자신의 마음을 좀처럼 다스리지 못하는 표정이 역력했다.

"총관님께서도 현재 본가의 실정을 잘 아실 것입니다. 무림맹에서 본가를 사방에서 조여오기 시작한 지 벌써 삼 주가 넘어가고 있습니다."

"부총관, 지금 그 이야기를 하려고 이렇게 달려온 것인가? 현재까지 별다른 어려움은 없는 것으로 알고 있는데? 그리고 그리 큰 걱정거리는 아니지 않은가. 어차피 우리가 먼저 공격하나 저들이 먼저 공격하나 접전이 일어나기는 마찬가지였으니까. 다만 선수를 빼앗겨 버린 것이 아쉬울 뿐이지. 하지만 마교에서도 서서히 동진을 시작하고 있고, 조만간 본국에서 남하를 단행할 것이 아닌가? 그렇게 되면 본가는 본국의 후방 지원을 받을 수 있을 것이네. 그러니 부총관은 문인들에게 걱정하지 말라고 하게."

　현원세가의 예상과는 달리 무림맹의 전면 공격이 시작된 지 이십삼 일째가 되었다. 원래 예상대로라면 현시점은 현원세가에서 무림맹을 압박하고 있을 시기였다. 그렇게 하기 위해서 현원세가는 많은 시간과 노력을 아낌없이 투자했으며, 현원세가의 모든 문인들 역시 이러한 생각을 가지고 있었다.

　하지만 무림맹의 기습은 가히 폭풍우와 같이 매섭게 몰아쳤다. 당시 아무런 준비가 되어 있지 않았던 현원세가는 순식간에 태원에서 본가가 있는 오대산 협두봉으로 후퇴를 할 수밖에 없었으며, 다행히 인명 피해가 적은 관계로 문인들을 재정비하는 데는 별다른 어려움이 없었다.

　그러나 그 며칠 동안 입은 물리적 피해는 감히 상상을 불허할 정도로 어마어마했으며, 경제적인 기반을 잃은 현원세가로서는 큰 타격을 감수할 수밖에 없었다.

　상황이 이렇다 보니 현원세가는 오대산 협두봉 일대를 제외하고 그 지역 외부에서 벌어지고 있는 상황들에 관한 정보를 얻을 수 없었다. 아니, 거의 신경 쓸 수 있는 여력조차 없었던 것이다.

　그러나 곽 총관의 뛰어난 수완과 현원세가의 저력이 되살아나 수세에 몰렸던 전세는 무림맹과 일진일퇴(一進一退)를 거듭하는 상황까지 호전시킬 수 있었으며, 그로 인해 협두봉에 머물러 있던 현원세가의 세력권이 오대산 일대로 확대될 수 있었다. 따라서 현원세가로서는 좀 더 빠른 시일 안에 무림맹과의 접전을 역전시킬 일만 남은 상황이었다.

그렇기에 곽 총관은 어렵게 동맹을 맺은 마교의 조력과 함께 본국이 남하를 감행했다는 소식을 기다리고 있었던 것이다.

"그 일 때문에 이렇게 찾아온 것입니다."

"응? 그 일 때문이라니? 하하, 그럼 본국에서 남하를 시작했다는 말인가?"

"유감스럽지만… 아닙니다."

"아니라니? 그럼 무슨……?"

범 부총관의 말에 반색을 표하던 곽 총관은 순간적으로 얼굴이 일그러지기 시작한 범 부총관의 표정에 따라 이마에 한일 자를 새겼다.

"본국도 현재 정로군의 침입을 받고 있다 합니다. 명 황제가 북벌을 단행했다는 소식을 받았습니다. 총관님, 본국도 공격을 받고 있는 실정이랍니다!"

"뭐, 뭐라! 정로군? 본국도 공격을 받고 있다? 그, 그것이 지금 말이 되는 소리인가, 부총관!"

"사실입니다. 거기다 정로군 병사들의 수가 무려 사십만이 넘는 실정이며, 한 달 전에 만리장성을 넘은 정로군은 집녕을 함락시킨 후 거침없이 카라코룸까지 직행하고 있다 합니다."

"이, 이런! 사십만이라니! 북벌이라니……!"

범 부총관의 설명이 계속될수록 곽 총관의 입은 점점 더 벌어졌다. 너무나 황당한 소식을 갑작스럽게 들었기 때문인데, 지혜와 기백으로 무장한 사람이라 하더라도 순간적으로 정신을 놓을 수 있다는 것을 보여주고 있었다.

범 부총관은 곽 총관의 눈이 흐릿하게 변한 것을 볼 수 있었다. 지금까지 단 한 번도 볼 수 없었던 눈이었다. 그만큼 자신의 보고가 곽 총관에게 얼마나 큰 심적 타격을 주었는지 짐작할 수 있었다.

"그, 그렇다면 현재 본국의 상황은?"

간신히 정신을 차린 곽 총관은 자신의 한 손으로 이마를 짚으며 범 부총관을 향해 살짝 고개를 돌렸다. 아직 완전하게 회복된 상황이 아니었는지, 곽 총관의 이마에 생긴 주름은 깊게 골이 패어 있었다.

"사인샨드에 모든 병력이 집결해 있는 상황이랍니다. 아마도 그곳에서 대접전이 벌어질 것 같습니다."

"사인샨드라… 그렇군. 그곳이라면, 현재 본국의 병력이라면 사십만이 아니라 오십만이 넘는 병력이 쳐들어온다고 해도 쉽게 함락시킬 수 없을 것이다. 아마도 이번 전략도 저번에 왔었던 우승상에게서 나왔겠지?"

"남하군의 총지휘관이 우승상이라고 하니, 아마도 그럴 것입니다."

곽 총관은 범 부총관의 말에 조금 안심이 되었는지 고개를 크게 끄덕이며 의자에서 몸을 일으켰다.

"참, 이번 정로군의 총지휘관은 누구라 하던가? 혹 전군도독부(前軍都督府)의 맹번효(氓繁曉) 도독인가?"

곽 총관은 정로대장군으로 맹 도독이 임명되었을 것이라 짐작했다. 명나라의 백성들이라면 누구나 맹 도독이 얼마나 용맹하고 충직한 장수인지 잘 알고 있었다. 맹 도독이 전군도독부 도독으로 있는 동안 타타르 국과 오이라트 국의 잦은 침입이 있었어도 만리장성을 굳건하게 막아주었기에 그런 그의 공로를 인정하지 않는 백성들이 없을 정도였다. 또한 곽 총관이 자신의 짐작에 확신을 가지는 이유는, 맹 도독은 현 황제인 영락제를 옛날 연왕 시절부터 충직하게 따르던 장군 중의 장군이었기 때문이다.

"소인도 처음엔 맹 도독인 줄 알았는데 첩자들을 통해 다각도로 확인해 본 결과 맹 도독이 아니라 중군도독부 구복 좌도독이라 합니다."

"구복 좌도독? 정말 맹 도독이 아니란 말인가?"

"그렇습니다. 보고에 의하면 구복 좌도독이 정로대장군으로 임명되었다 합니다."

"구복이라, 구복…… 아! 병졸로 시작해서 중군도독부 좌도독까지 올랐다는 인물! 정말 그 사람인가?"

"예, 그렇습니다."

"흐음, 그렇다면 내 생각보다 어려운 싸움이 되겠구나. 맹 도독은 워낙 용맹한 장수라 용병술이 뛰어나다는 것은 누구나 알고 있지만, 사막을 넘으면서 악천후와 싸워야 하는 병사들의 속마음을 어루만지지는 못했을 것이다. 그러나 병졸부터 시작한 구복 좌도독이라면……."

곽 총관은 본국의 상황도 별로 자신들과 다르지 않다는 것을 직감했다. 정로군에 무공을 할 수 있는 군사들이 없다는 것을 알기에 본국의 승리를 낙담하고는 있지만, 문제는 얼마나 빠르게 최소한의 피해로 승리를 하느냐에 달려 있기에 안심할 수 없는 입장인 것이다.

"안 되겠네. 부총관은 날이 밝는 즉시 원로원과 장로원에 이 사실을 통보하고 내승전에서 가주님을 접견할 수 있는 자리를 마련하도록 하게. 나는 이 길로 즉시 가주님께 보고를 올리도록 하겠네."

"알겠습니다."

곽 총관은 범 부총관에게 자신이 보고할 자료를 넘겨받은 후 어둠이 완전히 가시지 않은 새벽 창밖으로 신형을 날렸다. 자신의 집에서 창문을 통해 나간다는 것이 체면에 누가 되는 일이었지만 현재의 상황은 체면을 따질 수 없는 급박한 상황이었다. 어쩌면 정말로 현원세가의 현판을 내려야 할지도 모를……

제4장

사인산드! 바로 저곳에 땅벌이 있다

제4장 **사인샨드! 바로 저곳에 방법이 있다**

사인샨드.

고비사막에 있는 오아시스에 세워진 도시이며, 대상들의 중간 숙박지로 유명한 곳이었다. 지금도 고비사막을 오가는 대상들이 주로 경유하는 곳이었지만, 현재는 예전과 달리 많이 쇠퇴해 있었다. 원나라의 성세가 하늘을 찌르던 예전과는 많이 달라진 것이다. 그러나 물을 구하기 힘든 사막 지역에 오아시스가 있는 곳은 꿈의 보금자리라 할 수 있었다.

그러나 일주일 전부터 사인샨드에는 전운이 감돌고 있었다. 사인샨드 주변을 방어하기 위해 쌓은 성을 중심으로 정로군 사십만의 병사가 둥그렇게 포진을 형성한 후 공격하고 있었기 때문이다. 하지만 사인샨드의 성벽은 정로군이 한순간에 함락시키기에는 높고도 높았다.

"우승상, 언제까지 기다리고 있어야 하는가?"

"동평장사님, 조금만 더 기다리시면 됩니다. 이제 얼마 남지 않았습니다."

"하지만 사인샨드에 있는 좌승상은 더 이상 버티기 힘들다고 하지 않은가!"

"그러나 버틸 수 있을 때까지 버텨야만 합니다. 저들도 곧 한계에 이를 것입니다."

염상백은 전면 공격을 감행하려고 하는 동평장사 토리스타르를 설득해야만 했다. 자신이 생각하기엔 앞으로 삼사 일 안에 지루한 싸움의 결말이 날 것이란 판단이 들었기 때문이다.

"하지만 사인샨드에 있는 좌승상과 칠만의 병사들은 어떻게 한단 말인가! 그들은 지금 병사들의 시신을 방패 삼아 버티고 있단 말이네. 더 이상 이곳에서 시간 낭비할 경우 사인샨드는 함락될 것이네. 그러니……."

"그것은 안 될 말씀입니다. 동평장사님, 무슨 말씀을 하시고자 하는지 알고 있습니다. 그러나 며칠만 버틸 수 있으면 물이 없는 정로군의 사기는 순식간에 허물어질 것입니다. 저들은 지금 병사들뿐만 아니라 장군들마저 물을 마시지 못하고 있습니다. 이곳은 사막입니다. 물이 없으면 저들은 제 힘을 발휘할 수 없습니다."

"하지만… 흐음, 잘 알겠네. 우선은 우승상의 의견에 따르도록 하겠네. 하지만 우승상, 자네의 생각을 모르는 바는 아니지만, 좌승상이 사인샨드에 있다는 것을 염두에 두었으면 하네."

"알고 있습니다. 저는 좌승상을 믿고 있습니다. 좌상승이 사인샨드에 있기에 제가 이런 전략을 감행하고 있는 것입니다."

"흐으음……."

토리스타르는 염상백의 말에 침음을 삼켰다. 염상백의 말대로 지금까지 사인샨드에서 병사들을 지휘하고 있는 좌승상 아룩타이의 눈부신 활약으로 인해 이십오 척밖에 안 되는 성벽은 정로군 병사들이 넘을 수 없는 만리장성이 되어 있었기 때문이다.

"그렇다면 우승상은 저들이 퇴각할 때를 기다리고 있는 것인가?"

"그렇습니다. 하지만 그것은 장담할 수 없습니다."

"장담할 수 없다니? 그럼 지금까지 왜 공격하지 않고 있었단 말인가, 퇴각할 것이란 확신도 없었으면서?"

"확신은 없지만 그래도 기다릴 수밖에 없었습니다. 왜 그런지는 동평장사님도 아시지 않습니까."

염상백은 물이 부족한 정로군이 취할 수 있는 행동은 퇴각뿐이라 생각했다. 아니, 그렇게 되기를 바라고 또 바랐다.

"흐으음……."

토리스타르는 염상백의 결의에 찬 말에 침음을 흘리면서도 시선을 떼지 않았다.

"만약 저들이 퇴각하지 않을 경우 어떻게 할 것인가? 그래도 우승상은 또 기다릴 것인가?"

"그럴 수는 없을 것입니다. 만약 저들이 퇴각하지 않고 총공격을 할 경우엔 우리들도 전면 공격을 해야 할 것입니다. 하지만 하늘이 우리를 위하고 있다면 저들이 퇴각해야만 합니다. 동평장사님도 이미 저의 의중이 어디에 있는지 아시지 않습니까. 만약 저들이 이대로 퇴각할 경우, 저는 모든 병사들을 대동하고 남하를 다시 감행할 것입니다. 더불어 저들을 추격하는 상황이 되겠지요. 비록 사인샨드에서 사만이 넘는 병사들이 죽었다고 해도 아직 저희는 이십육만의 병사들이 두 눈을 시퍼렇게 뜨고 명령만을 기다리고 있습니다. 동료들의 죽음을 바라보며 분루를 삼키고 있기 때문에 그 분노는 고비사막에서 퇴각병들을 몰살시키는 것은 물론 만리장성을 넘어 명나라 병사들과 결전을 벌일 수 있는 충분한 여력이 된다고 생각합니다."

"퇴각병들의 후미를 공격하면서 적들과 함께 진군한다? 좋은 생각이긴 한데……."

우승상 염상백의 잔잔한 한마디를 통해 토리스타르는 염상백의 의중이 어디에 있는지 짐작할 수 있었다. 그렇기에 고개를 크게 끄덕여 보였다.

하지만 쉽게 말문을 열 수가 없었다. 무엇이 중요한지 알고는 있지만, 적들이 코앞에 있는데 마냥 기다린다는 것도 그렇고 지척에서 병사들이 죽어가는 것도 차마 눈 뜨고 지켜볼 수 없었던 것이다. 그의 착잡한 심정은 이루 말할 수 없을 정도였다.

"하지만! 만약 정로군이 이삼 일 안에 퇴각하지 않고 사인샨드를 향해 전면 공격을 감행한다면, 흐음… 그렇게 되었을 경우에는 저희들도 총공격을 할 수밖에 없을 것입니다. 성안에는 궁병들이 대부분입니다. 그런 그들이기에 전면 공격을 막을 수는 없을 것입니다. 또한 악조건에서도 퇴각을 모르는 적들은 남하를 감행하려는 우리에겐 위험한 존재들이기 때문입니다. 그들의 예봉을 꺾어두지 않는 한 우리들의 바람은 이루어지지 않을 것입니다."

"그렇다면……?"

"우리들의 피해를 감수하더라도 적들을 물리칠 수밖에 없습니다. 하지만 그 피해를 최소한으로 줄여야 할 것입니다. 그렇지 않으면……."

"……."

염상백은 차마 말을 끝까지 이을 수가 없었다. 하지만 염상백의 마지막 말이 무슨 뜻을 가지고 있는지 토리스타르는 깊게 생각하지 않아도 알 수 있었다.

염상백의 최후 목표는 정로군의 섬멸이 아니었다. 뜻하지 않은 일로 인해 시일이 늦어지기는 했지만 엄연히 남하군을 이끌고 있는 총지휘관인 이상 만리장성을 넘어 뜻했던 목적을 이루고자 최선을 다하고 싶었던 것이다. 그렇기에 병사들의 피해를 극소수로 줄여야 할 필요성이 절실할 수밖에 없었다. 만약 그렇지 못했을 경우, 남하군은 다음을 기약할 수밖에 없었던 것이다. 이것은 토리스타르나 염상백 모두 바라지 않는 사항이었다.

*   *   *

아직 여름이 되지 않아서 그런지 고비사막엔 좀처럼 비가 내리지 않고 있었다. 고비사막에 내리는 비는 여름철에 집중되기에 아직 오월 초순밖에 되지 않은 시점에서 비가 내리기를 기다린다는 것 자체가 갑자기 마른땅에서 물이 솟구치는 기적을 바라는 것과 마찬가지였다. 그렇기에 아무도 기적을 바라는 사람이 없었다.

간간이 불어오는 모래바람.

밤과 낮의 뚜렷한 기온 차이.

정로군은 며칠 전부터 강한 모래바람과 기온 차이, 그리고 메말라 있는 물통과의 치열한 싸움을 치르고 있었다. 이것은 장군들이나 일반 병사들 모두 차이가 없었다. 또한 며칠 안에 사인샨드를 함락시키는 데 실패하면서 상황은 더욱 악화되고 있는 상황이었다. 그나마 듬성듬성 자란 풀과 단목(短木)들을 이용해서 임시로 친 막사가 모래바람과

찬 기운을 다소나마 막아주고 있을 뿐이었다.

"대장군님, 더 이상 버틸 수 있는 물이 없습니다. 만약 이런 상태로 며칠만 지나게 된다면 병사들의 폭동이 일어날 수도 있습니다."

"표기장군님의 말대로 현재 병사들의 사기는 최악입니다. 모두들 사막에서 공성전을 치러본 적이 없는 병사들입니다. 더구나 물도 다 떨어진 상태라 하루빨리 철군을 하지 않으면 무슨 일이 일어날지 알 수 없습니다."

"저희 사정장군들 모두 이와 같은 조짐을 병사들에게서 어렵지 않게 파악할 수 있었습니다. 이젠 결단을 내리셔야 할 시기입니다, 대장군님."

"……."

"대장군님, 이젠……."

구복 대장군은 표기장군 육지관(陸芝寬)과 사정장군들의 의견을 들으면서도 입을 열지 않고 있었다. 그저 간간이 보이는 붉은 암벽을 의미없어 보이는 시선으로 바라보고 있을 뿐이었다. 그러다 표기장군이 재촉하는 듯한 어투로 입을 열었을 때와 같이하여 굳게 다물려 있던 구복 대장군의 입술이 힘겹게 열렸다.

"거기장군(車騎將軍)……."

"예, 하명하십시오."

"저 성벽은 무엇으로 만들어졌는지 장군은 아는가?"

"대부분 흙으로 만들어진 것으로 알고 있습니다. 그런데 그것은 왜……?"

"그렇군, 역시 흙이었군. 흙이었어."

구복 대장군의 갑작스러운 물음에 대답한 거기장군 당성호(唐誠豪)

는 의아한 눈빛으로 구복 대장군을 쳐다보았다. 자신이 굳이 대답하지 않아도 막사 안에 앉아 있는 장군들 모두 잘 알고 있는 사실이었기 때문이다.

하지만 구복 대장군은 당성호 거기장군의 대답이 마치 새삼스럽다는 듯이 몇 번 되새길 뿐이었다.

"그런데 말이야……."

"옛, 말씀하십시오."

"자네도 말했지만 타타르 국의 성벽은 대부분 흙으로 만들어졌는데도 왜 이리 견고한지 나는 도통 모르겠구먼. 자네는 어떻게 생각하는가? 우리의 만리장성이 저들의 성벽만 못하다 생각하는가?"

"어찌 만리장성에 비할 수 있겠습니까. 만리장성은 수백 년의 세월을 통해 세워진 성벽입니다. 소인의 짧은 소견으로는 만리장성과 저런 성벽을 비교한다는 것 자체가 가당치 않다고 생각합니다. 어찌 둘을 비교할 수 있겠습니까."

"비교가 가당치 않다? 어쩌면 그럴 수도 있겠군."

구복 대장군은 거기장군의 말을 한동안 되새기며 고개를 끄덕여 보였다. 하지만 그리 큰 움직임이 없기에 자세히 보지 않는다면 고개가 끄덕여졌다는 것을 알 수조차 없는 미세한 움직임이었다.

"눈에 보이는 외관만 보면은 그렇겠지. 그런데 원나라의 병사들은 자네가 그토록 자부심을 갖는 만리장성을 넘었었는데 어찌해서 우리는 만리장성보다도 못한 저 성벽을 넘지 못하는 것인가? 분명 외관상으로는 만리장성에 비교할 수 없는데 말이네. 거기장군, 자네는 그 이유를 알고 있는가?"

"옛? 그, 그것은……."

구복 대장군의 질문에 당성호 거기장군은 순간적으로 입술이 달라붙기라도 한 듯 대답할 수가 없었다.

"그렇다면 표기장군은 대답할 수 있겠는가? 왜 우리 병사들은 저 허술하기 짝이 없는 성벽을 넘을 수가 없는지 말이네. 나로서는 아무리 생각해 보아도 마땅한 대답이 떠오르지 않는구먼. 그러니 표기장군이 속 시원하게 이 의문을 풀어주게나."

"죄송합니다, 대장군. 소장 역시 대장군의 질문에 대답할 수 없을 것 같습니다."

"정말로 그러한가? 두 장군 모두 대답할 수 없다는 말인가?"

"그, 그렇사옵니다."

"죄송할 뿐입니다, 대장군."

쾅!

"어찌해서 대답을 할 수 없다는 말인가? 왜!"

"흐으음……."

"……."

표기장군과 거기장군은 구복 대장군의 갑작스러운 호통에 침음을 삼키지 않을 수 없었다. 구복 대장군이 무엇을 물어보는지 알 수는 있었지만, 그것을 자신들의 입으로 차마 말할 수 없었기 때문이었다. 그에 아무런 말도 하지 못하고 얼른 한쪽 무릎을 꿇으며 구복 대장군의 다음 말이 이어지기를 기다렸다.

"병사들은 자신들을 지휘하는 장군들의 표정과 모습 하나하나의 변화에 따라 사기가 오를 수도 있고 가라앉을 수도 있다는 것을 왜 모르는가! 물이 없으면 저 사인샨드의 성벽을 허물어서라도 구하면 될 것이 아닌가! 더구나 성안에는 물이 철철 넘쳐흐르는 오아시스가 있는데,

왜 진중에 물이 없다는 핑계를 대며 퇴각만을 생각하는가! 왜!"

콰앙!

"죄, 죄송합니다."

"저희들의 소견이 짧았습니다, 대장군. 용서해 주십시오!"

"용서해 주십시오, 대장군!"

표기장군과 거기장군이 얼른 고개를 조아렸다.

이런 모습을 지켜보고 있던 사정장군들과 사진장군들 역시 얼른 부복(俯伏)을 했다. 그들 역시 대장군 구복이 무슨 의도를 가지고 이와 같은 질문을 한 것인지 능히 짐작할 수 있었기에, 그동안 자신들의 행동을 돌아볼 수 있게 되어 크게 깨달은 바가 있었던 것이다.

"헛! 흐으음… 그렇다면 어찌하면 되겠는가?"

"무슨 일이 있어도 사인샨드를 함락시켜야만 된다는 것을 알았습니다."

"소장들 역시 그와 같습니다."

"이제야 그러한 것을 알게 되었다니, 그나마 다행이로구먼."

"……."

"……."

"하지만 하나 더 알아야 할 것이 있다. 현재 우리들이 처한 상황은 그대들이 생각하는 것보다 더욱 심각하다. 그대들은 퇴각을 생각하고 있을지 모르지만, 만약 이 상태로 퇴각할 경우 병사들 대부분은 황량한 고비사막에 묻어두고 가야만 할 것이다. 왜 그런지 알겠는가?"

"무슨 말씀인지 알겠습니다. 대장군님의 말씀대로 우리에겐 그 방법 말고는 이 위기를 타파할 방법이 없었군요."

"그게 무슨……?"

"이렇게 된 이상, 내일은 무슨 일이 있어도 사인샨드를 함락시키도록 하겠습니다!"

"……?"

거기장군 당성호는 구복 대장군의 말에 고개를 갸웃거리며 옆에 부복해 있는 표기장군 육지관을 향해 고개를 돌렸다. 이러한 행동은 뒤에 부복해 있는 다른 장군들도 마찬가지였는데, 무슨 의도로 표기장군이 그와 같은 확답을 하는 것인지 알 수 없었기에 의문이 가득 담긴 얼굴로 설명해 달라며 바라보았다.

"훗! 그래도 표기장군은 전장을 살피는 능력이 있구먼. 그럼 어디 내일 어떻게 하는가 두고 보겠네. 그만 모두들 나가보게."

"알겠습니다. 그럼 편히 쉬십시오."

"편히 쉬십시오."

구복 대장군은 표기장군 및 모든 장군들이 일제히 고개를 숙인 후 막사를 나가자 한쪽에 마련되어 있는 침상을 향해 걸음을 옮겼다.

'내일이면 어찌 되든 결말이 나겠군. 휴~'

구복 대장군이 머무는 막사를 나온 열 명의 장군은 서로의 얼굴을 쳐다보다가 자연스럽게 표기장군의 막사로 걸음을 옮겼다. 서로 눈빛이나 이렇다 할 말들이 오고 간 것도 아니건만 모두들 자신들의 행동이 당연하다는 듯한 표정이었다.

"충!"

"그래, 경계에 소홀함이 없도록 부관들이 각별히 신경 쓰도록 하라."

"알겠습니다!"

표기장군은 자신의 막사 앞에 도열해 있는 부관 몇 명을 향해 고개를 끄덕여 보이면서 어깨를 몇 번 두드려 주었다. 그에 부관들은 힘차게 경례를 한 후 자신들의 위치로 신속하게 움직였다.

'역시 대장군의 말대로 병사들에겐 힘든 데 고생한다는 말 한마디보다 상관의 믿음을 주는 표현이 좋구먼.'

표기장군은 막사로 들어가기 전 한번 더 주의 깊게 막사 주변을 둘러보았다. 내일 전투를 치르려면 우선적으로 병사들의 상태와 진중의 분위기를 살피지 않을 수 없었던 것이다.

표기장군의 시선에 걸린 병사들의 얼굴엔 피곤함이 그대로 보였다.

한낮에는 태양이 있어 불어오는 바람에도 따뜻하다 못해 더웠지만 밤이 되면 기온이 급격한 떨어져 쌀쌀한 초겨울 날씨를 보이고 있었다. 이에 병사들은 각 소속별로 삼삼오오 모여 힘들게 모은 잔가지로 모닥불을 피우며 주변 경계를 했다. 그나마 잔가지 하나 구하지 못한 군막에서는 서로서로 등을 기대며 쌀쌀한 밤바람을 피하기 위한 몸부림을 치고 있었다. 한 달 전 대동을 출발할 때와 집녕을 함락할 당시와 비교할 수 없을 정도로 병사들의 사기는 땅바닥에 떨어질 대로 떨어진 상태였던 것이다.

"흐으음……."

표기장군은 고개를 몇 번 흔들어 보인 후 천천히 막사 안으로 들어갔다.

막사 안은 생각보다 따뜻했다. 막사 중간에 작은 화롯불이 피워져 있어 훈훈한 온기가 감돌고 있었던 것이다.

"표기장군께선 왜 대장군께 확답에 가까운 대답을 하셨습니까? 만약 잘못되기라도 한다면 충분히 책임을 물을 수도 있지 않겠습니까?"

"그렇습니다. 소장들도 거기장군님의 의견과 같습니다."

"이거 참, 자네들은 아직도 상황의 심각성을 느끼지 못하고 있는가?"

"예? 그게 무슨……?"

"아까는 워낙 대장군께서 호통을 치시는 바람에 어쩔 수 없이 대답을 했지만, 꼭 공격만이 옳다고는 생각하지 않습니다."

"그렇습니다. 소장들 역시 거기장군님의 생각과 같습니다. 장군님께서도 아시지 않습니까. 지금까지 우리들이 성을 함락하기 위해 얼마나 노력했습니까? 하지만 적의 화살 때문에 병사들은 성벽까지 접근하는 것도 어려웠습니다. 더구나 적들 중엔 일당백의 용장들이 병사들을 지휘하고 있어 힘겹게 성벽을 넘은 병사들마저 힘 한 번 제대로 써보지도 못하고 목이 잘렸습니다. 적이 이처럼 총력을 다해 성을 방어하고 있는데 어떻게 내일 함락을 시킬 수 있다는 말씀입니까?"

"흐으음……."

표기장군 육지관은 거기장군과 사정 및 사진 장군들의 말을 들으면서 미간을 찌푸렸다. 하지만 좀 더 수하 장군들이 이야기를 들어보고 싶었기에 입을 꾹 다물고서는 침묵을 지켰다.

거기장군과 여덟 명의 장군은 표기장군의 이러한 모습을 보고선 자신들의 이야기가 먹혀들고 있다는 판단이 들어 표기장군을 설득하는데 더욱 열성을 보였다. 특히 가장 열성을 보인 사람은 바로 거기장군 당성호였다.

"표기장군! 적들의 활은 사정거리가 최대 오십 장(丈)에 이릅니다. 그에 반해 저희들의 활은 고작 최대 삼십 장 정도밖에 되지 않습니다. 적에 비해 반밖에 되지 않는 위력입니다. 이런 마당에 우리 정로군의 핵심인 창기병들이 무슨 힘이 되겠습니까? 그러나 무엇보다 퇴각해야 하는 이유는 따로 있다는 것을 잘 아시지 않습니까. 바로 식수입니다. 식수가 바닥을 보인 지 벌써 이틀이 지났습니다. 더 이상 이곳에 머물다가는……."

"바로 그것 때문이네. 그 이유 때문에 내일은 무슨 일이 있어도 사인샨드 성을 함락시켜야만 한다는 말이네. 이제 알겠는가?"

"아니, 장군! 소장들은 지금 식수 때문에 철군을 해야 한다고 말씀드리는 것인데 어찌 그런 말씀을 하십니까?"

"그렇습니다. 장군님 역시 대장군 막사에 들어가기 전까지도 소장들과 같은 의견이지 않았습니까?"

"물론 그랬지."

"그런데 왜……?"

"그렇습니다. 그런데 장군님께선 왜 지금 그런 말씀을……?"

표기장군이 자신들의 말에 당연하다는 듯 수긍을 하자 오히려 아홉 명의 장군들 모두 의아한 생각과 함께 의문의 시선을 주었다.

"자네들도 알다시피 우린 이번 북벌을 단기간에 끝낼 생각으로 보급을 넉넉하게 가지고 오지 못했네. 더구나 보급병들의 수는 오만 명도 되지 않네. 대부분 기마병과 창기병, 그리고 궁병들이지."

"예, 그것은 소장들도 잘 알고 있습니다."

"그런데 문제는 식수네. 벌써 이틀째 우리들은 물론 병사들도 물을 제대로 마시지 못하고 있지. 그런데 이런 상태에서 우리가 무사히 사막을 건널 수 있을 것이라 생각하는가? 대장군께서는 그 말씀을 우리들에게 한 것이네. 차라리 그럴 바에는 병사들의 희생이 크더라도 오아시스가 있는 사인샨드 성을 함락시키는 것이 우리가 살 수 있는 확률이 높다는 말이네. 이제 알겠는가?"

"그……."

"흐음……."

거기장군을 비롯한 여덟 명의 장군은 표기장군의 말에 정신이 멍해졌는지 서로의 얼굴을 한동안 쳐다볼 뿐 이렇다 할 말을 생각할 수가 없었다. 표기장군의 말이 틀리지 않았기 때문이다.

"장군, 그럼……?"

"그렇네. 내일은 병사들 모두에게 사인샨드 성을 함락시키지 못하면 죽음밖에 없다는 것을 알릴 생각이네. 그렇게 된다면 병사들 역시 죽기 살기로 싸울 것이 아니겠는가? 병사들의 사기가 아무리 땅에 떨어졌다고 해도 막다른 길목에 몰린 이상 뜻밖의 좋은 결과가 나올 수도 있을 것이네. 그렇지 않다면 우리로서도 큰 불행인 것이고."

"하~ 대장군과 표기장군께서 이미 그와 같은 생각을 하셨다면 소장들도 그에 따라야겠지요. 그렇게 하겠습니다. 어차피 장군님 말씀대로 저희가 막다른 길목에 몰린 이상, 살아남기 위해서는 그 길밖에 없을 것 같군요."

"고맙네, 거기장군."

"아닙니다. 그럼 소장들은 내일 있을 전투를 준비하도록 하겠습니다. 편히 쉬십시오."

"편히 쉬십시오."

당성호 거기장군과 다른 장군들은 표기장군을 향해 읍을 한 후 막사 밖으로 나왔다.

사막의 밤은 길고도 지루했다. 그저 밤하늘을 밝게 수놓고 있는 별들과 달빛만이 지상을 환하게 비추고 있었으며, 그에 반응하듯 모래도 수줍은 듯 이따금씩 빛을 반사하고 있었다.

*   *   *

　드디어 결전의 날이 밝았다. 정로군 병사들은 이른 아침부터 장군들이 부산한 움직임을 보이자 부스스한 눈을 비비며 일어나 혹시라도 대장군의 퇴각 명령이 떨어진 것이 아닌가 하며 삼삼오오 모여 수군거렸다. 그러나 진시가 지나고 사시가 다 되도록 아무리 기다려도 그런 말이 장군들 입 밖에서 나오지 않았다. 오히려 대장군 막사로 들어갔던 장군들과 부관들의 얼굴 표정에 어두운 그늘이 깊게 자리하고 있을 뿐이었다.

　병사들은 오랜만에 보급병들을 향해 환한 웃음을 지어 보일 수 있었다. 며칠 동안 먹었던 부실한 아침이 아닌, 정말로 푸짐한 먹거리가 아침에 배급되었던 것이다. 그에 부산한 장군들과는 달리 병사들은 오랜만에 아침을 기분 좋게 먹을 수 있었다.

　아침 식사가 끝났을 무렵, 대장군 막사를 나온 장군들과 부관들은 작자의 진영으로 빠르게 이동한 후 병사들에게 전투 준비를 하도록 지시를 내렸다.

　아침을 푸짐하게 먹은 후 동료들과 함께 배를 두드리며 퇴각 명령을 기다리던 대다수의 병사들은 장군들의 갑작스러운 공격 준비 명령에 무슨 일이 벌어진 것인가 하는 불안한 표정을 짓는가 하면, 노골적으로 싫은 표정을 드러내기도 했다. 하지만 그렇다고 상관의 명령에 불복(不服)할 수는 없어 투덜대면서도 빠르게 진영에 합류했다.

　병사들이 진영을 구축하기 시작한 후 반 시진이 지나서야 제대로 된

군진의 모양이 잡혔다. 그동안 사인샨드를 공격하면서 병력을 무려 오만 가까이 잃었지만, 그렇다고 해도 무려 삼십오만에 이르는 대병력이 도열해 있어서 그런지 하나의 장관을 이루고 있었다.

그러나 어찌 된 일인지 궁병들이 가장 선두에 섰던 예전의 진영과는 완전히 다른 군진을 이루고 있었다. 창기병과 보병을 중심으로 항상 양쪽에 섰던 기마병이 가장 앞에 도열해 있었으며, 그 뒤에 창기병과 보병들이 열을 맞추어 있었던 것이다. 그리고 그들 뒤에 궁병들이 동료들의 얼굴을 조심스레 살피면서 대장군 구복과 다른 장군들이 말에 오르는 모습을 살피기에 여념이 없었다.

"모두 주목하라! 대장군께서 너희들에게 친히 하실 말씀이 있으시다! 주목……!"

"모두 주목!"

구복 대장군은 부관들이 병사들의 시선을 한곳으로 집중시키자 말의 고삐를 한 손으로 잡아 중심을 잡은 후 자신을 향한 병사들을 천천히 둘러보았다. 한눈에 보아도 전의(戰意)라고는 찾아볼 수 없는 병사들이었다. 그러나 구복 대장군은 그러한 병사들을 향해 짜증스러운 눈빛이 아닌 푸근한 시선을 주고 있었다.

"나는 오늘 너희들에게 부탁할 것이 있어서 이렇게 모이도록 했다."

'부탁?'

"……?"

"이미 너희들도 알겠지만, 우리는 식수가 바닥이 난 지 이틀이 지났다. 당연히 여기에 있는 장군들이나 너희들 모두 이틀 동안 물을 마시지 못했다. 그런 와중에 어젯밤 장군들과의 회의를 통해 향후 정로군의 진로에 대해 결정하지 않을 수 없었다. 당연히 계속 공격을 할 것인지, 아니면 이대로 퇴각을 할 것인지에 관한 회의였다."

'아~'

'그럼 퇴각이 결정되었겠구나. 난 또 부관들이 공격 준비를 하라고 해서 가슴이 철렁했잖아. 휴~'

'퇴각이군, 정말 다행이다.'

"……."

구복 대장군의 연설이 계속되는 동안 도열해 있는 정로군 병사들은 일체의 미동도 없이 모든 시선을 구복 대장군의 입술로 향해 있었다.

그러나 구복 대장군과 옆에 서 있는 표기장군 및 모든 장군들은 병사들의 눈빛을 통해 조금만 기다리면 힘들었던 전장에서 퇴각할 수 있다는 생각들이 병사들의 머리 속 깊숙한 곳에서 자라고 있다는 것을 알 수 있었다. 바로 병사들의 요동치는 눈동자가 그들의 모든 생각을 확연히 드러내고 있었던 것이다.

"너희들의 눈빛을 보니 무슨 생각을 하고 있는지 알겠지만, 회의의 결론은 너희들의 생각과는 반대로 결정이 났다."

'응? 그게 무슨……?'

'뭐야? 무슨 말도 안 되는……?'

"……?"

"모두들 의문을 가질 것이다. 왜 퇴각을 결정하지 않았냐고! 그러나 우리들은 퇴각할 수가 없다. 아니, 엄밀히 말하면 퇴각을 하고 싶어도 퇴각할 수가 없는 것이다!"

'왜……?'

"지금 이 시각에도 모든 것을 포기한다면 퇴각을 결정하는 것이 어쩌면 쉬울 수도 있다. 그러나 나는 그런 결정을 내릴 수 없다. 그 결정을 내리자마자 너희들이 어떻게 될지 잘 알기 때문이다. 무슨 말인지 알겠나? 나는 지금이라도 너희들이 원하면 퇴각 명령을 내릴 수 있다는 말이다. 하지만 만약 그러할 경우 식수가 없는 우리들은 만리장성에 도착하기도 전에 대부분 사막에서 쓰러질 것이고, 더불어 타타르 국의 기마병들에게 몰살당할 것이다. 그런데도 너희들이 퇴각을 원한다면 기꺼이 퇴각을 명하도록 하겠다."

"으음……."

'그럴 수가……!'

병사들은 구복 대장군의 연설이 계속될수록 벌어진 입을 다물 수가 없었다. 아침의 분위기와는 사뭇 다른 비장함마저 느껴지고 있었기 때문이다. 더불어 어쩌면 자신들이 먹은 아침이 최후의 만찬이란 불길한 생각마저 들고 있었다.

"단! 원하는 병사들에 한해서다. 그러니 지금이라도 퇴각을 원하는 병사들은 동료들의 눈치를 보지 말고 앞으로 나와라! 너희들이 스스로 자신의 의사를 밝힐 수 있는 기회는 이번뿐이다!"

"……."

반 각이 흘렀다. 침묵의 시간이었다. 자신의 생명을 스스로 결정할 수 있는 시간으로서는 그리 길지도 않을 뿐만 아니라, 어쩌면 아주 짧은 시간일 수도 있는 시간은 그렇게 흘러갔다.

병사들 중 몇몇은 주춤거리며 앞으로 나서려 했다. 하지만 구복 대장군의 연설이 그들의 발목을 무겁게 잡고 있었다. 그들 역시 물 없이 사막을 종단할 수 없다는 것을 온몸으로 느꼈기 때문이다.

"기회를 주었는데도 너희들 중 아무도 움직이지 않았다. 그렇다면 너희들 스스로 이곳에 남기를 원하는 것으로 받아들여도 좋은가?"

"……."

"다시 묻는다. 그렇게 생각해도 되겠는가!"

"예……."

"옛!"

구복 대장군의 질문에 대답을 하면서도 병사들의 표정은 가지각색이었다. 그러나 병사들은 어떤 식으로든 결정을 할 수밖에 없었다. 자신들의 생사가 좌우되는 중요한 순간이었다. 수유의 시간이 흘렀다. 처음 한두 명으로 시작된 병사들의 대답은 얼마 후 고요하던 사막을 진동시킬 정도의 함성으로 변화됐다. 발을 구르는 동작과 함께 시작된 병사들이 목소리로 인해 사막의 모래가 들썩일 정도였다.

"좋다! 그렇다면 너희들이 살 수 있는 방법을 일러주겠다. 아무리 우리들이 최악의 상황에 처해 있다 해도 살아남을 수 있는 방법이 없는 것은 아니다. 너희들의 눈에 보이는 저곳, 사인샨드! 바로 저곳에 방법이 있다. 알겠나? 그곳엔 우리들이 마음 놓고 마실 수 있는 오아시스가 있다! 바로 그 오아시스가 우리들을 살릴 수 있는 생명수인 것이다!"

"아~"

'그래! 사인샨드다. 사인샨드만 함락시키면……!'

병사들의 마음은 한곳으로 모아졌다. 그것은 구복 대장군이 원한 것이었고, 살아남기 위한 대안이었다.

총공격.

구복 대장군은 정로군 병사들에게 총공격을 명한 것이다. 그 시각은 해가 중천을 향해 가고 있는 오시 초였다.

살아남은 것은, 그것만으로도 가치가 있다고 했던가?

제5장 살아남은 것은, 그것만으로도 가치가 있다고 했던가?

지글지글거리는 아지랑이.

숨이 턱턱 막히는 무더위.

태양이 머리 위를 향하고 있을 때, 사막은 그 위용을 유감없이 드러내기 시작한다. 황량하기 그지없는 사막에서 태양 빛을 가릴 수 있는 그늘이라도 있었으면 좋으련만, 그것은 사막 어딘가에 위치한 오아시스의 주변에 있는 사람들만이 누릴 수 있는 혜택이었다. 아니, 그것은 혜택이라고 하기보다는 특별한 축복이라 할 수 있었다.

사인샨드 중심에 위치한 오아시스.

사인샨드는 고비사막이 끝나는 지점에 위치에 있다는 지리적 위치보다 오아시스가 있다는 이유로 인해 번성한 도시였다. 또한 이러한 이유로 인해 타타르 국에선 교통뿐만 아니라 군사적으로도 중요한 요충지였다. 그만큼 타타르 국으로서는 이곳을 내어줄 경우 정로군이 마

음만 먹으면 언제든지 황성이 있는 카라코룸까지 진격할 수 있는 길을
열어주는 것이나 진배없었다.

좌승상 아룩타이.

그는 황제인 부니야시리의 왼팔이자 타타르 국 최고의 명장으로서
구복 대장군이 이끄는 정로군을 맞아 보름이 넘도록 치열한 공성전을
훌륭히 치르고 있었다. 하지만 이제 더 이상 버틸 여력이 남아 있지 않
았다. 보름 동안 모두 일곱 차례의 전투가 있었고, 그 전투로 인해 십
만의 병사 중 사만에 가까운 목숨이 이슬처럼 사라졌다. 그만큼 정로
군의 병사들은 명 황제의 신념과 집념이 고스란히 간직한 정예군으로
서 저돌적인 공격을 감행했던 것이다.

하지만 아룩타이는 그러한 공격을 막아냈다. 마지막 공격이 있었던
오 일 전까지 아룩타이는 지친 병사들을 독려하면서 최선을 다해 막았
고, 오 일 후인 지금까지 그러한 행동엔 변함이 없었다.

아룩타이는 무거운 갑옷 대신 가벼운 비단옷을 걸치고 있었다.

타타르 국의 군장은 대부분 이전부터 유목민들이 사용해 온 것을 개
량한 것이다. 이들은 가죽 투구와 가공하지 않은 비단옷이나 대충 무
두질한 가죽 옷을 걸치고 옻칠한 가죽 흉갑을 입었다. 이러한 것은 대
부분의 장수들 역시 마찬가지였다.

타타르 국의 무기는 반월도와 활을 이용한 화살이었다. 특히 화살에
의존한 공격을 많이 하는 편이었다.

화살은 대개 반원을 그리며 날아오게 마련이라 투구를 쓰고 갑옷을
입는 경우 머리와 심장에 맞는 경우는 거의 없다. 대부분 몸과 팔다리
에 맞기 때문이다. 또한 화살은 비단에 박히면 질긴 성분 때문에 잘 뚫
지 못하고, 뚫어도 박히는 부분에 비단이 말려들어 간다. 이러한 비단

을 조심스럽게 잡아당기면 화살이 금방 빠져나와 상처가 깊게 나지 않고 쉽게 아물었기 때문에 활동성과 안전성이 보장된 비단을 입는 것이었다.

"좌승상님!"

"뭐냐? 들어와라."

"보고드립니다, 좌승상님. 지금 적들이 공격 진형을 갖추고 있습니다."

"뭐라? 그게 정말이냐?"

"옛! 그러하옵니다."

아룩타이는 부관의 보고에 황급히 일어서서는 얼른 성벽을 향해 신형을 날렸다. 아룩타이가 머물러 있던 막사는 오아시스가 있는 중심이 아니라 언제든지 병사들을 지휘할 수 있는 성벽 근처에 위치해 있었기에 성벽까지 가는 시간은 채 반 각도 걸리지 않았다.

성벽 위에는 이미 많은 병사들이 수중의 활을 쥐고서 전방을 주시하고 있었다.

"흐으음……."

'총공격인가? 저 정도면 총공격이라 할 수 있겠구먼. 역시 퇴각을 하지 않는 것인가?'

아룩타이는 땅바닥에 이는 아지랑이 사이로 서서히 모습을 드러내고 있는 정로군의 진형을 면밀히 살펴본 후 억장이 무너져 내리는 참담한 심정을 가누지 못하고 하늘로 향해 고개를 들어 올렸다.

'정녕 저들이 총공격을 감행한다면 우리에겐 승산이 없다. 궁병들만으론 저들을 막을 수 있는 방법이 없어.'

"부관."

"옛, 하명하십시오."

"지금 당장 우승상에게 가서 이곳 상황을 자세하게 전하라. 적은 총 공격을 감행할 것으로 보이며, 지금으로서는 도저히 승산이 없으니 조속한 결단을 요구한다고. 빨리 가거라."

"알겠습니다."

아룩타이의 명을 받은 부관은 성벽에서 내려오자마자 수하가 마련해 준 몽고마(蒙古馬)에 오른 후 바로 출발했다.

아룩타이는 힘차게 말에 채찍질을 하는 부관의 뒷모습을 한동안 바라보다가 이내 자신의 명령을 기다리는 병사들을 향해 힘차게 돌아섰다. 총지휘관으로서 용장인 아룩타이에게 적이 아무리 많고 위협적이라 해도 나약한 모습을 보인다는 것은 있을 수 없는 일이었다. 차라리 죽으면 죽었지, 그러한 모습을 병사들에게 보이지 않은 용장이었다.

"아무래도 오늘이 가장 힘든 날이 될 듯하다. 하지만 우리는 오늘도 다른 날처럼 최선을 다할 것이며, 그리고 다른 날처럼 승리를 하게 될 것이다! 그러니 너희들은 예전과 다름없이 각 장군들의 명에 충실히 따라주기 바란다."

"명을 받들겠습니다, 좌승상님!"

"좋다. 그럼 가장 실력이 출중한 궁수들은 성벽 앞에 서고 그 뒤로 나머지 궁수들이 대기하도록 하라. 그리고 적들이 접근하지 못하도록 최선을 다해 막되, 만약 적들이 성벽을 넘었을 경우 바로 물러서도록 하라. 모두들 알고 있듯이, 성내에서 성벽을 넘는 적을 상대하면 된다. 알겠나!"

"옛! 알겠습니다."

"마지막으로! 오늘 적을 막지 못할 경우 우리들의 꿈도 부서질 것이다. 날개 한 번 펴보지 못하고, 이 사인샨드에서 저 명나라 병사들에게 짓밟히게 되는 것이다. 그런 일이 있어서는 안 된다. 그러니 우리들은 죽더라도 후세들이 꿈을 꿀 수 있도록 최선을 다해주기 바란다. 이상이다!"

"저희들이 목숨 바쳐 반드시 승리하겠습니다! 충!"

결전의 순간이 다가왔다. 정로군은 타타르 국의 궁병들이 화살을 쏠 수 없는 사정권 밖에서 진영을 재정비하고 있었다. 또한 아룩타이는 성벽에 서서 이러한 광경을 예의주시하고 있었는데, 정로군들이 언제 공격을 시작할지 모르기에 궁병들에게 제때 공격 명령을 내려야 했기 때문이다.

'응? 기마병들이 앞에 섰다는 말인가? 그렇다면……'

"부관은 지금 당장 궁수들에게 공격 준비를 하도록 하라. 어서!"

"예! 궁수들, 공격 준비!"

부우웅~ 부웅~

아룩타이의 명령을 받은 부관이 궁수들을 향해 명함과 동시에 아룩타이 우측에 있는 병사의 입에서 거대한 나팔(喇叭)이 요란한 소음을 내면서 사인샨드 성안에 울려 퍼졌다.

두두두두두~

요란한 말발굽 소리.

드디어 구복 대장군의 명을 받은 정로군이 총공격을 감행하기 시작했다. 가장 선두에 선 것은 거기장군 당성호가 이끄는 오만 명의 기마병이었으며, 그 뒤로 사정장군들과 사진장군들이 창기병과 보병들을 이끌고 있었다. 거의 이십만이 넘는 병사들이 총공격을 시작한 것이다.

병사들로 인해 모래먼지가 하늘로 수북이 날렸으며, 그러한 모습은 마치 황룡의 승천을 보는 듯했다.

"공격!"

"쏴라……!"

쏴아악! 쏴아아아아아~

아룩타이의 명이 떨어짐과 동시에 성벽에 섰던 궁수들의 손에선 활을 떠난 화살들이 하늘을 향해 날아오르기 시작했다. 수천, 수만 개가 넘는 화살들이 일제히 하늘로 날아오르자 그로 인해 한순간이나마 태양을 가리는 듯싶었다.

퍽! 퍼퍼퍼퍽! 퍼어억! 퍽!

히이이잉! 히이잉…….

"끄아아아~"

"커어억~"

두두두두두두두~

"와아아~"

화살들은 요란한 소음과 함께 지축을 흔들며 돌격하는 기마병들을 무자비하게 휩쓸었다. 하지만 미리 자신들의 앞가슴과 같은 중요 부위를 방패로 가리고 있었기에 초기에 입은 피해는 생각보다 크지 않았다. 하지만 계속해서 화살 공격이 이어지고, 기마병들이 성벽까지 이르는 동안 날아든 화살의 수가 많다 보니 얼마 되지도 않은 시간 동안 입은 피해는 실로 막대했다. 더불어 그 뒤를 따라 죽을힘을 다해 뛰었던 병사들도 상당한 피해를 입기는 마찬가지였다.

하지만 기마병들과 창기병들이 성벽 근처에 이른 후 일저히 방패를 자신들 머리 위로 올리자 피해는 조금씩 줄어들기 시작했다.

쏴아아아~

"응? 이, 이런! 물러서라! 모두 물러서라……!"

적의 진세를 살피던 아룩타이는 창기병 뒤에 따라오는 궁병들을 보고서는 기겁을 하며 병사들에게 뒤로 물러날 것을 명했다. 기마병들과 창기병들로 하여금 성벽 근처까지 이르는 동안 시선을 모은 뒤, 그 뒤에 궁병들을 따르게 한 후 사인샨드 성이 사정권 안으로 들어오게 한 것이다.

퍽! 퍼퍼퍽! 퍼퍽……!

"크아아아~"

"커억!"

아룩타이는 적의 대장군이 누구인지 모르지만 용병술과 지략이 뛰어나다는 사실에 놀라움을 감출 수 없었다. 병사들의 희생이 있다 하더라도 승리를 취하기 위한 용병술은 높이 살 만했기 때문이다. 그러나 아룩타이로서는 이러한 상황을 주시하고만 있을 수 없었다. 적이 이미 성벽까지 다다른 이상 최대한 방어망을 구축하는 동시에 적 궁수들의 화살을 막아야만 했기 때문이다.

"일진과 이진의 궁수들은 적이 성벽에 오르지 못하도록 하고, 삼진 이후의 궁수들은 적의 궁병들을 향해 쏴라!"

쏴아아아~

퍽! 퍽퍽! 퍼퍼퍼퍽……!

"크억! 크으으으~"

"크아아악~"

"컥! 크으~"

궁수들은 서로의 가슴을 향해 화살을 날렸고, 그로 인해 자신의 가슴을 뚫은 화살을 잡으며 비명을 질렀다. 옆에서 동료들이 쓰러져도 자신이 살기 위해서는 최대한 빨리, 그리고 많은 화살을 적들이 있는 곳을 향해 쏴야만 했다. 그래야만 조금이라도 자신이 살 수 있는 희망이 생기는 것이다.

하지만 이러한 모습은 실로 참혹하기 그지없었다. 이미 하얀 모래는 붉은 핏물로 얼룩이 지다 못해 선명하게 자국이 남았으며, 죽은 병사들이 흘린 피가 고인 곳도 어렵지 않게 찾을 수 있었다.

이러한 공격은 구복 대장군과 아룩타이로서는 실로 적절하고도 신속한 대응이었다. 서로가 사정권 안에 들어 있었기에 쌍방의 피해가 속출한다고 해도 그 피해는 쌍방 모두 감수해야 할 상황이었다. 승리를 하기 위해선 어쩔 수 없는 피해라면 총지휘관으로서 그러한 피해는 당연히 감수해야 했기에 그들은 병사들의 희생에 대해 과감한 결단을 내렸던 것이다.

"표기장군."

"옛! 말씀하십시오!"

"표기장군은 기마병 일만과 창기병 구만을 이끌고 적의 좌측을 치도록 하시오. 이미 선발대가 성벽을 넘은 상태이니 접근하는 데 큰 어려움은 없을 것이오."

"그렇게 하겠습니다. 하지만 대장군의 우려처럼 혹여 적의 지원병이 있다면 어찌하시겠습니까? 우리가 타타르 국에 들어온 지도 한 달이 되었습니다. 그 정도의 시간이라면 대장군의 말씀대로 적의 황제가 지원병을 파견할 수 있는 충분한 시간이지 않습니까."

"무슨 말인지 알겠지만, 그건 어쩔 수 없는 일이지 않은가. 지금 표기장군이 진군을 하지 않으면 우리는 승리할 수 없을 것이네. 그러니 만약 적의 지원군이 온다면 당분간 내가 저지를 할 것이고, 그것이 여의치 않을 경우 나도 성으로 향하도록 하겠네."

"알겠습니다. 그럼 대장군의 명을 받들겠습니다."

표기장군은 구복 대장군을 향해 읍해 보인 후 얼른 말의 허리를 발뒤꿈치로 차며 자신의 명령을 기다리고 있는 부관들을 향해 말을 몰았다.

"모두 진격한다! 진격!"

"진격!"

"와~"

두두두두두~

표기장군 육지관을 선두로 해서 만여 명의 기마병과 구만 명의 창기병이 우렁찬 함성과 함께 사인샨드 성을 향해 돌진을 시작했다. 처음 이십만 명의 병사들이 공격하고, 지금 다시 십만 명의 병사들이 공격을 감행한 것이다. 단 하나의 성을 함락시키는 데 삼십만의 병력이 동원되는 어마어마한 전투가 벌어지고 있었다.

구복 대장군은 표기장군의 뒷모습을 한동안 바라보다가 옆에 있는 부관들을 향해 고개를 돌렸다.

"부관."

"예, 하명하십시오."

"부관들은 적들의 화살이 날아오는 것을 지켜본 후 보고하도록 하

라. 우리들도 진영을 갖춘 후 조금씩 전진할 것이다. 그리고 혹시 모르니 후방에 궁수들을 배치해서 적의 지원대가 오는지 주시하도록 하라."

"명을 수행하겠습니다. 충!"

'나는 내가 취할 수 있는 모든 것을 했다. 이제 그 결과는 하늘이 정해주겠지.'

구복 대장군은 부관의 멀어져 가는 말발굽 소리를 들으면서 천천히 앞으로 전진하기 시작했다. 한곳에 너무도 많은 병력이 집중된 상태라 병사들을 돕기 위해 돌격을 해도 도와줄 수 없는 상황이었다. 그에 구복 대장군은 마치 걷듯이 천천히 말을 몰며 사인샨드 성을 향해 병사들을 이동시켰다.

두두두두두~

지축이 흔들릴 정도로 어마어마한 무리가 움직이고 있었다. 그들이 향하는 곳은 멀리 보이고 있는 사인샨드 성이었는데, 그들의 손에는 반월도(半月刀)가 들려져 있었다. 바로 염상백이 이끌고 있는 타타르 국의 병사들이었다.

타타르 국의 병사들은 예전 성길사한의 전통을 그대로 이어받아서인지 대체적으로 전형적인 구성 형태를 취하고 있었다. 중무장한 기병이 사 할을 차지했는데, 이들은 속에 비단 갑옷을 입고 겉에는 사슬 갑옷과 가죽 흉갑(胸鉀)으로 무장하고 있었다. 또한 머리에 투구를 쓰고 창을 잡고 있으며, 주로 적의 진형을 뚫고 들어가서 커다란 타격을 주는데 큰 위력이 있었다. 그리고 나머지 육 할은 경기병으로 이들은 활과 던지는 창, 그리고 도끼와 반월도 및 올가미 밧줄을 지니고 있었다.

보통 이들은 각자 두 개의 화살통을 지니고 다녔으며 뒤에 화살을 운반하는 보급병들이 뒤따르고 있었다.

그러나 지금 사막을 무지막지한 속도로 말을 몰고 있는 병사들의 구성을 면밀히 살펴보면 중기병보다 경기병의 수가 적음을 알 수 있었다. 그것은 현재 아룩타이 좌승상이 지키고 있는 사인샨드 성에 있는 병사들 대부분이 경기병으로 구성되어 있었기 때문이다. 그것도 활을 가장 잘 사용할 줄 아는 병사들로.

"어서 달려라, 어서!"

'제발 늦지 말아야 할 텐데……'

염상백은 아룩타이가 보낸 부관의 보고를 받고선 소스라치게 놀랐다. 그렇게 하늘에 빌었건만 적들은 퇴각이 아닌 총공격을 감행한 것이다. 염상백이 어찌할 수 없는 최악의 전개였다. 그에 부랴부랴 전열을 정비하고는 사인샨드 성으로 달려가고 있는 중이었다.

"적을 향해 쏴라! 적들이 성벽을 넘고 있다. 쏴라!"

쏴아아아~

픽! 퍼퍼픽! 퍼억……!

"크으으으~"

"컥! 끄으~"

정로군의 진입이 본격적으로 성공하면서 아룩타이는 최종 방어선을 성안으로 이동할 수밖에 없었다. 하지만 성벽을 넘은 적들의 수가 많아졌고, 또한 그들이 몇 명씩 진영을 갖추면서 화살에 쓰러지는 수도 눈에 띄게 줄고 있었다. 수중의 방패로 화살을 막으면서 조금씩 전진을 하고 있었기 때문이다.

"적들이 성문을 열게 해서는 안 된다! 성문을 지켜라!"

"성문을 지켜라! 어서……!"

아룩타이는 정신이 없었다. 성벽을 넘는 적들의 수는 셀 수 없을 정도로 불어나고 있었는데 성문까지 활짝 열리게 되면 가장 우려하던 기마병들이 합류를 하게 되기 때문이었다. 그것만은 막아야만 했다. 무슨 수를 쓰던 성문을 지켜야만 그나마 살아남을 수 있는 확률이 높아졌다.

"정서장군(征西將軍)은 성문을 열도록 하라! 성문을 열어야만 한다!"

"정서부장은 나를 따라라! 우리의 목표는 성문이다. 어서……!"

거기장군은 막 병사들과 함께 성벽을 넘는 정서장군을 향해 성문을 열도록 지시했다. 성벽 바로 아래까지 도착해 있는 기마병들이 성벽을 넘지 못하고 멈추어 있었기 때문이다.

아룩타이는 성문을 향해 쇄도하는 적들을 향해 무차별적인 공격을 명했다. 하지만 그 수가 워낙 많고 또한 그들을 향해 날아가는 화살을 후방의 지원 부대가 방패로 막아주고 있어서 쉽지는 않았다.

'이대로는 안 되겠다. 더 이상 화살이 먹혀들지 않는구나. 이 일을 어이한단 말인가. 어이…….'

"모든 병사들은 중앙으로 집결하라! 전열을 재정비한 후 적을 맞는다!"

"옛! 알겠습니다!"

"모든 병사들은 중앙으로 퇴각하라! 퇴각……!"

아룩타이의 명이 떨어짐과 동시에 병사들은 몇 명씩 조를 이루며 자신들을 향해 달려드는 적을 향해 반월도를 휘두르며 퇴각했다. 하지만 워낙 수적으로 열세를 보이고 있어 개인적인 능력이 뛰어난 병사들도 속수무책으로 쓰러지고 있었다.

아룩타이는 자신의 병사 한 명을 죽이기 위해 적들은 무려 열 명에 가까운 병사들이 긴 창을 찌르고 있는 광경을 볼 수가 있었다. 아무리 무예가 출중하다 하더라도 열 사람이 동시에 찌르는 창을 막을 수는 없었다.

아룩타이는 힘없이 쓰러지는 병사들을 뒤로하고 오아시스가 있는 중앙으로 신형을 날렸다. 성문이 열리는 것은 이제 기정사실이 되어버렸다. 더 이상 자신이 할 수 있는 것이 없었던 것이다. 그에 아룩타이는 차라리 죽어가는 병사들을 보고 있는 것보다는 성문이 열려 기마병들이 들이닥치기 전에 자신들이 먼저 공격하는 편이 나을 것이라는 판단을 내렸다.

아룩타이가 오아시스가 있는 곳에 도착했을 때는 이미 부관들이 전열을 재정비한 후 명령을 기다리고 있었다. 이젠 살아남은 병사들은 삼만 명도 되지 않았다. 너무나도 많은 수의 병사들이 죽은 것이다.

하지만 아룩타이는 자신을 향한 병사들의 눈을 보면서 타타르 국의 용맹한 모습을 적들에게 보여줄 것을 명했다. 자신들의 죽음이 후세의 밑거름이 되자고 목청을 높였고, 삼만의 병사들은 아룩타이를 선두로 해서 힘차게 말을 몰았다.

두두두두두~

"하앗! 달려라!"

"죽여라! 죽어!"

"와아아~"

아룩타이의 손에는 자신의 팔 길이보다 조금 긴 반월도가 들려져 있었는데, 그것을 한차례 휘두를 때마다 태양 빛이 아름답게 반사되었다.

"우리의 용맹함을!"

"타타르 국의 영광을 위하여……!"

창! 창창! 차창차창! 차앙……!

"끄아아아~"

"컥! 끄어억~"

히이이잉! 히잉!

"적의 기마병들을 막아라. 조금만! 조금만 더 막으면 곧 성문이 열린다!"

"막아라……!"

정서장군은 타타르 국의 기마병들의 출현에 깜짝 놀라며 성문을 열고 있는 병사들을 재촉했다. 죽음을 불사하고 달려드는 적의 위용에 놀라움보다는 위압감이 들었던 것이다.

끼이이이이~

드디어 성문이 열렸다. 그동안 정로군의 공격에도 굳게 닫혀 있던 성문이 활짝 열리기 시작한 것이다.

마침내 굳게 닫혀 있던 성문이 요란한 소음과 함께 활짝 열리자, 밖에서 기다리고 있던 거기장군 당성호가 중무장한 기마병들과 함께 사인샨드 성으로 진입을 했다. 그러나 진입함과 동시에 거기장군은 적의 기마병과 마주치게 되었다. 성문이 열리면서 적들이 퇴각했을 것이라 생각하고 있다가 부딪치자 적의 무모함에 어이가 없었지만, 막상 적들의 위용을 두 눈으로 목격을 하게 되자 피가 끓는 것을 느끼게 되었다.

"적의 기마병이다! 모두 돌격하라! 돌격!"

"적을 한 명도 살려두지 마라! 죽여라……!"

당성호의 고함 소리가 사인샨드 성안에 울려 퍼졌다. 비록 사방에서 병장기가 부딪치고 비명 소리가 요란했지만 당성호의 명령을 받는 기마병들의 귀에는 천둥보다 더 크게 들렸다.

두두두두~

히이이잉! 히이잉~

"죽어! 죽어라!"

"크아아아아~"

"커어억~"

아룩타이는 아무리 베어도 계속해서 자신의 앞을 가로막는 적들에 의해 점점 지쳐 가기 시작했다. 숨이 턱까지 차올랐다. 또한 시간이 지나면 지날수록 옆에서 따라오던 용맹한 수하들이 그 모습을 감추기 시작했다. 하지만 뒤돌아볼 수가 없었다. 그동안 자신의 도에 죽은 자들도 셀 수 없었는데, 지금은 그보다 더 많은 적들이 자신의 앞을 가로막고 있었던 것이다.

아룩타이는 볼 수 있었다. 자신을 가로막고 있는 기마병 뒤로, 그리고 그 뒤를 따라 달려드는 수만의 병사들 뒤로 뿌연 먼지가 뭉게구름처럼 피어오르고 있는 것을…….

"대장군님! 적의… 적의 지원 부대가 오고 있습니다!"

"뭐라? 후방이냐, 아니면 측면이냐!"

"후, 후방입니다."

"어디……!"

구복 대장군은 부관의 보고를 받고서는 바로 말을 몰고서 후미 쪽으로 달렸다.

마치 모래폭풍처럼 뿌옇게 솟구치는 먼지구름.

좌측에서부터 늘어선 적들은 그 수를 헤아릴 수 없을 정도로 엄청났다. 또한 그들이 보이는 위용은 사막에서 죽음의 폭풍이라 불리는 용권풍을 보는 듯한 착각을 불러일으키고 있었다.

"적들의 수가 생각보다 많다. 우리는 지금 당장 사인샨드 성으로 이동한다. 어서 서둘러라!"

"옛! 명을 받들겠습니다!"

구복 대장군은 기마병이 강한 타타르 국의 병사들을 상대함에 있어서 넓은 지형은 자신들에게 불리하다고 생각했다. 차라리 적과 맞상대를 하더라고 창기병이 좀 더 활동하기 유리한 곳을 찾을 수밖에 없었다. 그 대안이 바로 함락 직전인 사인샨드 성이었다.

"궁수들과 창기병들이 먼저 움직이고, 나머지 기마병들은 후미에서 적들이 접근하지 못하도록 하라!"

"예!"

"그리고 부관은 당장 표기장군에게 일러 성벽에 궁수들을 배치시키도록 하라! 성벽을 등지고 창기병들이 적의 진입을 막을 동안, 성벽을 장악한 궁수들은 적을 향해 공격을 해야 할 것이다. 서둘러라!"

구복 대장군의 명을 받은 부관 한 명이 얼른 말에 오른 후 이미 성벽을 점령한 표기장군을 향해 출발했다. 그리고 다른 부관들은 자신들의 병사들을 성벽으로 이동시키느라 정신이 없었다. 적의 기마병들이 들이닥치기 전에 성벽까지 도착해야 했기 때문이다.

성벽과 얼마 되지 않는 거리까지 천천히 진군을 하고 있었기에 구복 대장군은 적들이 도착하기 전에 성벽까지 도착할 수 있을 거라 생각했다. 하지만 그러한 생각은 보기 좋게 틀어졌다. 창기병과 궁병들이 성벽에도 이르기 전에 적이 이미 후미까지 쫓아온 것이었다.

"기마병들은 적의 공격에 대비하라!"

두두두두~

타타르 국의 기마병들은 침묵 속에서 돌진하고 있었다. 들리는 것이라고는 오직 천둥 같은 말발굽 소리뿐이었다. 그러나 이러한 침묵의 돌진은 지켜보고 있는 정로군 병사들의 심장을 순간적으로 멈칫하게 만들고 있었다.

"저들의 기마병이 온다! 모두 화살 공격에 대비하라!"

쏴아아아아~

구복 대장군의 고함 소리가 울려 퍼짐과 동시에 가장 선두에 서서 달려오던 기마병들의 손에서 화살이 쏘아졌다. 아직 백 장도 접근하지 못한 거리에서 쏘아진 것이었다.

타타르 국의 기마병들은 말안장의 높이를 낮추어 말을 타면서도 몸놀림을 자유롭게 할 수 있었으며, 또한 등자를 사용해 말을 달리면서 일어서 몸을 뒤로 돌리고 활을 쏠 수 있었다. 게다가 군화는 적의 공격으로부터 발을 보호해 주도록 발목 부분에 철판을 붙였으며, 신발 코를 위로 들리게 하여 달리는 말 위에서 일어섰을 때 등자에서 발이 빠져 낙마하는 것을 막아주었다. 이렇게 되다 보니 말에서 활을 쏘아도 거의 평지에서 쏘는 것과 같은 위력을 보이고 있었는데, 그들에게 있어서 백 장 거리의 적은 살상할 수 있는 사정권이었다.

팍! 팍팍! 파악……!

"크어억~"

"어서 이동해라! 어서!"

벌써 시간은 중천을 지나 거의 미시 정에 이르고 있었다. 그동안 쌍방에 많은 사상자가 속출하고 있었지만, 구복 대장군에게 있어서 현재 무엇보다 우선되는 것은 병사들의 이동이었다. 적이 지척까지 접근을 했다고 해도, 지금으로서는 그들을 상대하기보다는 성으로 진군한 병사들과 합류하는 것이 승리의 지름길이었다. 하지만 구복 대장군은 한 가지 보지 못한 것이 있었다.

타타르 국의 기마병들은 전통적인 전술을 구사하지 않고 있었다. 전통적으로 사냥할 때 몰이 대형으로 달아나는 야생동물들의 방향을 바꾸는 방법으로 적군을 양익(兩翼)으로 포위하여 공격하는 우회 기동법이 아니었던 것이다. 처음엔 횡대로 열을 이루며 돌진하고 있었으나, 그 형태는 어느새 가운데를 기점으로 모이면서 화살처럼 한곳으로 집약되는 형태를 취하고 있었다.

두두두두두두~

"공격……!"

"와아아아아~"

침묵 속의 질주하던 타타르 국 기마병들은 정로군과의 거리가 삼십 장 안으로 좁혀들자 요란한 고함성을 지르며 반월도를 흔들어댔다. 하지만 그들의 질주는 주춤하는 기색이 없었다. 아니, 오히려 지금까지 달려온 속도보다 더욱 빨라 보였다.

두두두두~

"죽어……!"

"끄아아아~"

히이이잉~

말발굽 소리와 병사들의 고함 소리가 한데 뒤엉키고, 그 가운데 쓰러지는 애절한 비명 소리와 말 울음소리가 사방을 가득 메워 나갔다. 하지만 우승상 염상백이 이끄는 기병대는 사인샨드 성문이 있는 곳을 향해 맹렬히 돌진했다.

구복 대장군은 이미 성문을 진입한 후 성벽에 올라 있었다. 하지만 처음 구상했던 계획과는 달리 궁병들에게 화살을 쏘도록 명을 내릴 수 없었다. 적들이 넓게 포진한 가운데 돌진하고 있는 것이 아니었기도 하지만, 무엇보다 창기병들과 적의 기마병들이 서로 뒤엉켜 있다는 것이 명령을 내릴 수 없게 만든 이유였다.

'큰일이구나. 이렇게 되면 공격을 할 수 없지 않은가! 아……!'

구복 대장군은 성 안쪽을 향해 고개를 돌렸다. 그곳에는 자신보다 앞서서 진군했던 거기장군 당성호가 기마병들을 이끌고 성을 지키고 있던 수장과 치열한 격전을 벌이고 있었는데, 수적인 우위에도 불구하고 크게 이득을 보지 못하고 있었다.

'응? 이, 이런! 적들 중에 무공을 할 수 있는 자들이 있었다는 말인가? 어찌 이런 일이……! 그, 그렇다면……?'

거기장군 쪽을 살피던 구복 대장군은 적의 수장으로 보이는 장군을 보호하며 기마병들의 접근을 막아내는 백여 명의 적들을 보고는 기겁하며 놀라움을 감추지 못했다. 적들 중에 절정의 무공을 익힌 것처럼 보이는 병사들이 상당수 눈에 띄었기 때문이다. 그에 구복 대장군은 성 바깥쪽에서 진입하고 있는 적의 진영을 급히 살펴보았다.

"저, 저럴 수가……!"

적의 기마병들은 성문에 어느 정도 근접을 하자, 왠지 더 이상 진군을 하지 않고 빠르게 양쪽으로 갈라지며 정로군을 양분해 가기 시작했다. 또한 그 때를 같이하여 중간 정도에 따라오던 삼만여 명의 병사가 힘차게 말의 옆구리를 발로 차며 그 모습을 드러냈는데, 그들의 손에서 움직이는 반월도에는 푸른빛이 이글거리고 있었다. 또한 그들이 도를 휘두를 때마다 그 주변엔 끊임없이 정로군 병사들의 비명 소리가 울려 퍼지고 있었다. 상황이 이렇게 되자 무공을 익히지 않은 구복 대장군도 적들이 절정의 무공을 익힌 고수라는 것을 알 수 있었다.

"대장군, 저들 중에는 무공을 익힌……."

"지금 나도 보고 있네, 표기장군."

"옛? 아~ 어찌 저런……."

구복 대장군이 표기장군의 말을 중간에서 끊으며 한 손으로 성 밖의 한 지점을 가리켰다. 그에 표기장군은 자연스럽게 구복 대장군의 손가락이 가리키는 지점을 보게 되었다. 그곳에는 이미 상당히 많은 병사들이 처참하게 쓰러져 있었다.

"표기장군."

"옛? 아, 말씀하십시오."

"장군도 보았지만 적들 중에는 대략 삼만 명 정도로 추정되는 무림인들이 있는 것 같네. 그렇다면 우리들은 승리보다는 패배를 하게 되겠지. 그러나 문제는 지금 패배하는 것이 아니라는 생각이 드는구먼."

"그게 무슨 말씀이신지……."

"저들을 보게. 저 정도로 많은 무림인들이 타타르 국에 있는데, 그들이 과연 이곳을 지키는 것으로 끝날 것 같은가? 아닐세. 아마도 저들은 이 여세를 몰아 만리장성을 넘으려 할지도 모르네."

"아~"

표기장군 육지관은 구복 대장군의 설명을 들으면서 까무러치게 놀랐다. 자신들은 승리와 정복을 하기 위해 힘든 북벌을 단행했는데, 오히려 지금은 그것이 아니라 적들에게 패배를 당하는 것은 물론 만리장성의 안전까지 걱정할 처지가 되었던 것이다. 실로 참담한 일이 아닐 수 없었다.

하지만 그것은 꿈이 아니었다. 아니, 지독한 현실이었다.

"그럼 어떻게 하시겠습니까? 이대로 퇴각을 하시겠습니까? 소장의 생각으로는 얼른 퇴각하시어 황제 폐하께 이 사실을 알리는 것이 급선무라 생각됩니다."

"그럴 것이네. 하지만 이대로 퇴각하면 오히려 병사들을 죽음으로 내모는 격이 될 것이네."

"그럼 어떻게……?"

"표기장군, 자네는 지금 당장 기마병들을 이끌고 퇴각을 하도록 하게. 나는 다른 장군들과 함께 자네가 충분히 벗어날 수 있도록 이곳에서 최선을 다해 막아보겠네."

"옛? 어찌 그런! 그렇게는 못합니다! 차라리 소장이 저들을 막도록 하겠습니다. 그러니 대장군께서 이 사실을 황제 폐하께 아뢰십시오!"

"그것은 안 되네. 나는 정로군을 이끄는 총지휘관이네. 그런 내가 만약 이곳에서 퇴각한다면 병사들은 한순간에 무너지고 말 것이네. 하지만 자네가 간다면 또 다른 작전을 행하는 줄 알고 병사들은 최선을 다해 싸울 것이네. 알겠는가! 그러니 표기장군은 지금 당장 이곳에 있는 부관들과 함께 기마병들을 이끌고 성문을 빠져나가도록 하게. 어서!"

"아… 그, 그렇게 하겠습니다. 대장군님의 명을 받들겠습니다."

"명을 받들겠습니다! 충!"

"어서 출발하게. 그리고 무슨 일이 있어도 이 사실을 황제 폐하께 알려야만 하네. 무슨 일이 있어도!"

"옛! 제 목숨을 받쳐서라도 대장군의 마지막 명을 수행하겠습니다. 그러니 대장군께서도 꼭 살아남으시길 바랍니다. 그럼 소장은 이만!"

"……."

구복 대장군의 명을 받은 표기장군 육지관은 부관 십여 명과 함께 삼만여 명의 기마병들을 이끌고 빠르게 성문을 빠져나갔다. 처음엔 갑자기 표기장군이 싸움에 열중하던 기마병들을 이끌고 성 밖으로 나가자 주변에 있던 창기병들과 보병들은 영문을 모르겠다는 표정들을 지었지만, 성 밖에서도 치열한 전투가 진행 중이란 사실을 알게 되면서 그에 더 이상 신경 쓰지 않고 자신의 앞에 있는 적들을 향해 고함을 지르며 돌진해 갔다. 자신들이 살아남을 수 있는 방법은 눈앞의 적을 한 명이라도 더 죽여야 한다는 것을 잘 알고 있었기 때문이다.

다른 것은 필요없었다. 아니, 생각한다는 것 자체가 여유였다. 그저 죽이고 또 죽이면 될 뿐이었다. 자신들이 쓰러지지 않는 한…….

"부관, 자네는 어서 거기장군에게 성안의 모든 적들이 성문을 빠져나갈 수 있도록 길을 열어주도록 하라 전하라!"

"옛! 명을 받들겠습니다."

"그리고 너는 당장 성 밖에 있는 병사들에게 성안으로 퇴각하도록 명하라."

"알겠습니다."

구복 대장군은 성안의 적들이 성문 쪽으로 향하는 것이 보이자, 그들의 진로를 막고 있는 거기장군에게 그들이 밖으로 나갈 수 있도록 했다. 그리고 그들이 나가는 것과 동시에 성 밖에 있는 병사들도 성안으로 들어오도록 명했다. 이것은 그동안 적을 공격하던 입장에서 수비를 하는 입장이 되었다는 것을 단적으로 드러낸 명령이었다.

　"궁수들은 적을 살상할 수 있다 여겨지면 주저하지 말고 쏴라. 비록 아군의 피해가 있다고 해도 상관없다. 적들을 향해 활을 쏴라!"

　거기장군은 구복 대장군의 명을 받아 아룩타이가 이끄는 기마병들을 성 바깥으로 나가도록 길을 열어주었다. 그러자 이때를 기다리기라도 한 듯 아룩타이는 병사들을 이끌고 힘차게 말을 몰았으며, 흉흉한 안광을 발하는 그들에겐 더 이상 거치적거리는 적들이 없었다.

　성 밖으로 나온 아룩타이는 제일 먼저 염상백을 향해 말을 몰았다. 그의 전신은 모두 붉은 피로 물들어 있었는데, 그 모습은 가히 혈신(血神)을 방불케 했다.

　"좌승상, 건재하셨구려."

　"하하, 우승상께서 오실 줄 알았습니다."

　"와야지요. 저들이 퇴각하지 않고 총공격을 하는데 오지 않을 수 있겠습니까. 그나저나 피해 상황은?"

　"병사들 대부분을 잃었습니다. 고작 만 명 정도만 이렇게 살아남았습니다."

　"흐음, 상당한 피해를 입었군요. 하지만 사십만의 대군을 맞아서 그 정도의 피해라면 상당한 전과입니다. 수고하셨습니다."

　"아닙니다. 내 우승상의 얼굴을 볼 낯이 없습니다."

　"하하, 좌승상께서 이렇게 살아오신 이상 되었습니다. 자, 이제 후방으로 가서 잠시 쉬십시오. 이곳은 제가……."

"그럴 수는 없습니다. 병사들이 저렇게 죽어가고 있는데 어찌 쉴 수가 있겠습니까. 저도 돕겠습니다. 이럇!"

좌승상 아룩타이는 염상백의 배려에 고개를 크게 흔들어 보인 후 자신을 따르던 병사들과 함께 다시 전장으로 달려갔다. 그의 전신에서는 그동안의 피로도 잊은 듯 더욱 힘차게 도를 휘둘렀으며, 그의 도가 하늘을 지날 때마다 정로군 병사들의 목이 땅에 떨어졌다.

'음… 역시 타타르 국 최고의 용장이다. 그렇다면…….'

"오리타이 장군."

"하명하십시오, 우승상."

"장군은 오만의 병사를 이끌고 조금 전 이곳을 빠져나간 적을 뒤쫓도록 하시오. 그들이 살아서 만리장성을 넘지 못하도록 하란 말이오. 무슨 일이 있어도! 알겠소?"

"명을 받들겠습니다. 충! 부관들은 나를 따르라! 하얏!"

어사대(御史臺) 어사중승(御史中丞) 오리타이.

황제의 명을 받은 염상백을 따라 이번 남하군의 장군으로서 참여하게 된 오리타이는 자신의 부대들을 이끌고 이각 전에 전장을 빠르게 빠져나간 적을 뒤따르기 위해 힘차게 말을 몰았다.

"아무쪼록 오리타이 장군이 저들을 막아줘야 할 텐데……."

염상백은 전장을 빠져나간 장군이 누구인지 몰랐지만 필히 제거해야만 했다. 최대한 피해를 줄이기 위해 어쩔 수 없이 무공을 익힌 병사들을 전투에 참가시키게 되었기에, 염상백으로서는 그 비밀이 명 황제에게 보고되는 것을 바라지 않았기 때문이다.

염상백은 오리타이 장군을 믿을 수밖에 없었기에 더 이상 그 문제에 관해서 신경을 접었다. 지금으로서는 눈앞의 적을 섬멸하는 것이 급선무였기 때문이다. 그에 염상백은 주위의 부관들과 함께 노구를 이끌고 한창 적을 베어 넘기고 있는 동평장사 토리스타르의 곁으로 말을 달렸다.

이미 대부분의 병사들은 성안으로 들어오지 못하고 적의 도에 쓰러진 상태였으며, 성 안쪽으로 들어온 병사들은 자신들이 살았다는 생각조차 할 수 없을 정도로 지친 모습을 보이고 있었다. 하지만 그들도 아직 싸움이 완전히 끝나지 않았음을 잘 알기에 상관의 명령이 없어도 스스로 방비를 하느라 여념이 없었다.

'흐음, 저자가 총지휘관인가? 아무래도 그런 것 같구먼.'

구복 대장군은 성벽에 서서 전장을 지켜보았다. 적의 사기를 끌어내리려면 우선 적장의 목을 치는 것이 최선이었다. 그렇기에 구복 대장군은 적장으로 추정되는 인물을 찾는 데 총력을 기울이고 있었다.

"궁수들은 일제히 적의 수장이 있는 곳을 향해 활을 쏴라! 내 명령이 떨어지기 전까지 계속해서 쏴라!"

"활을 쏠 수 있는 궁수들 모두 대장군께서 가리키는 곳을 향해 쏴라!"

쏴아아아아~

구복 대장군의 명령이 떨어짐과 동시에 수천 개의 화살이 한 방향을 향해 일제히 날아올랐다. 그곳에는 아군들도 상당수 있었지만, 궁병들은 그러한 것에 개의치 않고 대장군의 명에 따라 활시위를 당긴 것이었다.

"이런! 동평장사님을 보호하라!"

"응? 헉……!"

"안 돼……!"

퍼퍽! 퍼퍼퍼퍽! 퍼억……!

"크아아아~"

히이이이잉! 히이이잉~

"컥! 끄으으으~"

"끄윽! 이, 이런……."

"헉! 도, 동평장사님……!"

말의 요란한 울음소리가 병사들의 비명과 함께 울려 퍼졌다. 적군도 없었고 아군도 없었다. 토리스타르 주변에 있던 많은 병사들이 한꺼번에 참변을 당한 것이다.

토리스타르는 자신의 팔과 허벅지, 그리고 가슴을 꿰뚫은 화살의 끝을 양손으로 잡으며 멍한 표정으로 자신을 향해 소리를 지르며 달려오는 염상백의 얼굴을 보았다. 애절한 눈빛이었다. 그러나 토리스타르는 염상백을 향해 뭐라고 말하고 싶어도 소리가 입 밖으로 나오지 않았다. 그저 고통을 참는 비음만이 간신히 새어 나올 뿐이었다.

하지만 마냥 고통을 참을 수만은 없었기에 흉갑을 뚫고 가슴에 박힌 화살을 뽑으려고 했다. 그러나 아무리 당겨도 뽑혀지지 않았다. 아니, 뽑으려고 해도 두 팔에 힘이 들어가지 않고 있었다.

아무리 뽑으려 해도 뽑혀지지 않자, 이에 지친 토리스타르는 고통에 몸부림치며 울부짖는 말에서 떨어지지 않기 위해 자세를 최대한 낮추었다. 하지만 이미 몇 대의 화살에 관통당한 말은 처절한 울부짖음과 동시에 땅바닥에 고개를 처박으며 쓰러졌고, 토리스타르는 이미 생을 다한 말과 함께 땅바닥에 뒹굴 수밖에 없었다.

"동평장사님께서 활에 맞으셨다! 어서 주변을 경계하라! 어서……!"

"헉! 허억! 허어억……."

"잠시만, 잠시만 참으십시오. 곧 응급처치를 하겠습니다. 제발 잠시만……."

어느새 달려왔는지 염상백은 고통에 몸부림치는 토리스타르의 두 손을 꼭 잡은 후 흉갑을 벗겨내고는 바로 가슴의 화살을 뽑았다. 그러나 운이 없게도 심장 근처가 관통당한 상태라서 토리스타르는 힘겹게 숨을 헐떡일 뿐이었다.

"어서 동평장사님을 안전한 곳으로 옮겨라! 어서!"

"옛! 알겠습니다."

염상백은 계속해서 화살이 쇄도하자 얼른 토리스타르를 부축한 후 화살이 날아올 수 없는 거리까지 이동했다. 토리스타르가 쓰러진 후에도 계속해서 화살들이 날아들고 있었기 때문인데, 청랑군(天狼軍)들이 아무리 도로 날아오는 화살들을 쳐낸다고 해도 안전한 곳으로 이동하는 편이 좋다고 판단한 것이다.

"동평장사님, 이곳은 안전합니다. 그러니 이제 치료를……."

"헉! 허억… 아, 아니네. 괜한 곳에 힘을 낭… 낭비하지 말게. 허익! 으으……."

"아닙니다. 조금만 치료를 서두르면 사실 수 있습니다. 그러니 제발……."

"허허, 내 나이 벌써 여든이 넘었네. 전장에서만 육십 년이 넘는 세월을 보냈어. 가망이 없네. 그, 그것을 왜 모르겠는가……."

"무슨 그런 나약한 말씀을 하십니까! 동평장사님답지 않습니다. 지금까지 수많은 역경을 헤쳐 오신 철인이시지 않습니까! 치료만 하면 사실 수 있……."

"우욱! 흐으음…… 우, 우승상……."

토리스타르는 입 안 가득 핏물을 토해낸 후 조금 숨을 고르더니 자신의 명문혈에 진기를 불어넣고 있는 염상백의 손을 꼭 잡으면서 지긋한 음성으로 불렀다. 이에 염상백은 더 이상 진기를 주입하지 못하고 토리스타르의 꺼져 가는 눈에 시선을 맞출 수밖에 없었다.

"흐억… 흐음, 휴~"

"흐음……."

염상백의 진기를 받은 효과가 있었는지 토리스타르는 한 사발이나 되는 핏물을 토해내더니 꺼져 가던 눈빛이 순간적으로 되살아나는 듯했다. 하지만 이러한 현상을 지켜보고 있는 염상백은 가슴 밑에서부터 솟구치는 침음을 속으로 삼켜야만 했다. 회광반조, 토리스타르는 죽음 직전의 상태였던 것이다.

"우승상……."

"말씀하십시오. 제가 할 수 없는 일이라고 해도 무슨 말씀이시든 하십시오. 제 목숨이 다하는 순간까지 동평장사님의 말씀을 기억하겠습니다."

염상백은 토리스타르가 뱉어낸 핏물을 보고는 더 이상 가망이 없음을 알고 절망감을 감출 수 없었다. 더구나 회광반조의 증상을 보이고 있는 토리스타르였기에 염상백은 최대한 편안한 죽음을 맞이할 수 있도록 토리스타르의 곁에서 떨어지지 않았다.

"허허, 그 말을 들으니 고맙구먼. 하지만 이 세상엔 바란다고 모두 이루어지는 것이 아니네. 그러니 나는 우승상에게 할 수 있는 것을 부탁하겠네."

"마, 말씀하십시오. 최선을 다하겠습니다."

"허허, 고맙네. 나는 우, 우승상이 지금처럼 앞으로도 황제를 잘 보필해 주길 바라네. 그것이 내 마, 으음… 마지막 소망이라네……."

"알, 알겠습니다……."

"살아남은 것은, 그것만으로도 충분한 가치가 있네. 무슨 말인지 알겠는가? 나는 이렇게 죽지만, 자네는 살아남았네. 그, 그리고! 으음… 살아남은 자네에겐 오늘이 아닌 내일이 기다리고 있네. 자네에겐… 우리 타타르 국엔 내일이 있지 않은가……."

"내일……."

"그렇네. 아무것도 할 수 없다고 해서 아무것도 하지 않는다면, 그렇다면 더욱더 아무것도 할 수 없지 않겠는가. 그러니 우승상이… 흐억! 으~ 부, 부탁하… 겠네……."

"도, 동평장사님! 동평장사님……!"

토리스타르는 힘겹게 마지막 숨을 내쉬었다. 팔십 평생을 황권 보호와 어린 황제를 위해 살다가 남벌을 목전에 두고 숨을 거둔 것이다.

장수가 전장에서 죽는다는 것은 어찌 보면 영광일 수 있으나, 그의 죽음을 끝까지 지켜본 염상백으로서는 비통함이 이루 말할 수 없을 정도였다. 항상 부친과 같이 자상하게 대해주었던 토리스타르의 죽음은 냉철한 염상백의 이성을 순식간에 마비시키기에 충분했다.

"모든 청랑군은 적을 한 명도 남기지 말고 도륙(屠戮) 해라! 그리고 적의 수장을 내 앞으로 끌고 오도록 하라!"

"알겠습니다. 명을 받들겠습니다!"

휘이이이이이~

염상백 주변을 경계하던 청랑군 일만 명이 일제히 함성을 지르며 순식간에 성벽을 향해 신형을 날렸다. 그들은 지금까지 염상백 주변에 머물면서 움직이지 않던 청랑군의 핵심들이었다. 모두들 지금 당장 무림에 나가서도 일류고수 소리를 들을 수 있는 고수들이었다. 그런 만큼 그들은 염상백의 숨겨진 한 수였는데, 지금 그들이 일제히 도를 뽑아 든 것이다.

또한 이들과 함께 정로군을 공격하던 이만 명의 청랑군들도 염상백의 명에 의해 한곳으로 신형을 날리기 시작했다. 그들의 수중에는 피를 한껏 머금고 있는 반월도가 들려져 있었는데, 그 반월도를 휘두르며 날아가는 청랑군의 모습은 말 그대로 먹이를 향해 돌진하는 푸른 늑대들을 연상시켰다.

"죽어라! 죽어!"

"감히……!"

"끄아아아아~"

"커윽! 크어어어~"

청랑군들은 무자비하게 적을 살상하기 시작했다. 토리스타르가 죽기 전까지는 그들의 눈은 그다지 살기를 띠지 않고 있었는데, 지금은 온몸에서 이글이글거릴 정도로 살기가 충천해 있었다. 더구나 토리스타르의 죽음을 직접 목격한 일만 명의 청랑군들은 더욱 무자비했다. 그런 그들의 앞을 가로막을 수 있는 것은 아무것도 없었다. 가히 용권풍이 휩쓸고 지나가듯, 그들은 순식간에 성문까지 돌진하며 주변의 적들을 쓰러뜨렸다.

구복 대장군은 적들의 기질이 갑자기 돌변한 것을 온몸으로 느낄 수 있었다. 멀리 떨어져 있는 곳에서 보내는 적들의 살기가 느껴지는 것 같았다.

청랑군의 검에서 푸른 빛줄기가 이글거릴 때마다 정로군 병사들은 마치 무가 썰리듯 힘없이 쓰러지고 있었다. 하지만 그들은 잔인하게도 병사들이 비명을 지를 수 있는 충분한 삶의 시간을 주고 있었다. 죽어가면서 지르는 비명. 청랑군은 그러한 죽음을 정로군 병사들에게 선사하면서 조금씩 구복 대장군이 있는 곳으로 다가오고 있었다.

'휴~ 이제 끝인가? 저들을 막을 방도가 내겐 없구나……'

"화살을 맞고 죽은 장수가 동평장사 토리스타르였던가?"

"그런 것 같습니다, 대장군."

"훗! 그나마 다행이로군. 타타르 국의 정신적 지주를 내 손으로 죽일 수 있었다는 것만으로도, 정로대장군 구복이라는 이름 값을 한 것이 아니겠는가. 그렇지 않은가?"

"그렇긴 합니다. 하지만……"

"하하, 자네가 무슨 말을 하고자 하는지 알겠네. 하지만 자네도 보았지 않은가? 저들의 움직임은 눈으로 보면서도 뒤쫓을 수 없네. 또한 저들이 휘두르는 검날은 스치기만 해도 단단한 갑옷이 종이가 찢어지듯 두 동강이 나네."

"흐으음……"

"저런 병사들을 상대로 어떻게 승리를 취할 수 있겠는가. 하지만 이 전투에서 내가 무참하게 패배한 것이 아니라는 생각이 드는구먼. 나는 비록 패했어도, 다음에 올 대장군은 패배하지 않을 것이 아닌가."

"그렇게 되어야지요. 꼭 그렇게 될 것입니다, 대장군."

"허허허……"

'부디 표기장군이 만리장성을 무사히 넘어야 할 텐데……'

구복 대장군은 시야에 간신히 들어올 정도의 거리를 격하고 염상백의 가슴에 쓰러져 있는 토리스타르를 바라보았다. 비록 원하던 승리를 취하진 못했지만, 그나마 적의 수장을 쓰러뜨렸다는 것에 위안을 삼을 수 있었다. 하지만 자조적인 웃음이 입가에 새어 나오는 것은 구복 대장군으로서도 어쩔 수 없었다.

"흐음… 대장군, 이제 어찌하시겠습니까?"

"훗! 거기장군, 우리가 저들에게 항복을 한다면 우리는 고사하고 병사들의 목숨이나마 살려줄 것 같은가?"

"그, 그런 기대는 진작에 버렸습니다."

"그렇다면 무슨 방도가 있겠는가. 어차피 항복을 한다고 해도 죽을 목숨이라면 차라리 저승 길동무나 많이 만들 수밖에! 안 그런가?"

"알겠습니다, 대장군. 소장도 그 말을 기다리고 있었습니다."

"……."

"몇 달밖에 되지 않았지만, 소장은 대장군 휘하에 있었다는 것만으로도 영광이었습니다. 부디 편안한 죽음을 맞이하십시오."

"허허, 고맙구먼. 거기장군이 나를 그렇게 생각해 주고 있었다니 감사하네. 거기장군 역시 그 뜻을 이루길 바라네."

"옛! 그럼 소장이 먼저 가겠습니다. 충!"

거기장군 당성호는 구복 대장군을 향해 크게 부복한 후 자신의 부관과 함께 힘차게 말에 올랐다. 그런 후 남아 있는 기마병들과 함께 힘차게 고함을 지르며 성문을 나섰다.

"죽더라도 최소한 한 명씩 길동무를 만들고 죽어라! 그렇지 못하면 저승에 가서라도 내가 내쫓겠다. 이럇!"

"충……!"

두두두두~ 두두두두두~

성문을 빠져나가는 기마병들의 모습 사이로 눈부신 태양이 그 모습을 간간이 내보이고 있었다. 하지만 구복 대장군은 그들의 뒷모습에서 시선을 뗄 수가 없었다. 그들의 마지막 모습을 영원히 기억하기 위함이었다. 그것이 죽음을 당당히 맞이하려는 수하들에 대한 최대한의 예의라 생각한 것이다.

어느덧 신시를 넘어 유시에 이르고 있었다. 오시 초에 시작한 전투는 세 시진 동안 치열하게 치러졌고, 그 결과 정로군은 표기장군을 따라 퇴각한 삼만 명의 병력을 제외한 삼십칠만에 가까운 대병력을 잃었다. 하지만 타타르 국의 병사들 역시 처음 출전할 당시 삼십삼만이었던 병력이 이제는 십만도 남아 있지 않았다. 그나마 청랑군의 피해가 전무하다는 것이 위안이 될 수 있었다.

하지만 타타르 국의 병사들은 정로군 병사들이 무기를 버리고 항복해도 그것을 무시하고 가차없이 반월도로 베어 넘겼다. 그들에게 있어서 포로란 필요없었다. 오직 피의 응징만이 있을 뿐이었다.

"꿇어라!"

팍!

"윽……!"

매몰찬 발길질에 힘없이 쓰러지는 사람. 이미 전투는 끝이 났다. 전의를 상실한 정로군 병사들은 뿔뿔이 흩어지며 사인샨드 성을 벗어나고자 몸부림쳤으나, 그들은 대부분 성에서 멀리 벗어나지도 못하고 처참하게 죽임을 당했다. 또한 성에 남아 있는 병사들 역시 타타르 국의 병사들 손에서 벗어나지 못하고 발견되는 즉시 도륙을 당하고 있었다.

이제 남은 것은 몇 명되지 않는 장군들뿐이었다.

"그대가 대장군인가?"

"그렇다. 내가 정로대장군 구복이다."

"나는 타타르 국 우승상 염상백이라 한다."

"염상백이라… 홋! 한인(漢人)이로군."

"그렇다. 나는 한인이다. 그러나 내가 섬기는 분은 명나라의 황제인 영락제가 아니라 타타르 국의 부니아시리 황제시다."

"흐음… 그렇군. 그대는 타타르 국의 진정한 신하로군."

구복 대장군은 염상백의 단호한 어조를 통해 이미 그가 타타르 국의 충직한 신하임을 알 수 있었다. 자신이 한인인 것을 당당하게 밝힐 수 있을 뿐만 아니라, 그러고도 이처럼 자신의 앞에 당당하면서도 의연한 모습을 보인다는 것이 그 증거였기 때문이다.

"나는 타타르 국의 황제 폐하를 대신해서 그대를 극형에 처하고자 한다. 그대의 용맹함은 익히 경험해 보아 잘 알고 있다. 하지만 그대로 인해 우린 뛰어난 분을 잃었다. 그 슬픔은 우리에겐 이루 말할 수 없는 큰 불행이다. 그러니 그대는 지금 할 말이 있으면 해라."

"홋! 그래도 적장에 대한 예우를 해주는 것인가? 고맙구먼."

"……."

구복 대장군은 천천히 일어서서는 자신을 바라보고 있는 염상백의 얼굴을 쳐다보았다. 또한 그 뒤에 도열해 있는 수많은 병사들도 훑어보았다. 그들의 눈에는 아직도 분이 풀리지 않았는지 이글거리는 눈동자를 하고 있었다. 혈안이었다. 푸른 늑대의 모습에 혈안.

"그대의 병사들은 정말 좋은 눈을 하고 있구먼. 내 지금까지 많은 병사들을 훈련시켜 보았지만, 그대의 병사들처럼 좋은 눈을 가진 병사들을 본 것은 오늘이 처음이네. 그대와 같은 용장이 타타르 국에 충성하고 있다는 것이 참으로 서글프구먼. 보아하니 남하를 목적으로 훈련을 시킨 모양인데, 되도록 그 뜻을 접어주었으면 하네. 뭐, 이렇게 말한다고 뜻을 꺾지 않겠지만 말이네."

"흐음, 할 말은 그것뿐인가?"

"그렇네. 이제 죽여주시게."

구복 대장군은 자신이 할 말을 다했다는 표정을 한차례 염상백을 향해 지어 보인 후 지그시 두 눈을 감았다. 이에 염상백은 옆에 서 있는 아룩타이를 향해 고개를 끄덕여 보였다.

아룩타이는 염상백이 신호를 하자 수중에서 도를 뽑은 후 천천히 구복 대장군이 서 있는 곳으로 걸음을 옮겼다.

"나는 좌승상 아룩타이라 한다. 그동안의 전투! 정말 훌륭했다."

"혹시 그대가 이 사인샨드 성을 수비하던 지휘관인가?"

"그렇다. 내가 그동안 그대와 결전을 벌였던 사인샨드의 총지휘관이었다."

"허허, 그렇구먼. 역시 용장으로서 부족함이 없는 사람이었구먼. 왜 그토록 성벽을 넘기 힘들었는지 이제야 알 것 같네."

"……."

"비록 적장의 검이지만, 용장의 검에 죽는다는 것도 한 나라의 장수로서 누릴 수 있는 복이지. 그럼 수고해 주게."

구복 대장군은 자신의 두 눈을 직시하고 있는 아룩타이를 향해 크게 고개를 끄덕여 보인 후 다시 두 눈을 감았다.

"그대 역시 내가 경험한 장수들 중 다시 볼 수 없는 용장이었다. 하앗!"

사악!

"큭! 으으음……."

왼쪽 어깨부터 시작된 검상은 오른쪽 옆구리를 지나서야 사라졌다. 하지만 그 검상으로 인해 구복 대장군은 생의 마지막 숨도 제대로 쉬지 못하고 땅에 무릎을 꿇어야만 했다. 이렇다 할 비명도 없었다. 그저 숨을 모두 내쉬지 못한 비음이 입가에 살짝 머물다 내뱉어졌을 뿐이었다.

"나머지들도 모두 죽여라! 이자의 목과 함께 토리스타르 동평장사님의 영정에 받치겠다!"

"옛! 하아앗……!"

"끄아아아~"

"제, 제발! 크어억~"

"커억~"

아룩타이는 구복 대장군의 목을 벤 후 뒤에 시립해 있는 수하들을 향해 아직 살아남아 있는 적장들을 처형하도록 명했다. 구복 대장군의 처형을 마지막으로 이십삼 일의 지루하던 사인샨드 전투가 끝난 것이다.

사인샨드 성에서의 전투에서 출중한 지략과 용맹함으로 적을 위기로 몰아넣었던 명장 구복 정로대장군은 육십칠 세의 나이로 죽음을 맞이했다. 병졸로 시작해 정로대장군이란 지위까지 오른 맹장 중의 맹장. 하지만 후세엔 용병(用兵)을 그르쳐 정로군이 몰살을 당하고 타타르 국의 포로로 잡혀 비참하게 처형되었다고 기록된다.

'살아남은 것은 그것만으로도 가치가 있다고 했던가? 실로 토리스타르 동평장사님의 말씀처럼 그런 것 같구나.'

염상백은 아룩타이의 도에 베여 쓰러지는 구복 대장군의 모습을 보면서 토리스타르의 말을 떠올렸다. 이미 태양은 지고 있었고, 서쪽 하늘엔 석양이 붉게 빛나고 있었다. 오월의 하늘은 그렇게 지나가고 있었다.

제6장

짐이 아무리 무거워도 짐어져야 한다면 그렇게 해야겠지

제6장 짐이 아무리 무거워도 짊어져야 한다면 그렇게 해야겠지

하늘 높은 줄 모르고 곧게 뻗은 죽림(竹林).

죽림이라고 하기보다는 가히 죽산(竹山)이라고 불릴 수 있을 정도로 사방은 대나무로 빽빽하게 채워져 있었다.

신농정(神農頂).

산의 중턱에 자리잡고 있으며, 남쪽은 험준한 비탈길로 이루어져 있다. 북으로는 완만한 경사가 청록색의 방목지를 이루고, 선명한 세 개의 층을 이룬 지대가 펼쳐지며 신비로운 아름다움을 자랑하면서 대지에 뿌리를 박고 있는 곳으로 절경 중의 절경이다.

세 개의 층 중 그 첫 번째는 죽림 지대로 산을 전반적으로 감싸고 있으며, 바람이 불면 마치 큰 물결이 치는 듯한 신비로움을 자랑하고 있는 곳이었다. 또한 두 번째로는 삼나무 지대로 하늘을 향해 우뚝 솟아 있으며 바람을 껴안고 눈이 내리는 듯한 절경을 사시사철 보여주는 곳이었다. 그리고 마지막 세 번째로는 곱고 아름다운 두견림(杜鵑林) 지대로 천연의 색채들이 눈부시게 아름다워 마치 요염한 자태의 여인네를 보는 듯한 절경을 접할 수 있는 곳이었다.

하지만 이러한 절경도 마음의 여유와 안정이 있을 때에나 가능한 일이었다. 마음에 절경을 감상할 여력이 없으면 산이 아무리 아름다워 보았자 무용지물인 것이다.

"젠장! 도대체 무림맹 녀석들을 왜 도와줘야 하는 거야? 아무리 마교를 막기 위해서라고 하지만, 그렇다고 형제들의 피를 허무하게 뿌릴 수는 없지 않은가!"

"자네 미쳤는가? 소리 좀 낮추게."

"흐음, 미안하이. 하도 답답해서 나도 모르게 큰소리가 나왔네."

"자네 심정을 모르는 바가 아니니 됐네. 그리고 그런 생각은 우리들 모두 갖고 있지만 함부로 말해서야 쓰겠는가? 우린 전투를 하기 위해서 이곳에 온 것이 아니지 않은가. 그러니 조용히 있다가 채주에게 보고만 하면 우리의 임무는 끝나니 조금만 참게."

"그 정도는 나도 알지. 그러나 우리가 정말 마교의 움직임을 그대로 무림맹에 알려야 한단 말인가? 채주님도 그렇고 상부에서도 마교와 직접적인 접전을 피하라고 했다 하던데……."

"쉿! 조용! 자네 정말……!"

극비나 다름없는, 아니, 현시점에서는 무림맹의 어느 누구도 알아서는 안 되는 극비 중의 극비 사항을 아무런 거리낌 없이 입 밖으로 내뱉는 동료의 행동에 소스라치게 놀란 중년인은 얼른 자신의 두 손으로 동료의 입을 막으며 사방을 두리번거렸다. 다행히 주변을 둘러보아도 별다른 인기척이 없자 적지 않게 안심이 되었는지 동료의 입을 막고 있던 손을 천천히 거두었다. 하지만 동료를 바라보는 두 눈에서는 동료의 경솔한 행동을 질타하는 빛이 역력했다.

"흠흠, 그런 눈으로 볼 것이 무엇인가. 내가 없는 말을 한 것도 아닌데."

"자네 정말……!"

"알았네, 알았어. 날이 벌써 저물어가는데 우리 더 이상 이곳에서 시간 낭비 하지 말고 그만 돌아가세나."

"흠, 벌써 시간이 이렇게 되었구먼. 말이 나온 김에 얼른 가세나. 날이 어두워지기 시작해서 그런가? 왠지 으스스하구먼."

"하하, 자네도 그런가? 신농가에서 잔뼈가 굵었기는 하지만, 역시 산에서 밤을 맞는다는 것은 좀……."

녹림도로 보이는 두 사람은 나름대로 자신들이 엎드려 있던 자리를 은밀하게 뒤처리한 후 서서히 뒷걸음치며 자리를 떴다.

하지만 그들이 자리를 뜬 지 일각도 채 되지 않아서 언제 나타났는지 세 명의 흑의인영이 두 사람이 엎드려 있던 곳에 발을 디디고 서 있었다. 마치 처음부터 그 자리에 있었던 듯, 흑의인영들은 서로의 얼굴을 마주 보며 눈가에 가느다란 잔주름을 지어 보였다.

"역시 단주님의 말씀이 맞는구먼."

"그러게 말이야. 패혈맹이 처음과 달리 선봉에 나서지 않아 이상하게 생각했더니, 역시 단주님이네."

"하하, 그나저나 저 녀석들은 오늘 자신들의 목숨이 몇 번씩이나 황천길로 갔다가 왔는지도 모를 것이네. 웃기지 않은가? 저런 얼빠진 녀석들을 수하랍시고 거느리고 있으니……."

"홋! 하지만 한 녀석은 그래도 상황을 살필 줄 알더구먼. 하지만 뭐,

그 녀석도 별반 다를 것이 없었지만."

"이곳에서 계속 떠들 생각인가? 어서 단주님께 이 사실을 보고드리러 가세나."

"그렇지. 가세!"

휘이이이이~

침엽수인 삼나무가 무성하게 자라 있지 않는 한, 바람에 삼나무 잎들이 부딪치며 나는 소리를 들을 수 없다. 당연히 세 사람이 떠나면서 발생된 소음이 극히 미미했다고 해도 이목이 민감한 녹림인들의 귀에 들리지 않는다고 장담할 수 없었다. 하지만 주위엔 십여 척(尺)이 넘는 삼나무들이 하늘을 향해 곧게 뻗어 있고 잎이 무성하게 우거져 있어 이러한 소음들을 적막 속으로 감추어 버렸다. 이제는 그 누구도 이곳에 두 명이 있었으며, 그 두 명을 손바닥 바라보듯 감시하고 있는 이들이 있었다는 사실을 알지 못했다. 이 모든 것을 알고 있는 것은 아무런 말을 하지 못하는 삼나무들뿐이었다.

죽림을 약간 벗어난 곳에 위치한 막사.

주변에 몇몇 나무들이 자라고 있었지만, 막사가 세워져 있는 곳은 거의 허허벌판이나 다름없었다. 하지만 막사 안에는 무림인들이 보면 놀라 까무러칠 인물들로 채워져 있었다. 다름이 아닌 무림맹에서 만 명이 넘는 문인을 대동하고 온 네 문파의 장문인과 이만삼천 명이 넘는 대병력을 이끌고 온 패혈맹의 수장들이 한곳에 모여서 이야기를 나누고 있었던 것이다.

북숭소림(北崇少林) 남존무당(南尊武當)이란 말처럼 소림사와 함께 정도무림을 영도하고 있는 무당파의 장문인 진용검선 연정.

마교의 혈검을 피해 분루를 삼키며 무림맹으로 문인들을 대동하고 떠났던 점창파의 일양자 현천 장문인.

검왕검후(劍王劍后)의 전설이 전해지고 있는 절강성의 두 거파 엽씨 검문의 문주 검왕 엽무검과 보타문의 보타신니 일영 장문인.

패혈맹의 맹주인 검마왕(劍魔王) 독고후(獨孤珝)의 차남으로서 혈리호천단(血影護天團)을 이끌고 있는 흑마검군(黑魔劍君) 독고린(獨孤璘).

검마왕 독고후의 동생으로서 장로원의 원주로 있는 적혈마검(赤血魔劍) 독고성준(獨孤聖雋)과 추환쌍검(錐幻雙劍) 반씨 형제.

녹림삼천(綠林三天)이라 불리며 오만 녹림인들의 총채주인 혈리검천(血釐劍天) 예락승(芮樂承)과 광시권천(狂豺拳天) 육지보(陸芝普) 및 포형도천(怖刑刀天) 악남수(岳男帥).

그리고 마지막으로 귀주성 일대를 호령하고 있는 흑사방(黑死幇)의 방주 흑사검(黑死劍) 은청수(殷碃需)이었다.

마교라는 큰 적이 없었다면 한자리에 앉아 있을 수 없는 인물들이 서로의 얼굴을 맞대고서 고심에 찬 표정들을 짓고 있었다.

"마교, 마교… 왜 마교라 하며 불려지는지 궁금했었는데, 이 정도로 강할 줄을 정말 몰랐소."

"그렇습니다. 무림맹의 전갈을 받고 서안에서 이곳까지 바로 와서 마교를 상대하고 있기는 하지만, 막상 검을 겨루어보니 이건 도대체가……."

서안에 머물러 있던 패혈맹의 문인들은 무림맹과 패혈맹에서 보내 온 급전을 받은 후 일사불란하게 신농가로 이동했다. 하지만 워낙 급하게 움직인 관계로 보급 문제를 해결하지 못한 상태였으며, 그러한 와중에 마교와 세 차례 큰 접전을 벌여야 했다.

마교에서 공격해 온 인원은 겨우 육천 명에 불과했었지만, 그들의 무력은 가히 패혈맹의 문인들을 손쉽게 도륙(屠戮)할 수 있는 가공할 수준이었던 것이다. 다행히 마교의 기습을 상대할 수 있는 고수들이 몇 명 있었기에 큰 피해 없이 죽림의 뒤로 후퇴할 수 있었고, 또한 제 때에 무림맹에서 지원군이 도착하지 않았다면 죽림까지 밀릴 수도 있는 급한 상황이었던 것이다.

그러나 자라 보고 놀란 가슴 솥뚜껑 보고 놀란다고, 패혈맹의 문인들은 당시의 악몽에서 좀처럼 헤어나올 수가 없었다. 전신에 흑의를 두른 마교도들은 마치 저승사자와 같은 강인한 인상으로 패혈맹 문인들의 머리에 각인되었던 것이다.

이러한 상황은 패혈맹에서 마교의 세력을 직접 두 눈으로 확인하고자 왔던 적혈마검 독고성준도 미처 예상하지 못했던 상황이었다. 비록 거느리고 온 인원이 무림맹의 두 배가 넘는 실정이었지만, 그 내면에는 대부분이 무위가 크게 떨어지는 녹림십팔채의 녹림도들로 구성되어 있었다.

실제로 마교와의 접전에서 가장 큰 피해를 보고 있는 것이 이번에 녹림삼천을 따라온 양산채(梁山寨)와 철마륵대채(鐵摩勒大寨), 그리고 노교채(怒蛟寨)였다. 이 세 곳은 모두 신농가와 인접해 있는 신농가에서 활동 중에 있는 곳으로, 현지에서 녹림삼천의 명에 의해 조달한 인원이 대부분이었다.

"무량수불… 어찌 놀랍지 않겠습니까. 하지만 지금 우리들이 상대하고 있는 흑마단(黑魔團)은 마교에서도 한 세력에 지나지 않습니다. 앞으로 더한 세력이 몰려올 것입니다."

"원시천존……."

"그런데 어찌 무림맹에서는 네 분만 오신 것입니까? 철혈검문도 태원으로 간 것입니까?"

"허허, 어찌 철혈검문이 태원으로 갔겠습니까. 그러한 것은 이미 예도우께서도 잘 아시지 않습니까. 무량수불."

"하지만 가장 가까운 곳에 있으면서도 가장 늦게 오고 있으니 물어보는 것이 아닙니까. 혹시 우리가 모두 마교도들에게 큰 피해를 입은 후에나 도착할 것 같아서 말입니다. 아니면 무림맹에서 우리들과 달리 다른 꿍꿍이속이 있는 것⋯⋯."

"원시천존! 어찌 그런 말을!"

"하하, 죄송합니다. 조금 늦었습니다."

"응? 누구⋯⋯?"

임시로 만들어진 막사 안에서 예락승과 현천 장문인이 한창 목청을 높이고 있을 때, 길게 늘어선 천을 힘차게 젖히며 안으로 들어오는 사람이 있었다. 한순간 모두의 시선은 막사 안으로 막 들어온 사람에게 고정되었는데, 그 사람의 얼굴을 확인한 몇몇의 얼굴이 밝게 변하는가 하면 몇몇은 마치 먹지 못할 흙을 씹은 듯한 표정으로 변했다.

"이런, 이곳에서 예 장로를 보게 될 줄은 몰랐습니다. 어? 반 장로께서도 계셨습니까? 그동안 별고없이 무탈하셨는지요. 하하하."

"흐흠! 이런 곳에서 다시 보게 되는군요. 그렇지 않아도 임 문주께서 언제 오실지 몰라 기다리고 있었습니다."

"자리에 앉으시지요. 마침 따뜻한 차가 준비되어 있습니다."

예 장로와 추환쌍검의 반씨 형제는 호열의 얼굴을 확인한 순간 자신들도 모르게 수중의 검으로 손이 움직였다. 하지만 자신들이 이곳에 왜 왔는지 직시한 순간, 검으로 향하던 손을 번쩍 위로 치켜세우며 호열을 향해 포권을 했다.

"하하, 두 분께서 저를 이처럼 반갑게 맞아주실 줄은 정말 몰랐습니다. 정말 감사합니다. 그럼……."

호열은 자신을 바라보고 있는 다른 사람들과 눈을 마주치지 않고 바로 추성일검(錐星一劍) 반부형(潘阜亨)이 안내한 자리에 털썩 앉았다.

"무량수불, 전에 뵐 적보다 신수가 훤해진 것 같습니다."

"모두 연정 장문인께서 원시천존께 도공을 대신해 주셨기 때문이 아니겠습니까. 나중에 무당으로 직접 찾아뵙고 시주를 넉넉하게 하겠습니다."

"흐으음, 무량수불……."

안하무인의 태도.

호열은 막사 안의 모든 사람들의 이마에 주름이 서너 개 이상 생길 정도로 안하무인의 자세를 취하고 있었다.

연정 장문인은 호열의 이러한 행동을 보면서 고개를 몇 번 좌우로 흔들어 보였다. 자신이 알고 있던 호열의 모습이 아니었기 때문이다. 그러나 호열의 눈만은 예전과 달리 밤하늘의 별빛보다 더 총총히 빛나고 있었으며, 그 깊이를 헤아릴 수 없을 정도로 맑다는 것을 알아볼 수 있었다.

'허허, 그동안 내가 짐작할 수 없을 정도로 깨달음이 있었단 말인가? 정녕 장강의 앞 물결은 뒷 물결에 의해 잠식되는 것이 자연의 이치로구나. 세상이 변하고 있다. 아니, 벌써 세상이 변했는지도. 무량수불…….'

세상이 많이 변했음을 실감한 연정 장문인은 자신이 그 세상에 함께 있지 못함이 못내 서운했다. 하지만 그러한 것은 자신의 내면에서 표출된 잠재의식일 뿐, 연정 장문인은 호열이 자리에 앉자 만면에 자애스러운 미소를 머금고 맞이했다.

"임 문주, 아직 인사를 나누지 못한 분들이 계시니 먼저 안면이라도 트는 것이 어떻겠습니까."

"당연히 그렇게 해야지요. 소개를 좀 해주시겠습니까, 장군인?"

"그럼 말이 나온 김에 바로 하지요. 이쪽에 앉아 계신 분은 점창파의 일양자 현천 장문인이시고 또 이쪽은 엽씨검문의… 그리고 저쪽에 앉아 있는 분은 패혈맹의 총책임자로 오신 적혈마검 독고성준 대협입니다."

"대협은 무슨! 흐음……."

적혈마검 독고성준은 연정 장문인의 소개에 헛기침을 하며 인상을 구겼다. 연정 장문인의 소개가 여간 껄끄러운 것이 아니었기 때문이다.

하지만 연정 장문인의 소개는 적혈마검의 표정이 변하는 것에 상관없이 계속 이어졌다.

"이쪽에 앉아 계신 젊은 분은 검마왕 독고후 맹주의 차남으로 흑마검군 독고린 소협이고, 다른 분은… 그리고 마지막으로 제일 끝에 앉아 계신 분은 흑사방의 흑사검 은청수 대협입니다."

"이렇게 만나뵙게 되어서 정말 반갑습니다. 저는 철혈검문의 문주 임호열이라 합니다. 아직 무한에 자리를 잡은 후 다른 곳을 구경하지 못한 관계로 이곳까지 오는 데 많은 고생을 했습니다. 워낙 지리에 어두운 관계로 그리된 것이니 여러분들의 많은 양해를 바라며, 앞으로 잘 지낼 수 있었으면 합니다."

호열은 연정 장문인의 소개가 끝난 후 한 사람 한 사람마다 모두 포권을 취해 보이며 자신의 소개를 했다.

호열의 소개가 끝난 후 수유의 시간 동안 막사 안은 찬바람이 횡~ 하고 불 정도로 적막감이 감돌았다. 상황이 이렇게 된 것에는 갑자기 호열이 들어온 것도 큰 몫을 차지했지만, 무엇보다 무림맹과 패혈맹의 깊은 골이 메워지지 못한 상황이 크게 작용하고 있었던 것이다.

가장 먼저 말문을 연 사람은 호열이었다. 자신으로 인해 좋았던 분위기가 서먹하게 변한 것이 아닌가 하는 쓸데없는 생각을 하면서 조심스럽게 말문을 열었다.

"제가 들어와서 그런 건지, 아니면 하실 말씀들이 없어서 그런 건지 분위기가 너무 무겁군요. 흠흠! 뭐, 분위기야 차차 변할 수도 있으니 상관없습니다만, 마교와의 접전 상황은 어떻게 되고 있습니까?"

"지금까지 모두 세 차례 접전이 있었는데, 예상보다 마교도들의 무공이 높은 관계로 큰 피해를 입은 쪽은 우리들입니다."

"어찌 우리들이라 하십니까! 가장 큰 피해를 입은 것은 패혈맹이 아닙니까. 그것도 우리 녹림에서 말입니다."

"헛! 예 장로!"

"죄송합니다, 원주님. 하지만 현천 장문인의 말이……."

"아~ 상황이 그리 좋지는 않다는 말씀이군요. 하지만 제가 보기엔 그렇지도 않은 것 같던데… 오다가 보니 상당히 많은 문인들이 이곳에 모여 있던데 정확히 얼마나 됩니까, 반 장로."

호열은 상황이 험악하게 변하자 얼른 앞으로 나서며 화제를 다른 곳으로 돌렸다. 괜히 자신으로 인해서 엄한 불씨를 만들 필요가 없었기 때문이다.

"흐음! 무림맹에서 만 명가량 왔고 우리 패혈맹에서 이만삼천 명가

량이 동원되었습니다. 임 문주께서는 이번에 몇 명을 대동하고 오셨습니까?"

"저야 뭐 문인들이 많은 것도 아닌데 반 장로께서 생각하시는 만큼 많겠습니까. 그저 천오백 명 정도 대동하고 왔습니다."

탕!

쾅!

"천오백……!"

"천오백 명? 고작 천오백 명이란 말입니까?"

호열의 말에 분개한 표정을 확연히 드러내며 탁자를 내려친 사람은 흑마검군 독고린과 추성일검 반부형의 동생 환시종검(幻屍終劍) 반우해(潘佑海)였다.

"왜 그러십니까? 그 인원이 제가 동원할 수 있는 최대의 인원입니다. 아마 패혈맹에서도 철혈검문에 대한 정보가 있다면 잘 아실 텐데요? 그렇지 않습니까?"

"……?"

"흐음……."

독고린은 호열의 말에 순간적으로 숙부인 독고 원주를 향해 고개를 돌렸다. 하지만 아무런 말이 없자 자동적으로 자신의 옆에 앉아 있는 반부형에게 향했는데, 반부형은 독고린의 날카로운 눈빛을 받고는 천천히 고개를 끄덕여 보였다. 호열의 말을 인정한 것이다.

그러나 독고린에 반해서 반우해는 호열의 말에 침음을 삼키며 자신의 자리에 힘없이 앉을 수밖에 없었는데, 그것은 자신 역시 호열의 말이 어느 정도 사실이란 것을 잘 알고 있었기에 더 이상 할 말이 없었기 때문이다.

"제가 보기엔 지금 이곳에 계신 분들만 딱 버티고 있어도 마교도들이 감히 쳐들어오지도 못할 것 같은데… 거기다 삼만 명이 넘는 인원이 이곳에 버티고 있는데 마교도들도 쉽지는 않을 것입니다. 그렇지 않습니까? 하하하!"

"그것은 임 문주께서 모르셔서 하는 말씀입니다. 현재 마교도들은 산 중턱 삼나무들이 우거져 있는 곳에 머물러 있는데, 그들은 산발적으로 정찰을 나간 패혈맹의 문인들을 공격하고 있는 실정입니다. 또한 언제 마교도들이 이곳을 벗어날지 알 수 없는 상황이라 우리들도 무턱대고 이곳에 머무를 수도 없습니다."

"무턱대고 머물러 있을 수 없다니요? 현천 장무인, 그 무슨……?"

"마교도들이 언제 이곳을 벗어나 무림맹이 있는 화남으로 향할지 알 수 없기 때문입니다. 그들이 우리를 벗어난다면 화남까지 가는 데 아무도 막을 수 없지 않습니까. 원시천존."

"참나! 마교도들이 우리를 내버려 두고 화남으로 향하겠소?"

"그렇지. 현재 화남으로 가보았자 무림맹은 빈 껍데기만 남아 있는 실정인데. 차라리 나 같으면 이곳에 있는 우리들을 공격하는 것이 더 확실하겠… 응? 생각해 보니 정말 그러네?"

현천 장문인의 말을 중간에 받아서 자신들끼리 서로의 얼굴을 보며 떠들던 광시권천 육지보와 포형도천 악남수는 말을 끝까지 잇지 못하고 커다란 눈을 하고서는 자신들을 향해 집중된 시선을 느낄 수 있었다.

"그, 그런……?"

"그렇군요. 제가 비록 이곳에 도착한 지 얼마 되지는 않았지만, 저 두 분의 이야기를 듣고 보니 아마도 마교도들이 노리는 목표가 화남이 아닌 우리들일 것 같다는 생각이 드는군요. 그렇지 않습니까, 연정 장문인?"

"무량수불, 임 문주의 말에도 타당성이 있습니다. 다시 한 번 생각해 볼 필요가 있을 것 같군요."

"그렇군. 생각해 볼 필요가 있는 것이 아니라 맞는 말인 것 같소이다, 연정 장문인."

"옛? 독고 원주, 그 무슨……?"

"장문인, 마교의 목적이 처음부터 무림맹의 힘을 분산시키는 것과 함께 동진이 목적이라면 조금 전 육 장로와 악 장로가 말한 것 모두 일리가 있는 말입니다. 현원세가에서 마교에 요구한 것도 무림맹의 힘을 분산시키는 것이었고, 그렇기에 일부러 마교와 동맹을 맺은 것이 분명할 겁니다. 그렇지 않다면 본진이 난주에 있는 마교도들이 일부러 이천오백 리가 넘는 거리를 이동해 백제성까지 올 필요가 어디 있겠습니까? 지금까지 겪은 그들의 힘이라면 서안으로 움직여 낙양까지 치고 들어가는 것이 훨씬 유리했을 겁니다. 당연히 마교는 무림맹의 힘을 분산시키고자 일부러 이곳 신농가까지 내려온 것입니다."

"독고 원주의 말씀은, 현원세가에서 이와 같은 상황을 미리 예견하고 무림맹을 상대하고 있다는……?"

독고 원주의 설명이 이어질수록 차마 말문을 열지 못하고 있던 연정 장문인은 독고 원주의 설명이 끝났음에도 재차 확인하고자 물어보았다. 하지만 좀처럼 말문을 끝까지 잇지 못하고 독고 원주를 향해 확답해 달라는 눈빛을 보낼 뿐이었다.

"아쉽게도 제 생각이 정확할 것 같습니다. 마교에서는 자신들이 상대할 적이 일부러 와준 격이고, 현원세가에서는 자신들이 충분히 상대할 수 있을 정도의 세력이 공격해 주고 있는 실정일 겁니다. 흐음, 무림맹으로서는 그리 좋은 상황이 아니라는 말이지요. 뭐, 그것은 이곳에 있는 우리도 마찬가지겠지만 말입니다."

"원주님, 그렇다면 지금이라도 당장 수하들을 한곳으로 집중해야 하지 않겠습니까?"

"아무래도 그렇게 해야겠지. 예 장로, 수고 좀 해줘야겠네."

"알겠습니다. 그럼 저는 이만⋯⋯."

독고 원주의 고개가 끄덕여지자 예 장로는 뒤도 돌아보지 않고 밖으로 신형을 훌쩍 날렸다. 하지만 바늘 가는 데 실이 따라가지 않을 수 없듯이, 녹림삼천의 나머지 두 장로 역시 첫째인 예 장로의 뒤를 따라 신형을 날렸다. 예 장로가 없는 지금 자신들이 막사 안에 있어보았자 크게 득될 것이 없음을 잘 알고 있기에 서슴없이 신형을 날린 것이다.

"연정 장문인, 어찌하시겠습니까? 아무래도 다른 곳에 지원을 요청하는 것이⋯⋯."

"무량수불⋯ 빈도도 그렇게 하고 싶지만 달리 지원을 요청할 만한 곳이 없으니 실로 답답할 뿐입니다. 그나마 철혈검문이 마교의 본격적인 공격이 시작되기 전에 도착한 것이 다행이라면 다행이랄 수 있겠지요."

"흐음⋯⋯."

'연정 장문인이 철혈검문을 이 정도로 신뢰하고 있었단 말인가? 아니면 저 임 문주를? 이거 참, 정말 모를 일이로구나. 무당파의 장문인이 문인들도 얼마 되지 않은 신생 문파를 이 정도까지 신뢰할 수 있다니⋯ 정말 모를 일이군.'

막사 안은 밤늦게까지 마교를 상대하기 위한 전략을 구상하느라 여

넘이 없었다. 하지만 호열에게 있어서 회의에 참석하는 것보다는 먼저
대동하고 온 문인들을 추스르는 것이 급선무였는지라 연정 장문인 등
에게 양해를 구하고서는 막사를 나왔다.

이미 앞으로 마교와의 접전이 어떻게 돌아갈지 대충 상황을 파악
한 후였기에, 호열로서는 더 이상 막사 안에서 시간을 허비하는 것보다
는 문인들을 안정시키고 혈전을 준비하는 것이 더욱 바람직하다는 생
각이 들었던 것이다.

'생각보다 쉽지 않은 전쟁이겠군. 그냥 무한에 머물러 있을 걸 그랬
나? 후후······.'

"무림인들에게 욕은 먹을지 모르지만, 그래도 상황이 어느 정도 정
리된 후에 움직였어도 되었을 것 같구먼."

"문주님, 어찌 되었습니까?"

"응? 아~ 추 전주로구먼. 막사 밖에서 기다리고 있었는가?"

"옛, 무림맹의 도움으로 문인들을 각자의 막사에 배정한 후 이곳으
로 왔습니다."

"그렇군. 수고했네."

"별말씀을. 그나저나 문주님의 표정을 보니 그리 좋은 상황은 아닌
것 같은데… 어찌 되셨는지 여쭈어보아도 되겠습니까?"

추 전주는 막사 밖에서 호열이 나오기를 기다리고 있다가 호열이 모
습을 보이자 얼른 다가갔다. 하지만 막사 밖으로 걸어나오는 호열의
표정이 그리 밝지 않았음을 확인하고는 넌지시 그 연유를 물어본 것이
다.

"잘 보았네. 상황이 우리들 생각보다 좋지 않게 돌아가는 것 같더구
먼."

"그게 무슨 말씀이신지……?"

"글쎄, 그건 추후 이야기하도록 하고 우선은 막사로 가세. 참! 추 전주는 막사로 가기 전에 다시 한 번 문인들을 살펴보고 오게. 특히 문인들의 정신이 해이해지지 않도록 각별히 신경 써야 할 것이네."

"알겠습니다. 그렇게 하겠습니다."

'상황이 좋지 않은 것 같구나. 문주님께서 문인들을 살펴보라고 하실 정도면……'

추 전주는 호열의 명을 받자마자 얼른 읍을 한 후 문인들에게 배정된 막사를 향해 신형을 날렸다. 호열의 표정과 어투로 보아 앞으로 있을 마교와의 전투가 생각했었던 것보다 더욱 치열하게 진행될지도 모른다는 생각이 들었던 것이다.

'흠, 짐이 아무리 무거워도 짊어져야 한다면 그렇게 해야겠지.'

호열은 추 전주의 뒷모습에서 무거운 짐을 한아름 지고 가는 것 같은 환상을 볼 수 있었다. 또한 추 전주가 자신을 볼 때도 이와 같지 않을까 하는 생각이 들었다.

호열과 추 전주.

그들은 각자 나름대로의 짐을 짊어지고 있었고, 또한 그것을 내려놓기 위해 힘든 역경과 싸우고 있었기 때문이다. 그렇기 때문에 그 짐은 자신이 스스로 들 수밖에 없는 것이었다.

또한 호열은 추 전주 역시 철혈검문의 이인자로서 그만한 무게는 혼자 짊어질 수 있어야 한다는 생각이 들었다. 그에 호열은 순간적으로 추 전주와 함께 문인들을 볼까 하는 생각을 접고 도착할 때 배정받은 막사를 향해 터벅터벅 걸음을 옮겼다.

        *   *   *

　염상백은 사인샨드 성에 머물면서 전열을 다시 정비하느라 며칠 동안 정신없는 시간을 보내야만 했다. 사인샨드 전투에서 생각보다 많은 희생을 치른 대가였다.

　"좌승상, 어쩔 수 없이 남하는 후일로 미루어야만 할 것 같습니다."

　"저도 그렇게 생각합니다. 아무리 청랑군이 건재하다 해도 정규군 병력이 십만도 되지 않습니다. 이러한 상황에서 만리장성을 넘는다는 것은 크나큰 모험입니다. 도저히 황하까지도 가지 못할 것입니다. 또한 승리를 한다고 해도 그것을 유지할 수 있다고 장담할 수 없는 상황입니다."

　아룩타이는 염상백의 말에 침중한 표정을 지으며 크게 고개를 끄덕였다. 자신이 판단하기에도 지금 남하를 한다는 것은 어려웠던 것이다.

　"잘 보셨습니다."

　"그렇다면 우승상께선 어찌하시겠습니까? 이대로 회군을 하시겠습니까?"

　"아닙니다. 그럴 수는 없습니다."

　"그럼……?"

　"저는 청랑군 중 일류고수급 만 명을 대동하고 현원세가로 향할 것입니다. 우선은 그들과의 약조도 있지만, 만약 그들이 무림맹과의 접전에서 패하게 된다면 우리로서는 중원의 거점을 잃어버리게 되기 때문입니다."

　"흐음… 그렇겠군요. 하지만 그렇게 되면 본국이 위험해지지 않겠습니까? 혹, 명 황제가 정로군을 다시 보낼 수도 있지 않습니까."

"그렇지는 않을 것입니다. 정로군을 보낸다고 해도 올해는 힘들 것입니다."

"……?"

"아무리 명나라의 군사력이 막강하다고 해도, 저들은 이번에 사십만이 넘는 대군을 잃었습니다. 그런 병력을 또다시 편성해서 보낸다는 것은 명 황제로서도 쉽게 결정할 수 없는 문제일 것입니다. 자칫 반발 세력의 도발을 조장할 수도 있기 때문입니다."

"그렇겠군요."

"그리고 본국엔 제가 데리고 갈 만 명 말고도 청랑군 이만 명이 더 있지 않습니까. 그들이 비록 일류고수 정도의 수준은 되지 못하나 십만의 병사들은 충분히 막을 수 있습니다. 그러니 좌승상께서 그들을 적극적으로 활용하신다면, 이후 명나라의 공격이 있다고 해도 충분히 막을 수 있을 것입니다."

"하하, 알겠습니다. 내 우승상께서 돌아오실 때까지 최선을 다하겠습니다."

아룩타이는 염상백의 설명에 흡족한 미소를 지어 보였다. 그들에겐 염상백의 말대로 든든한 청랑군이 있었던 것이다.

"무슨 말씀을. 다만 동평장사께서 서거(逝去)한 지금, 황제 폐하께서 놀라시지 않도록 좌승상께서 보필해 주십시오. 이제 폐하의 곁엔 좌승상밖에 없습니다."

"그 점이라면 염려하지 마십시오. 그나저나 우승상께서는 언제쯤 출발하실 예정입니까?"

"내일 아침에 출발할 생각입니다. 현원세가에서 소식이 왔는데, 이미 무림맹에서 공격을 시작한 모양입니다. 그들로서도 생각지 못한 기습이라 여간 당황한 것이 아닌가 봅니다."

"이런! 그쪽도 힘든 전투를 치르고 있겠군요."

"아마도 그렇겠지요. 흐으음……."

"알겠습니다. 그럼 저는 며칠 더 이곳에 머물면서 정리 좀 하다가 폐하께 가도록 하겠습니다. 하지만 오늘은 우승상과 술을 한잔하고 싶군요. 어떻습니까? 어쩌면 오늘이……."

"하하, 술을 마시는 것은 사양하지 않겠습니다. 그러나 마지막일지 모른다는 말씀은 말아주시지요. 좌승상과 저는 살아서 해야 할 일이 많은 사람들이 아닙니까. 하하하!"

"이런! 제가 그만 주책을 부릴 뻔했습니다. 그렇지요. 해야 할 일이 많지요. 암요! 하하하."

술은 흩어진 마음을 가리켜 주며 거울은 흩어진 머리칼을 가리켜 준다는 말이 있다. 즉, 다른 사람의 착한 점을 보면 나의 착한 점을 찾고, 다른 사람의 나쁜 점을 보면 나의 나쁜 점을 찾아 고치게 만드는 것이 바로 술이다.

아룩타이와 염상백은 다음날 아침 해가 뜰 때까지 막사 안에서 대작을 했다. 술이 철철 넘쳐흐르는 상황도 아니었고, 그렇게 많은 술을 마신 것도 아니었다. 또한 이후 두 사람은 많은 대화를 나눈 것도 아니었다. 그저 이따금씩 몇 마디 말을 하고, 그러면서 서로의 얼굴을 바라보다가 술을 입에 잠시 머금을 뿐이었다. 하지만 술은 사나이들의 가슴에 뜨거운 우정의 씨앗을 심어주었다.

친구 젤을 들고 있는데 무엇이 아니다? 어찌 그런……?

◆제7장 **천수검을 들고 있는데 무당이 아니다?**
　　　어찌 그런……?

　　청량산(淸凉山)이란 원 이름을 가지고 있으며 불교의 사대 명산 중의
하나인 오대산.

　　동대(冬台)인 망해봉(望海峰)과 서대(西台)인 괘월봉(掛月峰) 및 남
대(南台)인 금수봉(嶽秀峰)과 중대(中台)인 취암봉(翠岩峰), 그리고 북
대(北台)인 협두봉의 다섯 봉우리로 이루어진 명산이다. 하지만 무엇
보다 오대산이 세인들에게 잘 알려져 있는 이유는 잠룡처럼 웅크린
현원세가가 있어서였는데, 요즘 들어 현원세가가 더욱 유명해진 것은
무림맹의 총공격에서도 완고하게 버티고 있는 저력 때문이었다.

　　무림맹에서 현원세가의 멸문을 위해 대동한 문인들의 수는 무림맹
에서만 무려 사만오천 명이 넘었다. 그에 비해 현원세가는 외부로 나
가 있던 문인을 모두 합해봐야 고작 일만팔천 명이 조금 넘을 뿐이었
다. 하지만 무림맹의 영수들은 현원세가의 저력에 놀라지 않을 수 없

었다. 일반적으로 무가에서 이만 명에 근접하는 문인들을 거느리고 있다는 것은 상상할 수 없는 일이었기 때문이다. 하다못해 오대세가의 수장 격인 남궁세가의 문인이라고 해보았자 팔천 명이 조금 넘을 뿐이었다.

그렇기에 이러한 사실을 알게 된 무림맹의 모든 사람들과 혈전을 지켜보고 있던 세상 사람들은 저마다 고개를 끄덕이지 않을 수 없었다. 비록 문인들이 모두 절정의 고수들이 아니더라도 이와 같은 사실 하나만을 볼 때 옛날 현원세가가 천하제일검가라 불릴 수 있었던 이유가 충분했기 때문이다.

아직 새벽녘이라 사방은 고요한 가운데 짙게 깔린 안개로 인해 귀기마저 감돌고 있었다. 하지만 잔잔하게 깔린 안개를 조심스럽게 가르며 조금씩 전진하는 무리가 있었는데, 대략 이백육십 명 정도로 많다면 많은 인원이 어딘가를 향해서 발을 움직였다.

쓰으윽~

팅!

쐐아아악~

"이런! 피해……!"

"큭!"

"커억!"

적막을 깨는 소리가 이곳저곳에서 동시다발적으로 들렸다. 무엇인가에 큰 상해를 입은 사람들의 목소리였는데, 단 한순간에 가슴을 부여잡고 땅바닥으로 머리를 박는 사람들이 속출한 것이다.

검은 든 무인으로서 지금과 같은 암수로 목숨을 잃는다는 것은 너무도 허무한 죽음이었다. 만약 평상시였다면 땅바닥에 쓰러져 있는 무인들은 암수로 인해 쓰러진 것만으로도 얼굴을 들고 강호를 활보할 수 없는 수치를 당한 것이다. 아무리 그것이 어쩔 수 없는 극한 상황이라고 하더라도 자신의 부주의로 비롯된 일인만큼 책임을 회피할 수는 없었다.

하지만 현재는 언제 어디서 죽을지 알 수 없는 전시 상황이었고, 사방엔 이와 같은 죽음의 기관들이 셀 수 없을 만큼 깔려 있었다. 이에 죽어서나마 자신의 체면을 깎이는 일은 없겠지만, 검이 아닌 암수로 인한 죽음은 무인으로서 허무한 것을 넘어 개죽음을 당한 것이나 마찬가지였다. 당연히 이들을 옆에서 지켜본 살아남은 다른 사람들의 눈에서는 분노의 불꽃이 이글거릴 수밖에 없었다. 자신들 역시 언제 저렇게 될지 알 수 없으므로.

"흐으음……."

"제길! 현원세가 녀석들은 오대산에 얼마나 많은 기관들을 설치한 거야?"

"원시천존, 실로 답답한 노릇입니다. 벌써 서른일곱 명이나 목숨을 잃었습니다. 더 이상 잠룡단(潛龍團)의 희생은 없어야 하는데……."

잠룡단.

구파일방과 오대세가는 물론 각 지역에서 명성을 날리고 있는 문파들의 후기지수들로 구성된 무림맹의 한 축으로서, 향후 무림을 이끌어 갈 핵심 중의 핵심이었다.

"금강일수(金剛一手)께서는 어떻게 하시겠습니까? 제 생각으로는 더 이상 전진이 어려울 것 같습니다만……."

가장 선두에 서 있던 남궁휴(南宮烋)가 뒤로 고개를 살짝 돌린 후 물었다. 현재 명령을 내릴 수 있는 권한이 금강일수 그에게 있었기 때문이다.

　그에 금강일수 방영(方靈)은 다른 사람들이 숨 몇 번 쉴 동안 잠시나마 허무하게 죽은 고인들의 명복을 빌어준 후 자신을 주시하고 있는 사람들을 한차례 훑어보았다.

　"소승의 생각도 남궁 시주와 같습니다."

　"그러나 우린 지금까지 아무런 소득도 없이 서른일곱 명의 동료를 잃었습니다. 최소한 적과 혈전을 벌였다면 이렇게 억울하지도 않을 것입니다. 그러니 조금만 더 우리들끼리 전진을 하는 것이 어떻습니까? 어차피 우리의 임무도 본진이 도착하기 전에 기관들을 정리하는 것이지 않습니까. 또한 적이 나타나서 불리한 상황이 되면 뒤에 따라오는 본진과 합류를 하면 되지 않습니까."

　"당 오라버니 말씀에도 일리가 있지만, 만약 이런 식으로 계속 나아갈 경우 아까운 목숨만 잃을 뿐이에요. 그러니 지금은 돌아가서 다른 사람들과 함께 행동하는 것이 좋을 것 같아요."

　"그건 비화검(飛花劍)께서 잘못 생각하신 것 같습니다. 어차피 이곳에 있으나 뒤로 돌아가나 다시 이곳으로 와야 하지 않습니까? 차라리 그럴 바에는 이 주변에 설치되어 있는 기관들을 제거하는 것이 나을 것입니다. 그리고 난 후에도 문인들이 도착하지 않을 경우엔 계속 전진을 해야지요. 그것이 우리의 임무가 아닙니까."

　"그것은 그렇지만……."

　비화검 제갈소은(諸葛蘇慇)은 매화검수(梅花劍手) 시문호(施文毫)의 말이 일리가 있었기에 고개를 끄덕이면서도 옆에 서서 자신을 보호하고 있는 오라버니 천기서생(天機書生) 제갈목(諸葛沐)의 얼굴을 올려다보았다. 다소 자신의 편에서 호응해 주었으면 하는 바람이 담긴 눈빛이었다.

그러나 제갈목 역시 시문호의 말에 공감하고 있었는지 짧게 고개를 몇 번 끄덕인 후 동생인 제갈소은을 향해 살짝 미소를 지어주었다. 자신이 생각하기에도 동생의 의견보다는 시문호의 의견이 합당하다는 판단이 들었기 때문이다.

제갈소은은 오라비인 제갈목의 미소 속에서 이러한 상황을 깨달을 수 있었기에 더 이상 나서서 말을 할 수가 없었다.

"아미타불, 그럼 시 시주의 말처럼 우리는 계속 앞으로 전진하도록 하겠습니다. 여러분들의 의견은 어떻습니까?"

"그렇게 하도록 하지요. 어차피 이 산을 넘지 않고서는 현원세가 문 앞까지도 갈 수 없지 않습니까. 조금만 더 가면 협두봉까지 이를 수 있으니 힘을 내십시다."

"좋습니다. 그럼 결정이 난 것 같으니 어서 출발하도록 하지요. 자, 그럼⋯⋯."

"잠시만, 모두들 잠시만 그 자리에 계십시오."

"응⋯⋯?"

"⋯⋯?"

갑자기 전진을 계속하려는 일행들 앞으로 나서며 제지를 가한 사람은 사천당문의 소가주 추혼비접(追魂飛蝶) 당기문(唐祺文)이었다.

"모두들 아시겠지만 저희 당문은 암기는 물론 기관에도 어느 정도 일가견이 있는 곳입니다. 또한 이곳에는 저보다 기관과 진식에 더 뛰어난 지식을 가지신 제갈 형님께서도 함께 계시니, 차라리 저희들이 앞에 서서 기관들을 제거하면서 움직이는 것이 좋지 않겠습니까? 어떻습니까, 형님?"

"하하, 당 아우가 그렇게까지 치켜세우는데 아니할 수 없지 않은가."

"좋습니다. 두 분께서 그렇게 해주신다면 크게 도움이 될 것입니다. 아미타불……."

넓게 퍼져서 올 때와는 달리, 갈 때는 두 사람이 앞장서서 일행을 인도하며 움직였다. 평소 기관과 진식에 일가견이 있는 두 사람이 합심을 해서 일행을 인도하기 시작하자, 그 움직임은 다른 사람들이 생각하지 못할 정도로 빨랐다. 왜 진작 이런 방법을 생각하지 못했는지, 너무도 수월하게 협두봉까지 전진을 계속할 수 있었다.

"잠시만!"

어느 순간 일행을 멈춰 세운 제갈목은 조심스럽게 자세를 낮춘 후 전방을 유심히 살폈다. 선두에서 걸음을 멈추자 자연적으로 뒤따라가던 사람들 역시 그 자리에서 멈출 수밖에 없었는데, 이백이십 명이 조금 넘는 사람들이 세 줄로 따라왔기에 선두와 뒤쪽의 거리가 상당히 떨어져 있었다.

"응? 왜 그럽니까, 제갈 형?"

"아무래도 이 이후부터는 매복이 있을 것 같네. 저쪽에 청수하(淸水河)가 흐르고 있으니 아마도 이곳부터가 사실상 협두봉으로 오르는 길목일 것이네."

"그렇겠군요."

"금강일수께서는 어찌하시겠습니까? 계속 전진을 하시겠습니까?"

"당연히 계속 전진을 해야 하지요. 그렇지 않습니까?"

"글쎄요. 남궁 시주의 뜻은 알겠지만 소승의 생각으로는 현재의 위치를 지키는 것이 좋을 듯합니다. 아무래도 제갈 시주와 당 시주 두 분의 노고로 인해 이곳까지 무사히 올 수 있었지만, 생각보다 빠르게 왔기에 뒤따라오고 있는 문인들과 두 시진 가까이 떨어져 있게 되었습니다."

"그것은 맞는 말씀입니다. 제가 생각하기에도 더 이상 전진을 한다면 위험 부담이 클 것 같습니다."

"제갈 형, 하지만 우리의 목적지는 이곳이 아니지 않습니까?"

"그건 알지만 뒤따르고 있는 문인들을 생각한다면 이곳에서 맹주님을 맞이하는 것이 좋을 것 같네."

"하지만……."

"이번엔 내 의견을 따라주게."

"그렇게 말을 하니 어쩔 수 없을 것 같군요. 그렇게 하지요."

"하하, 고맙네. 그렇다면 나와 당 아우가 몇 명의 문인들을 데리고 이 근처의 기관들을 제거하도록 하겠습니다."

"아미타불……."

"당 아우, 우린 우선 저쪽부터 가보도록 하세."

"그렇게 하지요."

제갈목과 당기문은 십여 명의 문인을 대동하고 산기슭을 돌아가기 위해 움직였다. 하지만 현재 위치해 있는 곳이 현원세가의 발밑이나 다름없는 곳이라서 부스럭거리는 작은 소음조차 발생하지 않도록 조심스럽게 움직이기 위해 최선을 다했다.

그럼에도 불구하고 산기슭 중턱에 자리를 잡고 있던 현원세가의 문인들 눈에 발각이 되고 말았다. 워낙 오대산의 지리에 밝은 관계로, 이미 적이 어디로 올 것인지 짐작하고 있었기에 그곳에는 그물보다 촘촘한 감시의 손길이 드리워져 있었다.

쐐아아아~

팟! 파팟!

"큭!"

"이런, 강전이다! 모두 나무 뒤에 몸을 피하거나 자세를 낮추도록……!"

굽이굽이 흐르는 청수하 건너편 언덕에서 쏜 듯한 강전이 자신들을 향해 날아오자, 잠룡단의 문인들은 얼른 수중의 검과 도를 뽑은 후 서둘러 나무 뒤로 몸을 피했다. 문인들 중 몇 명은 갑자기 날아온 강전에 죽임을 당하거나 부상을 입었지만, 자신들이 위험한 곳에 있다는 것을 알고 스스로 주변 경계를 하고 있어서인지 생각보다 큰 피해를 입지 않았다. 또한 강전들이 화살보다 얇고 짧아서 그런지 빽빽하게 자란 나무들이 어느 정도 피해를 줄여주었다.

"모두 공격하라! 전원 공격!"

"죽어라!"

"하아앗……!"

가장 선두에 서서 지휘를 하던 젊은 무인이 수중의 검을 힘차게 뻗으며 주변을 향해 소리를 질렀다. 그러나 숲에 매복하고 있던 문인들이 일제히 일어서서는 건너편에 숨어 있는 잠룡단을 향해 수중의 강전들을 뿌려댔다.

"나무 뒤로 피하라, 어서!"

슈우우우~

팟! 파파팟!

"큭! 제길!"

"헛! 커억……."

남궁호의 외침에 잠룡단 전원이 부랴부랴 나무 뒤로 몸을 날렸지만, 그들 중 행동이 약간이라도 늦은 문인들은 어깨와 허벅지 등이 강전에 뚫렸다. 하지만 운이 나빠서 가슴과 목 등을 부여잡고 몸부림치는 문인들도 상당수 있었다.

"공격! 공격하라!"

"아미타불, 모두 공격하시오!"

"적의 강전이 바닥났다. 모두 총공격하라!"

"죽여라!"

"하아앗……!"

자신들을 공격하던 강전들이 서서히 줄어드는 것을 느낀 남궁호와 금강일수는 몸을 벌떡 일으킨 후 청수하를 향해 신형을 날렸다. 그 뒤로 매화검수 시문호를 비롯한 잠룡단 전원이 분노로 인해 다소 상기된 얼굴을 하고서는 일제히 땅을 박찼다.

"적이 강을 넘고 있다. 전면에 있는 문인들은 뒤로 물러선 후 뒤에 있는 문인들과 함께 적을 맞아라!"

창! 차차차창……!

남궁호를 시작으로 청수하를 넘은 잠룡단은 마치 호로병에 들어가는 듯한 착각이 들었다. 마치 보자기로 싸듯이 적들이 자신들을 사방에서 감싸오면서 압박을 가하기 시작했던 것이다.

하지만 그동안의 분노로 인해 이러한 과정을 눈여겨보는 사람은 그리 많지 않았다. 남궁호보다 몇 발 늦게 신형을 날렸던 제갈목과 당기문만이 적의 진세를 확연하게 바라볼 수 있었을 뿐이었다.

전방에서 문인들을 지휘하던 남궁호는 적들이 급하게 후퇴하는 모습을 보이다가 순식간에 사방에서 검을 들이대자 막기에 급급한 상황이었고, 그러한 것은 남궁호를 바짝 뒤따랐던 다른 문인들 역시 마찬가지였다.

"모두 한곳으로 모여라! 적의 진세에 말려들지 말고 일정한 간격을 유지해라!"

제갈목은 다급한 나머지 남궁호에게 얼른 전음을 보내 자신들이 함정에 빠졌다는 것을 알렸다. 그런 후 당기문과 함께 자신이 직접 진의 중심에 서서 주변으로 문인들이 모이도록 도왔다.

"하앗! 백련신권(白蓮神拳)!"

콰르르르……

쾅!

"크어억……."

"피, 피해랏! 금강일수다! 함부로 받아치지 말아라!"

차기 소림 장문인으로 거론되고 있는 만큼, 금강일수 방영의 장력은 거대한 해일을 보는 것 같은 착각을 불러일으킬 정도로 막강한 힘을 과시했다. 가뜩이나 백련신권은 마교의 소수마공(素手魔功)과 이름이 같이 거론될 만큼 위력적인 무공이라 현원세가의 문인들은 소스라치게 놀라며 금강일수의 주변에서 물러났다.

"이것도 받아라! 매화가 온 하늘을 덮을 지니, 하앗! 매화삼십육신검형(梅花三十六神劍形)!"

"분광뇌풍(分光雷風)!"

"섬전십삼뢰(閃電十三雷)……!"

"제길! 여기도 있다. 혼원벽력도(混元霹靂刀)!"

"천녀의 강림에 온 천하가 꽃으로 뒤덮이니 세인들은 고개를 조아린다. 천녀산화(天女散花)!"

쾅! 콰아아아앙! 콰앙……!

"크어어억~"

"컥! 커어어~"

"물러서지 말라! 조금만 버텨라. 잠시 후면 곽 총관께서 오신다!"

"버텨라……!"

잠룡단에서 무공이 약한 문인들이 제갈목을 중심으로 둥그렇게 원을 그리며 한곳에 모이자, 동료들의 안전을 위해 위험한 초식을 사용하지 않았던 구파일방과 오대세가의 후기지수들이 일제히 자신의 독문무공들을 펼치기 시작했다. 모두 절정 수준을 훨씬 넘은 실력을 지니고 있기에 아무리 현원세가의 문인들이 사방에서 조이며 압박을 가해도 그들의 손길을 막을 수가 없었다.

특히 금강일수와 남궁호의 손에서 발휘되는 무공은 현원세가 문인들의 상상을 초월한 수준이었으며, 일순간에 분노를 표출하는 듯한 벽력도(霹靂刀) 팽만웅(彭蔓雄)의 도는 사정을 봐주지 않고 있었다.

상황이 이렇게 되자 일각도 지나지 않아 현원세가에서 구축한 진세는 봇물이 터지듯 이곳저곳에서 구멍이 생기게 되었고, 현원세가에서는 자신들의 목숨을 바치며 구멍을 메우고자 했다. 그러나 확연히 차이가 나는 실력 앞에서는 그들의 희생도 헛된 죽음일 뿐이었다.

"남궁 시주, 소승이 적의 수장을 잡을 것이니 길을 열어주십시오. 하앗!"

"좋습니다, 갑니다. 허엇……!"

쾅! 쾅! 콰앙……!

챙! 챙챙! 채에에엥……!

"크억~"

"마, 막아라! 더 이상 접근하지 못하게 하라……!"

"진세가 뚫린다! 모두 창룡십팔검(蒼龍十八劍)에 맞추어 진세를 구축하라!"

현원세가의 문인들은 금강일수와 남궁호의 신형을 붙잡기 위해 일제히 몸을 날렸지만 두 사람의 그림자조차 잡을 수 없었다. 남궁호는 무한보(無限步)와 함께 수많은 적을 상대함에 있어서 가장 적합한 천풍검법(天風劍法)을 펼치면서 진세의 이곳저곳을 종횡무진하며 어지럽게 하는 가운데, 그 뒤를 따라 금강일수는 소림의 삼대보법 중 하나인 불영선하보(佛影仙霞步)와 함께 수리건곤(袖裏乾坤)과 여영수형퇴(如影隨形腿)를 시전하며 빠르게 진세를 벗어나 후미에서 지휘하고 있는 자의 목을 치려고 했다.

현원세가의 진세를 지휘하고 있는 자에겐 금강일수와 남궁호의 움직임은 마치 용과 호랑이가 안개가 자욱하게 퍼져 있는 돌들 사이를 빠르게 지나치면서 쇄도하는 모습처럼 보였으며, 그 움직임의 끝나는 지점에 자신이 서 있다는 것을 알고는 순간적으로 두 눈을 질끈 감을 수밖에 없었다. 이미 금강일수의 매서운 손이 자신의 목 어귀까지 이르고 있었기 때문이다.

"멈추어라! 멈춰라……!"

쾅! 콰아아앙……!

"헛!"

"으헛……!"

천지를 가득 메우는 사자후가 청수하 일대에 울려 퍼지면서 현원세가의 문인들 중 화후가 낮은 몇 명은 수중에 들고 있던 검을 떨어뜨리거나 간신히 잡으면서 진기로 고막을 막아야만 했고, 잠룡단 문인들은 심상치 않은 느낌에 몇 걸음씩 뒤로 물러서며 전방을 주시했다.

　모든 상황을 종결지을 수 있다 생각한 금강일수와 남궁호는 부지불식간에 날아든 도강에 의해 뒤로 몸을 피할 수밖에 없었다. 막으려고 한다면 막을 수는 있었지만, 그렇다고 상대가 누구인지도 모르는 상태에서 쉽게 맞상대를 할 생각은 없었던 것이다. 또한 잠룡단 문인들 모두 자신들을 향해 날아든 도강의 발원지가 현원세가의 후미였다는 것을 알고 신경이 쓰였다.

＊　　　　＊　　　　＊

　단 한순간에 칠백 명이 넘는 사람이 일제히 움직임을 멈추었다. 서로의 목에 검을 들이대고 있었다는 것이 믿어지지 않을 정도로 신속한 움직임이었다. 그만큼 새롭게 등장한 인물의 무공이 무림맹에서 인정받은 잠룡단에서도 쉽게 여길 수 없을 정도였던 것이다.

　"놀랍구먼. 차기 소림 장문인이 직접 이곳까지 오다니, 그대가 금강일수인가?"

　"아미타불. 그렇습니다, 시주. 그런데 누구인지⋯⋯?"

　"현필환수(玄筆幻手) 범친두(凡親頭)라 한다."

　"현필환수라 하면⋯ 내승전(內乘殿)의 부총관을 이곳에서 뵙게 될 줄은 몰랐습니다."

　금강일수는 현필환수라는 별호를 듣고는 바로 포권을 하면서 상대를 유심히 살폈다. 이러한 행동은 잠룡단의 문인들 전원이 마찬가지였는데, 상대가 상대인만큼 앞으로의 싸움이 쉽지 않음을 느낄 수 있었기 때문에 자연스럽게 검을 잡은 손에 힘이 들어가고 있었다.

"하하, 내가 누구인 줄 알고 있다면 어떤 사람인가도 잘 알 터! 앞으로의 싸움은 지금까지와는 다를 것이다."

"범 대인께서 직접 납시었으니 어쩔 수 없겠지요. 하지만 이미 기울어진 전세가 역전될 수 있겠습니까?"

"응? 누구……?"

"남궁호라 합니다. 아마 오대산에 오래 계셔서 들어보지 못하셨을 겁니다."

남궁호는 범친두의 자신감이 자신들을 무시하는 것처럼 보이자 금강일수의 앞으로 나서며 빈정거리듯 말을 받았다.

"하하, 이곳까지 오는 동안 남다른 검세가 느껴진다고 했더니, 역시 듣던 대로 창궁무검(蒼穹無劍) 남궁호였구먼. 그렇지 않아도 자네를 만나고 싶었는데 잘되었네. 세상에 도가 검보다 못하다고 떠벌리고 다닌다지, 아마?"

"있는 그대로를 말한 것뿐인데, 그것을 가지고 떠벌리고 다닌다는 말은 듣기가 좀 거북하군요."

"하하! 기개가 대단한 건지 아니면 아직 세상을 모르는 것인지 모르겠구먼."

"검에 목숨을 걸었으니 그런 말을 할 자격은 충분하다고 생각되는데요. 만약 범 대인께 검과 필(筆) 중 어느 것이 더 우위에 있다고 묻는다면 필이라 말씀하지 않겠습니까?"

"말이 그렇게 되나? 그나저나 내가 잘 아는 사람이 그런 소문을 듣고서는 자네를 꼭 한번 만나고 싶어하더군."

"그렇습니까? 하지만 그런 일로 나를 보고자 했다면 스스로도 그 말을 인정한 것이 아니겠습니까? 그리고 몇 달 전까지만 해도 현원세가가 강호에서 세상 무서운 줄 모르고 날뛰더니 이곳에도 보는 눈은 없어도 들을 수 있는 귀는 있는가 봅니다."

"뭐라! 이, 이놈이……!"

"그만! 너는 가만히 있거라."

남궁호의 빈정거림이 계속될수록 현원세가의 문인들은 가슴 밑에서부터 치솟아오르는 분노를 참을 수 없었다. 특히 오래전부터 범친두를 좋게 생각하던 문인들은 단 한 마디의 명만 떨어지면 일제히 남궁호의 목을 따기 위해 쇄도할 분위기였다. 이에 뒤쪽에 서 있던 제갈목이 얼른 앞으로 나서며 남궁호의 옆에 섰다.

"처음 뵙겠습니다. 제갈목이라 합니다."

"오~ 소제갈(小諸葛)이라 불리는 천기서생(天機書生)이구먼. 그렇지 않아도 총관께서 제갈 맹주의 얼굴을 보기 전에 자네의 얼굴을 한번쯤 보았으면 하고 말씀하셨는데, 내가 이곳에서 자네를 보게 되는구먼. 역시 현재의 상황을 잘 알고 있는 것 같구먼. 그렇지 않은가?"

"흐음, 역시 부총관이란 자리는 무공이 높다고 해서 앉을 수 있는 자리가 아닌 것 같습니다."

'큰일이로구나. 현필환수가 거느리고 온 자들은 지금까지 우리가 싸운 자들과는 현격하게 차이가 나는 것 같은데… 더구나 얼마나 왔는지조차 모르는 상황인데 어찌한단 말인가?'

제갈목은 남궁호로 인해 잠시 멈추었던 접전이 재개되는 것을 원하지 않았다. 범친두가 등장할 때부터 뒤쪽에서 주변을 유심히 관찰하고 있었기에 상황이 한순간에 불리해졌음을 알 수 있었기 때문이다. 그렇기에 자신들 뒤를 따라오고 있을 본진이 당도하기 전까지 시간을 벌기 위해 남궁호의 앞으로 나섰던 것인데, 범친두는 제갈목의 생각을 미리 읽고 있었는지 현 상황을 직설적으로 표현하고 있어 제갈목을 당황스럽게 했다.

"아마도 자네들의 목적지가 대회진(臺懷鎭)이겠구먼. 하지만 오늘은 그리 쉽지 않을 것이네. 자네도 그렇게 생각하지 않는가?"

범친두는 제갈목과 자신을 바라보고 있는 잠룡단의 문인들을 한차례 둘러보고서는 왼손을 반쯤 들어 올렸다. 그러자 기존에 있던 현원세가 문인들 뒤로 삼천 명 정도의 인원이 수중의 검을 뽑아 들었다.

일촉즉발의 순간.

제갈목은 얼른 한 발 앞으로 나서며 깊게 포권을 취했다.

"······?"

"제가 소문으로 듣기론 천하제일검가로 이름을 떨쳤던 현원세가에도 도를 쓰는 분이 계신 것으로 알고 있는데, 그것이 맞습니까?"

"나를 말함인가?"

"아~ 그럼······?"

"천수도(千手刀) 답천훈(畓天暈)이라 한다."

범친두의 왼손이 내려질 찰나, 제갈목이 얼른 화제를 이끌어내며 범친두의 손을 묶어둘 수 있었다. 또한 화제의 중심에 함께 온 답천훈이 있는지라 올려졌던 손이 천천히 내려졌다. 제갈목이 무엇을 원하는지는 알고 있었지만, 그렇다고 해도 한 시진 정도는 시간적 여유가 있다는 것을 알고 있었기 때문이다.

범친두로서는 잠룡단을 전멸시키는 데 반 시진이면 충분하다 생각하고 있었다. 그렇기에 제갈목이 무슨 일을 벌이는지 지켜보기로 했다.

제갈목은 범친두가 관심을 보이고, 또한 마침 있었으면 하던 사람마저 스스로 앞으로 나서자 얼굴에 반색을 하고서는 깊게 포권을 취하며 예를 다했다. 하지만 잠룡단 문인들은 적이 공격하려고 하자 수중의 검을 들어 올리려던 중 제갈목이 다시 앞으로 나서자 의아한 눈으로 쳐다보았다. 그러한 것은 금강일수와 남궁호 역시 마찬가지였다.

"그럼 남궁 아우를 만나고자 했었던 분이 바로 답 대인이셨군요. 이렇게 만나뵙게 되어 반갑습니다."

"긴말 필요없다. 왜 나를 보고자 했는지 말해라!"

"아~ 그럼 당신이 나를 만나자고 했었소? 뭐, 다른 말이 필요하겠습니까. 이렇게 제갈 형이 나와 당신의 비무를 한번 보고 싶어하는 것 같아서 찾은 것 아니겠소."

제갈목의 전음을 통해 될 수 있는 한 시간을 끌어야 할 상황이라는 것을 알게 된 남궁호는 얼른 제갈목 앞으로 나서며 답천훈의 말을 받았다.

이에 답천훈은 순간적으로 도에 손을 옮기다가 자신의 옆에 서 있는 범친두의 얼굴을 바라볼 수밖에 없었다. 어디까지나 자신은 범 부총관의 뒤를 따라서 온 것이기 때문이다.

"하하, 제갈 공자가 무슨 의도로 답 부전주를 도발하려 하는지 알겠는데, 너무 속보이지 않은가?"

"어쩔 수 없지 않습니까? 아마 부총관께서도 저와 같은 입장이라면 마찬가지였을 것 같은데요."

"후후, 좋아! 정말 마음에 드는구먼. 그런데 과연 저 남궁 공자가 그 시간까지 버틸 수 있겠는가?"

"글쎄요. 저야 그렇게 되기를 바라고 있지만 답 대인의 신위를 보니 쉽지 않을 것 같습니다. 하지만 시도는 해봐야 하지 않겠습니까?"

"그렇다면 어디 해보시게. 나야 남궁세가의 무공도 견식할 수 있어서 좋을 뿐이니까."

범친두는 제갈목의 의도를 조용히 지켜볼 생각에 아직까지 붉게 충혈된 눈으로 자신을 바라보고 있는 답천훈을 향해 고개를 살짝 끄덕여 주었다. 어차피 이각 정도 지켜보다가 전원 공격을 명하면 된다고 생각했기 때문이다.

답천훈은 범 부총관이 허락을 하자 남궁호의 앞으로 천천히 걸음을 옮겼다. 또한 이때를 맞추어 주변에 있던 다른 사람들은 몇 걸음씩 뒤로 물러서며 두 사람이 마음 놓고 대결할 수 있도록 공간을 만들어주었다. 그러나 워낙 나무들이 울창한 곳이라 두 사람이 대결할 수 있는 충분한 공간이 만들어지지는 않았다.

"어디, 남궁세가의 제왕검(帝王劍)이 얼마나 뛰어난지 견식해 보도록 하지. 애송아! 검을 뽑아봐라."

"흐으음……."

답천훈은 남궁호의 삼 장 앞에 선 후 두 발을 어깨 넓이만큼 벌리며 수중의 도를 천천히 뽑아 들었다. 하지만 도를 뽑아 들자마자 무형의 기운이 주변을 감싸기 시작했는데, 주위에서 지켜보던 현원세가와 잠룡단 문인들은 그 기운을 접하자마자 뒤로 신형을 뺄 수밖에 없을 정도였다.

남궁호는 답천훈의 신위가 급속하게 변화를 보이자 순간적으로 침음을 삼킬 수밖에 없었다. 아직 적다운 적을 만나지 못하고 있던 처지라 한 번쯤은 자신의 무공을 실전을 통해 검증해 보고 싶기도 했지만, 막상 적을 상대하려고 하니 상대의 살벌함이 자신의 상상 그 이상이었던 것이다.

"쯧, 이래서야 어디 검이 도보다 위에 있다고 말할 수 있겠느냐?"

"뭐, 뭐라!"

"네가 오지 않으니 내가 들어가겠다. 막을 수 있으면 막아봐라. 하앗!"

"헛!"

답천훈은 남궁호에게 말을 끝맺음과 동시에 수중의 도를 횡으로 그으면서 그대로 돌진을 했다. 무슨 초식이라고 불릴 수도 없는 간단한 동작이었다.

하지만 답천훈의 신형이 얼마나 빨랐던지 남궁호는 미처 검조차 뽑지 못하고 머리를 숙이면서 우측으로 신형을 날린 후 답천훈의 뒷목을 향해 뻗었는데, 그 일침이 바로 고혼일검(孤魂一劍)이었다.

"좋아! 그렇게 해야 대결하는 맛이 나지. 그럼 이것도 받아봐라!"

답천훈은 남궁호의 일침을 피하기 위해 앞쪽으로 신형을 쭉 뻗었다가 나무를 한 발로 차면서 뒤를 향해 밑에서부터 위로 도를 그어 올렸다.

첫 시작부터 평범한 초식으로 공격하고 있었지만, 답천훈의 웅후한 내공이 실린 도는 움직일 때마다 묘한 파동 소리를 내면서 공기를 갈라놓기 시작했다.

"제길! 받아라……!"

챙! 챙! 챙! 채에에엥……!

생각지도 못했던 곳에서 숫구친 도를 피하기 위해 남궁호는 무한보를 시전하여 답천훈의 좌측으로 돌아간 후 빠르게 섬전십삼검뢰(閃電十三劍雷)로 응수했다. 적이 빠르고 강하게 공격하는 만큼 남궁호로서도 무작정 응수하기보다는 한 번에 몰아칠 수 있는 공격이 필요했던 것이다.

남궁호의 생각은 보기 좋게 적중했다. 섬전십삼검뢰는 연환초식이라 첫 공격 다음에 이어지는 공격들은 답천훈의 전신을 위협하며 뒤로 물러서게 만들었다. 또한 이러한 일련의 전개로 인해 남궁호는 어느 정도 자신감을 얻을 수 있었으며, 나무들로 빽빽하게 둘러싸인 곳이라 상대를 베는 도보다 찌르기를 위주로 한 초식이 먹혀들어 갔던 것이다.

답천훈은 남궁호의 공격을 도면(刀面)으로 막으면서 신형을 뒤로 뺄 수밖에 없었다. 하지만 이미 최절정의 경지에 다다라 있는 만큼 무작정 뒤로 몸을 움직인 것은 아니었다.

"이것이 섬전십삼검뢰인가? 생각했었던 것보다 위력이 다소 떨어지는 것 같군. 하지만 시기 적절한 공격이었다. 그렇다면 나도 답례를 해야겠지? 하앗! 천수도강(千手刀罡)!"

"으헉!"

쾅……!

드드드드~ 뿌지지지직~ 쿵!

초식다운 초식 하나 펼치지 않았던 답천훈의 손에서 갑자기 도강이 시전되자 남궁호는 소스라치게 놀라며 나무를 의지하여 신형을 피했다. 그러자 남궁호가 서 있던 곳에 반 장 깊이의 웅덩이가 생기면서 그 뒤에 서 있던 나무가 균형을 잃고서는 앞쪽으로 넘어져 버렸다.

범친두가 처음 나타날 때 보여주었던 무위(武威).

바로 답천훈이 시전했던 도강이었다.

"너만 강기를 사용할 수 있는 줄 아느냐. 받아라! 제왕무적검강(帝王無敵劍罡)……!"

"좋다. 한번 받아보지. 천수도강!"

답천훈의 갑작스러운 도강의 공격에 흥분한 나머지, 남궁호는 제갈목의 당부대로 시간을 끌어야 한다는 것을 잊어버리고는 자신의 최고 무공을 시전해 버렸다. 육 년 전 소림사에서 벌어졌던 군웅대회 이후 외부인이 보는 앞에서 처음으로 검강을 시전한 것이다. 그것도 비무가 아닌 생사의 갈림길에 선 대결에서……

콰아아앙……!

"으헛! 모두 뒤로 물러나라!"

"피해! 피해라!"

"흐음……"

"크헉! 크으으으……"

누군가가 가슴 찢어지는 비음을 억지로 삼키는 소리가 들렸다. 하지만 두 사람이 부딪친 여파로 인해 겨울 내내 눈 밑에 쌓여 있던 나뭇잎들과 흙들이 사방으로 비산하면서 지켜보고 있던 사람들의 시야를 가리고 있었다.

그러나 확인할 수 있었던 것은 서로 이질적인 성질을 지닌 강기가 부딪치면서 생긴 파괴력으로 주위에 서 있던 몇 그루의 나무들이 그 여파를 이기지 못하고 쓰러졌다는 것이었다. 또한 강기가 부딪친 중심에는 그 위력을 알 수 있게 해주는 큰 웅덩이가 생겨났다.

"남궁세가의 검강도 그리 나쁜 것은 아니군. 하지만 무족이라는 말은 빼야 할 듯싶구나."

"으… 내 화후가 좀 더 깊었더라면 아마 그 말은 내가 했을 것이다."

답천훈의 비아냥거림에 울화가 치민 남궁호는 한 손으로 자신의 가슴을 부여잡으면서 간신히 말문을 열었다. 하지만 말을 하는 도중에도 기혈이 역류해서 그런지 입가에 간간이 핏물이 내비쳤다.

대결은 지켜보고 있던 제갈목의 예상보다 너무도 빠르게 결말이 난 상황이었다. 제갈목은 이런 결과가 발생할 줄은 생각지도 못하고 있었던지라 두 눈만 동그랗게 뜨고서 바라볼 수밖에 없었다.

또한 잠룡단의 다른 문인들 역시 이와 같은 상황이 자신들 눈앞에서 벌어진 것을 믿을 수 없었다. 아무리 강호 경험이 별로 없는 남궁호였지만, 그것은 잠룡단의 모든 문인들도 마찬가지였다. 무림맹에서 경험한 혹독한 수련 과정과 자신들의 실력, 이 모든 것을 믿고 있었는데 너무도 허무한 결과가 벌어진 것이다. 그 누구도 남궁호가 이렇게 허무하게 쓰러질 줄은 몰랐다. 남궁호, 그 자신조차…….

"호오~ 화후가 낮았다? 글쎄……."

"으~ 만약 이 자리에 아버님이 계셨더라면 당신은 그런 소리조차 하지 못하고 쓰러졌을 것이다. 알겠느냐! 크억! 흐으으……."

남궁호는 정신이 흐릿해지면서도 속에서 불같이 일어나는 울분을 참을 수가 없었다. 비록 자신의 화후가 칠 성을 넘지 못하고 있었지만, 그러한 것을 말한다는 것조차 구차한 변명처럼 생각될 뿐이었다.

그러나 답천훈의 안하무인격의 자신감을 보고만 있을 수 없기에 자신의 부친마저 들먹였다. 비록 자신이 패했지만 상대의 실력을 경험한 이상 제왕검의 최후 초식인 제왕검형(帝王劍形)을 완성한 부친이라면 충분히 이길 수 있는 상대라는 판단이 들었던 것이다.

"좋아. 그렇다면 내 추후 남궁무연(南宮武鍊)을 찾아가도록 하지. 자, 이제 그럼 목을 내놓거라!"

"으음……."

"그만! 답 대인께서는 손에 사정을 두십시오."

"응?"

이미 움직일 기력조차 남아 있지 않은 남궁호는 자신의 목을 향해 쇄도하는 답천훈의 도를 보고서도 두 눈만 감을 뿐 신형을 움직이지 않고 있었다. 아니, 마음은 움직이고자 했으나 몸은 움직이지 않았다.

상황이 이렇게 되자 자신으로 인해 이와 같은 상황이 발생했다는 생각에 제갈목은 얼른 답천훈의 앞으로 나서지 않을 수 없었다. 어떻게 하든 이 상태로 대결을 마무리 지어야 했기 때문이다.

"너는 무슨 이유로 대결에 끼어드는 것이냐? 대결은 아직 끝나지 않았다!"

"이미 승패가 났는데 꼭 끝을 보아야 결과가 발생하는 것은 아니지요."

"이것이 비무가 아니란 것을 모르는가? 무림맹에서는 어떨지 모르지만 비무가 아닌 대결에서 상대를 죽이지 않으면 승패란 확인할 수 없는 것이다. 너는 그것을 모른단 말이냐?"

"하지만 이미 상대는 자신이 패했다는 것을 시인하고 있지 않습니까? 그러니 이만……."

"갈! 당사자인 남궁호가 승패를 인정하지 않고 있는데, 더 이상 참견한다면 이제 참지 않겠다!"

"참지 않으면 어쩔 건데! 역시 그러니 마교와 손을 잡았겠지. 나도 남궁세가 사람이다. 그러니 내 검도 받아봐라. 죽어라……!"

제갈목이 나섰어도 답천훈이 계속해서 남궁호의 목을 치려고 하자, 더 이상 뒤에서 지켜만 볼 수 없었던 남궁옥민(南宮玉珉)이 천리호정(千里戶庭)과 함께 창궁무애검법(蒼穹無涯劍法)을 시전하며 답천훈을 덮쳐 갔다.

"흥! 감히 대결 중간에 끼어들다니, 천둥벌거숭이 같은 것들……!"

천수검을 들고 있는데 무당이 아니다? 어찌 그런……? 191

답천훈은 정당하다고 생각했던 대결이 아직 끝나지도 않은 상황에서 제갈목이 나서고, 거기다 한술 더 떠서 남궁옥민이 공격을 해오자 머리끝까지 화가 치밀어 올랐다. 그에 더 이상 두고 볼 것도 없이 남궁호의 목을 향해 검을 내려쳤다. 아무리 남궁옥민의 공격이 위력적이라 해도 눈앞에 목을 길게 늘어뜨리고 있는 남궁호의 목숨을 끊어놓을 시간은 충분했던 것이다.

"안 돼! 하앗!"

캉!

"너도 끼어들 참이더냐? 좋다! 모두 덤벼라!"

"으헛!"

갑작스러운 남궁옥민의 공격으로 시작된 답천훈의 도가 밑에서 위로 솟구치자, 아차 하는 생각과 더불어 제갈목의 검도 함께 움직여졌다. 다행히 간발의 차이로 남궁호의 목 앞에서 답천훈의 도를 막을 수 있었지만, 상황은 그것으로 끝나지 않았다. 제갈목의 검에 의해 가로막혔던 도가 이번엔 제갈목을 향해 검면을 타고 쇄도했기 때문이다.

하지만 답천훈의 공격은 중도에서 그만둘 수밖에 없었다. 남궁옥민의 검이 답천훈의 미간으로 쇄도하고 있었기 때문이다. 이에 답천훈은 어쩔 수 없이 수중의 도를 거두고서는 뒤로 몇 걸음 물러나게 되었고, 그 틈을 타서 제갈목이 쓰러지는 남궁호를 부축하고서 잠룡단 속으로 신형을 날렸다. 이 모든 일들이 수유의 시간도 지나지 않아서 벌어진 일들이었다.

"오라버니! 오라버니!"

"기혈이 역류해서 기절한 것뿐이니 치료를 하면 괜찮아질 것입니다."

"흑, 흑……."

"훗! 더 이상 볼 것도 없겠군. 역시 그냥 공격하는 것이 좋았던가?"

"어찌하시겠습니까?"

"뭐, 이렇게 된 마당에 공격해도 상관없겠지. 공격하도록 하게."

"알겠습니다. 명이 떨어졌다. 천승뇌검전(天乘雷劍殿)은 모두 공격하라!"

상황을 주시하던 범 부총관은 대결 국면이 자신의 예상에 크게 벗어나지 않자 어느새 자신의 옆에 와서 대기 중인 답천훈 부전주를 향해 공격 명령을 내렸다. 대결 자체도 생각했던 것보다 흥미롭지 못했을 뿐 아니라 남궁호의 죽음으로 시원스럽게 결말이 종결지어져야 했는데, 상황은 범 부총관의 바람대로 되지 않고 흐지부지되어서 더 이상 기대할 것도 없었기 때문이다.

"공격! 공격하라……!"

"와~ 죽여라!"

챙! 챙챙챙! 채엥……!

"이런! 모두, 모두 퇴각하라! 퇴각……!"

제갈목은 적들이 공격을 시작하자 얼른 남궁호를 부축하면서 목청을 높였다. 더 이상 이곳에 있어보았자 문인들의 헛된 피를 볼 뿐 이득이 없다고 판단한 것이다. 가뜩이나 후발대와의 조우를 바란다는 것은 현시점에서 불가능하다는 것을 알고 있었기에, 그들이 도착할 때까지 버틸 수 있도록 시간을 벌어야만 했다.

"대형이 흩어진다! 최대한 대형을 유지하면서 퇴각하라……!"

"아미타불! 무공이 낮은 문인들은 어서 퇴각하고, 버틸 수 있는 문인들은 그들의 뒤를 막도록 하십시다."

"좋습니다. 제갈 형은 어서 남궁 공자를 데리고 움직이시구려. 뒤는 우리가 막아보겠소. 원시천존……."

"고맙습니다. 하지만 여러분들도 몸조심하십시오. 조만간 맹주님께서 원군을 이끌고 오실 것입니다. 그러니 그때까지만……."

"알았습니다. 어서! 하앗……!"

"아미타불……! 나한십팔장(羅漢十八掌)!"

남궁호를 부축한 제갈목은 금강일수를 비롯한 구파일방의 후기지수들이 힘차게 검을 휘두르는 것을 보고서야 신형을 날릴 수 있었다.

쾅! 콰아아앙! 쾅……!

"크아아아~"

"윽! 제길… 이대로 나만 죽을 수 없다. 죽어라……!"

"큭!"

"크억, 빌어먹을! 으아… 받아라……!"

천승뇌검전의 문인들은 모두 두 눈에서 무서운 한기를 내뿜고 있었다. 살기였다. 자신들을 죽이기 위해 검을 들이댔던 상대를 도륙 낼 수 있다는 자신감이었고, 그렇기에 이 기회를 빌어 그동안의 울분을 검으로 표출하고자 했던 것이다. 그것은 무서운 힘을 발휘하고 있었다.

수적으로 월등한 우위에 있다는 것은 개인의 무공을 중시하는 무인으로서 크게 자랑할 것이 못되었지만, 그로 인해 자신이 상해를 입었다 해도 옆에 있는 동료의 도움을 받을 수 있다는 믿음이 무림맹을 압도해 나가고 있었다.

무림맹으로서는 그동안 해왔던 쫓는 추격전이 아니라 퇴각로를 확보하기 위한 쫓기는 퇴각전을 벌여야 했다. 하지만 이미 지나왔었던 길이라 전방에 적이 없어 크게 부담될 것은 없었다. 다만 후미에 처진 문인들이 적들의 죽음을 도외시한 인해전술로 인해 큰 타격을 받고 있었다.

"이 상태로는 더 이상 버틸 수 없습니다. 우리도 빨리 퇴각하는 것이 좋겠습니다."

"아미타불… 저들은 정녕 죽음이 두렵지 않다는 말인가?"

"어서 퇴각을……!"

"퇴각합시다. 퇴각을 해야 합니다. 그렇지 않으면 우리들까지 당하고 맙니다. 빨리!"

"알겠습니다. 퇴각하지요. 퇴각!"

금강일수도 더 이상 폭풍처럼 밀려드는 적을 막는 것이 한계점에 다다랐다는 것을 알 수 있었다. 그에 죽어간 문인들을 뒤로하고서는 다른 사람들과 함께 훌쩍 신형을 날렸다.

"추격하라! 무슨 일이 있어도 죽여야 한다. 알겠느냐! 꼭!"

"죽여라! 죽여……!"

자신들의 앞을 가로막고 있던 적들이 후퇴를 하자, 그들의 눈에는 더 이상 두려움이란 것이 자리하지 않고 있었다. 그들의 눈은 이미 대등한 상대를 공격하는 입장이 아니라 적을 사냥하는 사냥꾼이 되어 있었다. 가뜩이나 한창 사기가 올라 있는 천승뇌검전 문인들의 가슴에 범 부총관의 말은 활활 타오르는 불구덩이에 기름을 부은 격이 되었다.

"답 부전주."

"말씀하시지요."

적을 추격하는 문인들의 뒤를 따라 막 신형을 날리려고 하던 답천훈은 범 부총관의 부름에 얼른 신형을 멈추고서는 돌아섰다. 하지만 그의 전신에서는 적을 죽이고자 하는 마음이 강하게 내재되어 있어서 그런지 강한 기세가 활활 피어오르고 있었다.

"부전주는 적을 추격함에 있어서 좀 더 세밀하게 상황을 살펴주게. 아무래도 저들은 무림맹의 선발대일 것이네."

"그렇다면……?"

"그렇지. 저들이 움직이는 방향에 무림맹의 본진이 접근하고 있겠지. 그러니 부전주는 문인들이 적의 본진과 마주치는 동시에 뒤로 퇴각하도록 하게. 괜히 아까운 피를 흘려서야 되겠는가."

"무슨 말씀이신지 알겠습니다. 하지만 그전에 저들을 모두 섬멸하도록 하겠습니다. 이 참에 저들의 사기를 꺾어야 하지 않겠습니까."

"하하, 그렇게 된다면 좋겠지만 쉽지 않을 것이네."

"믿어주십시오. 오늘 저들을 선발대로 보낸 무림맹은 하늘을 원망해야 할 것입니다."

"흐음… 하지만 우리가 추격할 수 있는 시간은 반 시진도 안 될 것이네. 그 시간 안에 부전주가 할 수 있으면 해보도록 하게. 하지만! 부전주는 조금 전 내가 한 말을 꼭 명심하도록 하게. 이것은 당부가 아니라 명령일세."

"예! 유념하겠습니다."

"좋네. 부전주의 생각이 그렇다면 능히 그렇게 만들 수 있을 것이네. 한번 최선을 다해보게. 오대산 일대에 포진하고 있는 천승기검단 전원을 동원해도 상관없네. 다만 좀 전에 내가 했던 말을 명심하도록! 알겠는가?"

"명을 받들겠습니다. 하하, 믿어주셔서 감사합니다. 좋은 소식을 전해 드릴 수 있도록 하겠습니다. 그럼 저는 이만!"

답천훈은 범 부총관의 눈빛에서 실수를 용납하지 않겠다는 의지를 읽을 수 있었다. 현시점에서 문인들의 헛된 죽음이 무엇을 야기하는지 잘 알고 있기에 답천훈도 더 이상 고집을 부리지 않고 순순히 고개를 숙였다.

범 부총관은 훌쩍 적을 향해 신형을 날리는 답천훈의 뒷모습을 한동안 바라본 후 천천히 뒤를 향해 걸음을 옮겼다.

'부전주의 말대로 저들에게 이번 일은 큰 타격을 줄 것임에 틀림없겠지. 하지만 이번 일로 인해 저들의 결속력을 강화시켜 주는 일이 없어야 할 텐데.'

"휴~ 어찌 되었든 오늘은 앞마당까지 내주게 되었구나. 그동안은 그럭저럭 버티면서 전의를 다잡을 수 있다 생각했는데, 확실히 수적인 열세를 만회할 수는 없나 보구먼. 더구나 적의 선발대에 의해 방어진에 구멍이 난 이상 모든 문인들을 세가 내로 물려야겠지. 아깝구나, 아까워."

범 부총관의 다리는 한없이 무거웠다. 오늘이 지나면서 더욱 힘든 싸움을 해야 할 것 같다는 생각이 들었기에 발걸음을 한 발짝씩 옮길 때마다 마음의 무게가 더해지는 것 같았다.

*　　　　*　　　　*

잠룡단 문인들은 조금씩 지쳐 가기 시작했다. 개인적으로 현원세가 문인들보다 무공이 뛰어나다고 해도 자신의 목숨을 도외시한 산발적인 기습 공격은 상당한 피로감을 가져다주었으며, 또한 그로 인해 대부분의 문인들이 뿔뿔이 흩어진 상태였다.

처음엔 모두 한 방향으로 일사불란하게 움직이는 가운데 나름대로 안전한 퇴각로를 확보할 수 있었다. 하지만 언제 앞질러 갔는지 잠룡단 문인들은 사방에서 적의 기습을 받아야만 했다. 당연히 앞서 가던 선두와 뒤따라가던 후미의 문인들은 살아남기 위해 산개를 할 수밖에 없었고, 그로 인해 지금에서는 서로의 행방을 찾을 수 없는 위급한 상황에 놓이게 된 것이다.

"빨리! 좀 더 빨리 움직이세!"

"하지만 그것이 말처럼 쉽지 않습니다. 적들이 사방에서 몰려드는데 어떻게 그럽니까!"

"죽어!"

"헛!"

"이, 이런! 하앗!"

창! 차창……!

"크억~"

"헉, 헉… 제길! 도대체 언제나 본진이 온단 말입니까!"

가장 후미에 서서 현원세가의 공격을 막았던 당기문은 허벅지에 난 검상을 얼른 지혈하고서는 주변을 살피느라 여념이 없는 금강일수를 향해 소리를 질렀다.

"아미타불, 조금 후면 본진과 조우할 수 있을 것입니다. 그러니 여러분들도 조금만 더 힘을 내십시오."

"상황은 그리 좋지만 않은 것 같습니다. 현재 우리는 우리가 왔었던 길과 상당히 떨어진 곳에 있습니다. 현원세가에서 조직적으로 우리를 이곳으로 몰아넣은 듯합니다."

"하지만 제갈 시주가 본진과 조우했다면 필히 우리가 있는 곳을 찾아올 것입니다."

"그렇다고 해도 시간이 자꾸 지연되면 우리들의 피해도 상당할 수밖에 없습니다. 우린 현재 서른 명밖에 되지 않습니다. 이런 상황에서 적을 맞이하다가는 몰살을 당할 수도 있습니다."

"하하! 맞는 말이다. 이런 상황에서 나를 만나게 된 것은 너희들의 죽음을 하늘이 바라고 있기 때문이지 않겠느냐?"

한창 설전을 하는 가운데 갑자기 들려온 목소리.

서른 명의 문인은 목소리의 주인공이 누구인지 너무나도 잘 알고 있었다. 그에 일제히 목소리가 들려온 곳을 바라보게 되었는데, 사방은 이미 천승뇌검전의 문인들로 인해 퇴로마저 막혀 있는 상황이었다.

"헉! 이, 이런……!"

"어, 언제? 아무리 우리가 지쳐 있다고 해도 그렇지…….'

"흐음, 아미타불……."

"워, 원시천존…."

"어찌하시겠습니까?"

"아무래도 정면 돌파밖에는 없을 것 같습니다. 소승이 한곳을 칠 것이니 따라오십시오."

"알겠습니다. 그렇게 하겠습니다."

시문호는 얼른 금강일수를 향해 전음을 보냈다. 이미 답천훈이 자신들 앞에 떡 버티고 있는 이상 쉽게 벗어날 수 없다는 것을 알고 있었지만, 그렇다고 가만히 앉아서 죽을 수는 없기에 돌파구를 찾아보고자 했던 것이다.

"하얏! 대윤회겁륜장(大輪廻劫輪掌)……!"

콰아아아앙!

"크어어어~"

"어서 소승을 따라오시오!"

금강일수는 주변에 산재해 있는 나뭇가지들을 이용하고자 대윤회겁
류장을 시전했다. 순간적으로 적의 시선을 가릴 수 있을 뿐만 아니라
파괴력도 뛰어나기에 가장 적합한 공격이었다. 그에 순간적이나마 약
간의 틈이 생기게 되었고, 잠룡단 문인들은 그 틈을 집요하게 파고들기
시작했다.

"이런! 도망가지 못하도록 막아라!"

답천훈은 생각보다 빠른 판단과 행동을 보인 금강일수의 일장을 보
고는 얼른 수하들을 향해 고함을 질렀다. 어렵게 잡은 물고기를 그물
에서 벗어나게 할 수는 없었기 때문이다.

그러나 그 물고기들은 쉽게 잡을 수 있는 것이 아니었는지 답천훈의
바람과는 달리 너무나도 빠르게 그물을 벗어나고 있었다.

"제길! 또 추격을 해야 한단 말인가? 확실히 잠룡단의 핵심들이라
잡기가 여간 힘겨운 것이 아니구먼. 가자!"

답천훈은 금강일수가 움직인 곳을 향해 얼른 신형을 날렸다. 더 이
상 도망가게 했다간 가장 큰 물고기를 놓치는 격이 될 수도 있었고, 또
한 무림맹의 본진이 가까운 곳까지 와 있음을 알고 있었기에 여유가
없었던 것이다.

"어딜 도망가느냐! 받아라, 천수일도(千手一刀)……!"

"헉! 탈명연환삼선검(奪命連環三仙劍)……!"

"대력금강장(大力金剛掌)!"

쾅! 콰아아앙……!

"흐억! 크으으으~"

"헉! 헉! 허억~"

답천훈은 선두에 서서 진을 뚫고 있는 금강일수와 시문호를 향해 혼신의 힘을 다해서 자신의 성명절기를 시전했다. 그 위력이 얼마나 막강했는지, 답천훈의 일격을 막은 금강일수와 시문호는 그 자리에서 주저앉아 버렸다.

"이런! 어서……!"

"아미타불. 소승은 되었으니 어서 퇴각을, 크헉! 으으으…….."

"하하하, 이제야 잡게 되었구나, 잡게 되었어! 크하하하……!"

답천훈은 금강일수와 시문호를 포함해 서른 명의 문인이 둥그런 원을 그리며 자신을 향해 검을 겨누고 있는 모습을 보면서 소기의 목적을 달성했다는 기쁨에 하늘을 보며 크게 웃었다.

"창룡십팔검수(蒼龍十八劍手)들은 사정 볼 것 없다. 모두 죽여라!"

"알겠습니다. 각 검수들은 부전주님의 명을 따라 집행하라!"

"옛! 하앗……!"

답천훈의 명이 떨어지자마자 창룡십팔검수들은 열여덟 명씩 한 조를 이루며 일제히 잠룡단 문인들을 향해 신형을 날려왔다. 마치 여러 마리의 독수리들이 일제히 먹잇감을 향해 내리꽂는 모습이었다.

"이렇게 죽을 것 같으냐! 죽어라, 혼원벽력도……!"

"칠십이파검(七十二破劍)!"

"하아앗! 만천화우(滿天花雨)……!"

"크억!"

"크으으으~"

서른 명에 지나지 않은 인원이었지만, 잠룡단의 문인들은 살아남기 위해 혼신의 힘을 발휘하며 창룡십팔검수들을 맞이했다.

적을 죽여야만 끝나는 혈투.

일각도 되지 않아 현원세가뿐만 아니라 잠룡단 문인들도 몇 명씩 쓰러지기 시작했다. 아무리 무공이 높다고 해도 파상적인 공격을 계속 막을 수만은 없었기 때문이다. 하다못해 금강일수만 하더라도 적의 검이 허벅지를 가르고 어깨와 가슴 등을 지나갈 때마다 쓰러져 모든 끈을 놓고 싶었지만, 옆에서 핏물을 뒤집어쓰며 싸우는 시문호와 동료들의 얼굴을 보고는 의지의 끈을 놓고 싶어도 놓을 수가 없었다. 자신의 손이 움직일 수 있을 때까지 움직여야 단 한 명이라도 더 살아남을 수 있는 확률이 있다는 것을 잘 알고 있었기 때문이다.

"이압! 천수일도!"

콰아아앙!

"크억~"

"커어억! 크윽~"

"하하, 더 이상 질질 끌 필요가 없겠군. 마지막이다! 금강일수, 받아라!"

답천훈의 도가 하늘을 가르며 금강일수의 미간을 향해 일직선으로 쇄도했다. 마치 공간과 공간을 가르는 빛을 보는 듯한 일격이었다.

'안 된다. 여기서 죽을 수는 없다! 여기서 내가 죽는다면 다른 문인들은! 안 돼! 부처님… 제발……!'

"멈추어… 라……!"

쏴아아아아~

"응? 이, 이런! 홍! 어디 막아봐라……!"

십오 장을 격하고 갑자기 쇄도하는 하나의 푸른 빛줄기.

답천훈이 누군가의 사자후에 고개를 돌렸을 때는 이미 빛줄기가 자신이 발출한 도강의 오 장여까지 이르러 있었다.

'차라리 나를 노렸으면 금강일수의 목숨을 살렸을 수도…….'

갑자기 자신이 발휘한 도강을 향해서 빠르게 돌진하는 검강을 보고 기겁한 나머지 금강일수를 향하던 도강에 내력을 더욱 집중한 답천훈은 더 이상의 간섭을 배제한 후 금강일수의 목이 떨어지는 것을 보고자 했다. 아무리 지금 다가오고 있는 무인이 현 무림 최고 고수 중의 한 명인 소림의 담현(曇玄) 방장이라고 해도 자신의 일격을 막을 수는 없다고 생각한 것이다.

콰아아아앙!

"크억! 으음……."

생각지 못한 충격.

답천훈은 자신의 공격이 누군가에 의해 저지당했음은 물론, 자신의 내장까지 뒤흔드는 충격을 받았음을 알 수 있었다. 그에 놀라 금강일수를 향해 고개를 치켜들었는데, 그곳에는 어디에서 나타났는지 푸른 도복을 걸친 젊은 청년이 푸른빛이 감도는 검을 앞가슴까지 치켜들고서 있었다.

"너, 너는 누구냐! 누구인데 내 도강을……?"

답천훈은 차마 자신의 도강을 막아냈느냐 하는 말을 할 수가 없었다. 자신이 생각하기에도 그것은 불가능했기 때문이다.

"정, 정운영 대협! 정 대협이십니까?"

"그렇습니다. 조금 있으면 담현 방장께서도 오실 것이니 안심하십시오."

"아……."

'아미타불. 세존이시여, 감사합니다! 정말 감사합니다…….'

금강일수는 자신의 앞에 듬직하게 서 있는 정운영의 뒷모습을 보면서 하늘을 향해 연신 불호를 외우며 쓰러졌다. 그동안 버틴 것만도 용했는데, 운영이 나타나자 간신히 잡고 있던 의지의 끈이 끊어진 것이다.

'정운영?'

답천훈은 금강일수의 목소리를 통해 자신의 도를 막은 젊은 무인의 이름이 정운영이란 것을 알 수 있었다. 하지만 그것만 가지고는 더 이상 운영에 대해 알 수가 없었다. 아무리 자신의 머리 속을 헤집어보아도 운영에 대해서 들은 것이 아무것도 없었던 것이다. 그도 그러한 것이 현원세가의 분타가 있는 태원조차도 왕래하지 않고 세가 내에서만 있었던지라, 한때 세상을 뒤흔들었던 운영에 대한 일은 들은 적이 없던 것이다.

"응? 혹시 그 검은 천수검(天水劍)? 그대는 무당 사람인가?"

"어찌 천수검을 들고 있다고 해서 모두 무당 사람이겠습니까."

'천수검을 들고 있는데 무당이 아니다? 어찌 그런……?'

답천훈은 운영의 대답에 더욱 미궁을 헤매는 듯싶었다. 자신의 상식에 벗어난 대답을 들었기 때문이다. 그에 얼굴 가득 운영에 대한 의문을 드러내고서 좀 더 정확한 정보를 알아보기 위해 운영의 모습을 하나하나 살펴보았다. 하지만 더 이상 얻을 수 있는 것이 없었다.

"좋군. 정운영이라 했던가?"

"부전주님, 지금 무림맹의 본진이 삼 리 근방까지 접근했다 합니다. 아마 일각도 되지 않아 이곳까지 도착할 것입니다."

"그럼 그들은 반 각이면 도착하겠군."

"아마도."

답천훈은 무림맹의 동향을 보고하는 부관을 향해 살짝 고개를 끄덕여 보인 후, 아직까지 자신을 주시하고 있는 운영을 향해 고개를 돌렸다.

"아쉽게 됐구면. 시간만 넉넉했으면 서로를 알아볼 수 있는 좋은 시간이 되었을 것 같은데. 그렇지 않은가?"

"그럴 수도 있겠지요. 하지만 굳이 오늘만 날이 아니지 않습니까?"

"하하, 옳은 말이네. 아마도 며칠 후면 대면할 수 있겠지."

"……."

"하하! 오늘 금강일수의 목을 얻을 수는 없었지만, 그대를 보았다는 것만으로도 내겐 큰 소득이 아닐 수 없군. 추후 필히 한번 겨루어보도록 하지. 왠지 벌써부터 자네와 겨룰 그날이 기다려지는구먼. 모두 철수한다!"

"옛! 명을 받들겠습니다. 철수하라!"

답천훈은 무엇이 그리 기쁜지 운영을 향해 크게 웃어 보이면서 포권을 한 후 수하들과 함께 훌쩍 신형을 날렸다. 더 이상 지체한다고 해도 득이 될 것이 없었고, 또한 자신이 할 수 있는 일은 여기까지임을 잘 알고 있었기 때문에 미련없이 돌아선 것이다.

하지만 이번 일로 인해 현원세가에 운영에 대한 정보가 들어가게 된 것은 어쩔 수 없었다. 아직 답천훈은 운영이 정확히 누구인지 모르고 있었지만, 답천훈의 설명을 들은 범 부총관은 단 몇 마디 설명만을 통해 이번 일에 장백검파에서도 무림맹에 합류했음을 알게 된 것이다.

제8장

준비되지 않은 역사는 두려운 것이다

◆제8장 준비되지 않은 역사는 두려운 것이다

대회진.

오대산 산기슭에는 청수하라는 맑은 물이 흐르고 이 강을 따라 하나의 길이 나 있는데, 그 길의 시작 지점이라 할 수 있는 곳이 바로 대회진이었다. 또한 대회진은 오대산 일대에서도 주요 절들이 모여 있는 곳으로, 강을 따라서 이어진 길을 중심으로 서쪽에 만불각(萬佛閣)과 탑원사(塔院寺)로 오르는 산문(山門)이 있다. 산문 안쪽으로 더 들어가면 오대산의 상징이라고도 할 수 있는 탑원사가 있고 그 바로 위가 현통사(顯通寺)였지만, 현원세가로 향하는 곳은 산문에서 좌측으로 조금 떨어진 곳에 있는 길이었다.

따라서 대회진은 무림맹으로서는 현원세가로 가기 위한 중요한 교통적 요충지라 할 수 있는 곳이며, 현원세가에서는 이곳을 내줌으로써 모든 방어선을 다시 세가 주변으로 이동시킬 수밖에 없었다. 그만큼 대회진은 무림맹과 현원세가 모두에게 중요한 곳이었다.

그러나 대회진까지 무림맹이 오는 과정에서 잠룡단이 입은 피해는 생각보다 극심했다. 아니, 가히 무림맹의 경악을 불러일으킬 정도였다. 오죽하면 무림의 백년지계가 뿌리째 뽑혔다는 말을 서슴없이 할 정도로, 무림맹이 받은 심적 타격은 어마어마했다. 비극적인 사건으로 인해 무림맹의 영수들은 하늘을 향해 통탄을 했다.

처음 잠룡단을 창설할 당시 혈기왕성한 후기지수 칠백오십 명이 모여서 무림의 밝은 장래를 위해 자신들의 목숨을 초개와 같이 여기기로 맹세를 하였지만, 무림맹의 본진이 현원세가의 앞마당이나 마찬가지인 대회진에 도착할 당시엔 고작해야 팔십 명밖에 남지 않았던 것이다.

무림맹은 그들의 희생에 참담한 심정을 감출 수 없었다. 아무리 잠룡단이 무림맹의 한 축에 불과했지만, 각 문파에서 손에 꼽을 정도의 걸출한 인재들로 구성되었기에 그들이 차지하는 비중은 다른 곳에 비하여 상당한 위치에 있었기 때문이다.

제갈 맹주는 무림맹과 무림을 위해 희생한 잠룡단 문인들을 위해 제를 올리는 며칠 동안만이라도 현원세가와의 접전을 피하기로 영수들과 합의했다. 그러나 이미 무림맹에서 계획했던 한 달의 기간보다 시간적으로 많은 차질을 보이고 있었다. 이것은 무림맹으로서 상당한 문젯거리였다.

하지만 각 문파 영수들의 따가운 눈초리와 질책을 다소나마 희석시키기 위해서는 어쩔 수 없는 결단이었고, 또한 맹주로서 희생자들의 시신을 찾은 후 조금이나마 넋을 위로해 줄 수 있는 시간을 가졌으면 하는 바람도 있었다. 그렇지만 며칠 동안의 지연으로 인해 무림맹은 상당한 피해를 감수해야 할 입장에 처해 있었다.

"악한 일은 자기를 괴롭게 하지만, 그것은 행하기 쉽습니다. 그러나 선행은 자기 자신을 편하게 하지만, 행하기는 어렵다고 했습니다. 우리는 지금 행하기 어려운 일을 하고 있습니다. 큰 희생이 따르지만, 그것은 무림을 위해서입니다. 그것은 여기에 계신 여러분들이 더욱 잘 아실 것입니다. 만약 이 시기를 놓칠 경우, 향후 우리는 이보다 더 큰 위험을 감수해야 할 것입니다."

"……"

"흐음……."

대회전 앞뜰에 임시로 마련된 단상.

단상 위에는 제갈 맹주가 서 있었으며 단상 밑에는 사만 명이 조금 넘는 문인들이 한곳을 향해 시선을 집중하고 있었다. 협두봉까지 이르는 길은 험난하기 이를 데 없었다. 자그마치 오천 명에 이르는 희생자를 낸 후에야 도착할 수 있었던 것이다.

단상 위에 오른 제갈 맹주는 분루(憤淚)를 흘리며 문인들을 향해 연설을 하고 있었다. 그의 오른손은 하늘로 높이 올라가 있었고, 그 끝에는 하늘을 원망하는 무림인들의 뜻이 담긴 청강검이 들려져 있었다. 검극이 하늘을 찌를 듯한 모습이었다.

"우리는 이 자리까지 오는 동안 많은 희생을 감수해야만 했습니다. 우리는 더 이상 물러설 수 없습니다. 아니, 물러날 수도 없습니다. 우리가 보고 경험한 현원세가의 힘은 강했습니다. 그것은 여러분 모두 경험했고 느끼셨을 것입니다."

"흐으으음……."

"……"

"여러분! 우리는 반드시 현원세가를 쓰러뜨려야만 할 것입니다! 그것만이 무림의 안녕을 위한 길이고, 그 길만이 지금까지 자신을 희생한 고인들에 대한 우리들의 의무일 것입니다. 그렇지 않습니까, 여러분!"

"그렇습니다. 마교를 끌어들인 것도 모자라 무림의 질서마저 어지럽히는 현원세가를 멸문시키는 것만이 여러분들과 무림을 위한 길입니다."

"아미타불… 부처님의 영험함이 가득한 불산에서 피를 흘려야만 한다는 것이 애석하지만, 제갈 맹주의 말처럼 이 일은 무림의 안녕을 위한 일입니다. 부디 여러분들의 뜻이 저희들과 같기를 바랍니다."

"원시천존……."

제갈 맹주의 뒤에 서 있던 구파일방과 오대세가의 영수들이 한 명씩 나서며 문인들의 전의를 일으키기 위해 한마디씩 했다.

"우리들 잠룡단은 먼저 죽어간 동료들을 위해서라도 현원세가를 멸문시키는 데 앞장설 것입니다."

"그렇습니다. 그러니 맹주께서는 우리들이 앞장설 수 있도록 해주십시오."

"아미타불… 스승님, 소승의 생각도 저들과 마찬가지입니다. 엄연히 살생을 금하고 있으나, 제갈 맹주님과 스승님께서 말씀하셨듯이, 소승은 구천지옥에 떨어진다고 해도 이 일에 앞장서겠습니다."

"저희들도 함께하겠습니다, 스승님."

"흐음, 아미타불……."

"원시천존……."

구파일방과 오대세가의 영수들이 몇 명 되지도 않은 잠룡단에서 위험을 무릅쓰고 또다시 선봉에 서겠다고 하자 담현 방장은 지그시 두 눈을 감으며 합장을 했다. 이러한 것은 다른 영수들 역시 마찬가지였다. 자신들이 키운 제자들이지만 이런 상황에서 그런 말을 할 수 있다는 것에 대견함마저 들었다.

"저희들도 함께할 수 있도록 해주십시오!"

"저희들이 앞장서겠습니다!"

"저희가……."

잠룡단을 시작으로 각 단의 단주들과 그에 포함된 문인들이 이곳저곳에서 손과 병장기를 높이 치켜들고 혈전에 앞장서겠다고 목청을 높였다.

"감사합니다. 그리고 고맙습니다. 저는 오늘 무림맹의 맹주로서가 아닌! 바로 여러분들과 같은 무림인으로서 자부심을 느낍니다. 이처럼 정도무림이 하나가 된 자리의 중심에 설 수 있다는 것은 큰 영광이 아닐 수 없습니다. 이날은 정도무림의 새로운 출발점이 될 것입니다. 현원세가를 시작으로 마교의 야망을 물리칠 수 있는 저력이 우리들에게 있음을 다시 한 번 확인하는 계기가 되었다 생각합니다. 그렇지 않습니까, 여러분!"

"그렇습니다. 우리는 하나가 되었습니다!"

"맞습니다. 현원세가뿐만 아니라 마교도 이 참에 물리칩시다!"

"와아~ 제갈 맹주 만세~"

"무림맹 만세~ 만세~"

제갈 맹주의 긴 연설은 문인들의 환호와 함께 끝이 났다. 하지만 이번 연설로 인해 무림맹은 유사 이래 유례가 없을 정도로 단단한 결속력을 다질 수 있었다. 이제 남은 것은 현원세가로 향해 분노의 혈검을 겨누는 일뿐이었다. 그것은 조만간 행해질 것이다. 무림맹이 오대산에 머물러 있는 한, 현원세가는 더 이상 물러날 곳이 없으므로…….

*　　　　　*　　　　　*

　중원은 만리장성 넘어 갑자기 들려온 소문에 들썩였다. 특히 만리장성과 근접해 있는 백성들은 불안함을 감추지 못하고 소문에 귀를 기울였다. 그것이 헛소문이든 아니든, 그들에게는 중요함을 넘어서 생사와 직결되는 문제였기 때문이다. 하지만 가장 혼란스러운 곳은 황궁이었다.

　영락제는 정로군이 전멸했다는 황당한 보고를 접한 후 삼 일 동안 식음을 전폐했다. 그러나 정확히 상황을 알아야만 했기에 힘든 몸을 이끌고 태화전에 그 모습을 드러냈다.

　이미 태화전은 사인샨드에서 간신히 살아남은 표기장군 육지관이 부복을 한 상태로 목을 길게 늘어뜨리고 있었으며, 대전의 분위기는 사뭇 침중한 상태였다.

　영락제는 용좌에 앉아서 표기장군이 올린 보고서를 꼼꼼히 읽고 있었다. 문책은 추후의 일이었고, 우선은 정로군이 어떻게 해서 그런 참담한 패배를 당한 것인지 알아볼 필요가 있었기 때문이다. 그러다 한순간.

　쾅!

　"이, 이것이 참이더냐! 정녕 한 치의 거짓도 없는 것이냐!"

　"……."

　"짐이 지금 묻고 있지 않느냐! 이 보고서에는 적들 중 삼만 명에 가까운 병사들이 무공을 펼쳤다고 되어 있다. 지금 그것을 묻는 것이다!"

　"폐하, 어찌 폐장된 자가 이 자리에서 할 말이 있겠고, 또한 어느 안전이라고 거짓을 아뢰겠습니까.”

“그, 그렇다면 정녕……?”

“그렇사옵니다, 폐하. 소신은 당시 정로대장군과 함께 그러한 사실을 직접 목격했사옵니다. 적들 중에는 분명 무공을 익힌 병사들이 상당수 있었사옵니다. 그렇기에 정로대장군은 패배할 것을 이미 예감해 정로대장군은 소신을 보내어 폐하께 그와 같은 사실을 알리도록 한 것이옵니다.”

“무공을 익힌 병사들이라니, 어찌 타타르 국에 그런 병사들이…….”

영락제는 육지관 표기장군의 보고를 재차 확인하고서는 차마 말을 끝까지 잇지 못하고 침묵했다. 도저히 있어서는 안 되는 일이었고, 생각조차 못했던 일이었다. 또한 그와 같은 것은 자신의 바람이기도 했기에 영락제는 한동안 정신이 혼미한 가운데 입을 열지 못했다.

하지만 영락제는 황제였다. 황제란 자리는 쉽게 허물어질 수 없는 자리인 것이다.

“그렇다면 적의 병력은 얼마나 되었단 말이냐. 정확히 고하도록 하라.”

“소신이 당시 경황이 없어서 정확한 수를 헤아릴 수는 없었사오나, 분명한 것은 그들 역시 정로군에 못지않은 병력을 보유한 것으로 사료되옵니다. 그러나 정로군의 직접적인 패배 요인은 가공할 무공을 펼치던 삼만 명에 가까운 병사들이옵니다. 만약 그들이 없었다면 정로군은 패배하지 않았을 것이옵니다.”

“흐으음…….”

‘사십만이 갔는데, 살아온 것은 고작 삼만 명도 되지 않는단 말인가? 고작?’

영락제는 부복해 있는 표기장군의 모습을 보면서 참담한 심정을 감출 수가 없었다. 생각조차 하지 못했던 너무나 어이없고 참담한 패배였다.

"초 제독, 정로대장군 구복은 어찌 되었는가."

"송구하옵게도 정로대장군 구복과 거기장군 당성호 및 다른 장군들 모두 사지가 잘린 채 사인샨드 성문 입구에 효시(梟示)되었다고 합니다."

"효시라, 효시……."

"……."

"그렇다면 적의 피해 상황은?"

"그것이… 워낙 경비가 삼엄한 상태라 정확히 확인하지 못했습니다. 하지만 그들 역시 상당한 피해를 입은 것 같습니다. 또한 보고에 의하면 당시 전투에서 타타르 국의 동평장사 토리스타르가 사망한 것 같습니다. 동평장사는 타타르 국의 황제인 부니아시리의 증조부가 되옵니다. 그렇기에 아마도 장군들의 목을……."

"그만! 그만 하라! 더 이상 말하지 않아도 무슨 말인지 알겠다."

"소, 송구하옵니다, 폐하……."

초 제독은 영락제의 언성이 높아지자 얼른 부복을 한 후 대전 바닥에 고개를 박았다. 평상시라면 이 정도의 극단적인 행동이 나오지 않겠지만, 지금은 황제의 언성이 높아지자 사지가 떨려 자신도 모르게 취한 행동이었다.

"조 대도독."

"하명하십시오, 폐하."

"현재 동원 가능한 병력이 얼마나 되는가."

"오군도독부에 소속된 전 병력을 동원한다면 백만이 조금 못 되옵니다. 하지만 당장 움직일 수 있는 병력은 삼십만 정도에 지나지 않습니다. 최소한 주변 국가와의 국경 지역을 방비할 수 있는 병력은 남겨놓아야 하기 때문입니다."

"그렇군. 삼십만이라……."

'삼십만, 삼십만이라… 과연 이 병력으로 타타르 국을 칠 수 있을까? 아마도 힘들 것이다. 그들에겐 무공을 익힌 병사들이 삼만 가까이에 이른다고 하지 않은가. 어쩌면 더 있을 수도…….'

영락제는 조 대도독의 설명을 들은 후 한참 동안 생각에 잠겼다. 그러나 대신들은 영락제의 이런 모습을 보면서도 단 한 마디도 입을 열 수가 없었다. 영락제의 표정에서 무엇을 생각하고 있는지 알 수 있었기 때문이다.

"조 대도독은 짐이 다시 북벌을 단행할 경우 승리할 수 있을 것 같은가? 생각한 그대로 말해 주기 바란다."

"흐음… 폐하, 비록 미천한 신이지만 지금 폐하께서 무슨 생각을 하고 계신지 알겠사옵니다. 또한 당연히 그런 생각을 하시고도 남음이 있습니다. 하지만 소신은 또다시 북벌을 감행한다는 것엔 무리가 있다고 생각합니다. 적의 정확한 정보가 없는 지금, 또다시 삼십만이 넘는 병력을 보낸다고 해도 정로군의 전철을 밟을 수도 있기 때문입니다. 통촉해 주시옵소서, 폐하."

"그러한가? 그렇단 말이지. 흐음……."

'허허, 정치는 이상만으로는 어찌할 수 있는 것이 아닌가 보구먼. 현실을 직시하지 않으면 돌아오는 것은 쓰디쓴 패배밖에 없구나.'

영락제는 한참 동안 생각에 잠기더니, 천천히 용좌에서 일어나서는 단상을 내려가 부복하고 있는 대신들 쪽으로 다가갔다.

"잘 들었다. 또한 짐은 조 대도독의 말에 동조를 한다. 하지만 황제란 무엇인가? 일찍이 천하를 통일했던 진시황은 자신이 삼황(三皇)의 덕을 겸비하고 오제(五帝)보다 우월하다 하여 황제라는 칭호를 서슴없이 사용하지 않았는가. 지금 이 용좌에 앉아 있는 짐은 황제다. 명제국의 황제란 말이다! 알겠는가? 앞으로 짐은 타타르 국, 아니, 오이라트 국과 더불어 북방의 모든 적들의 침입을 방비하기 위해 만리장성을 더욱 견고히 쌓을 것이다. 비록 그 일로 인해 백성들의 원성이 하늘에 닿는다고 해도, 짐은 그 일은 꼭 해야만 한다. 그렇게라도 해야 이 나라의 안위가 굳건해지기 때문이다. 황제란 모름지기 백성들의 원성을 듣는 한이 있어도 해야 할 일은 해야만 하는 자리이다. 준비되지 않은 역사는 두려울 뿐이다. 그렇기 때문에 짐은 역사를 미리 준비하고자 함이다. 대신들은 짐의 의중이 어디에 있는지 들었다면 추후 이 문제에 관해서 철저히 준비하도록 하라!"

"명을 받들겠사옵니다, 폐하!"

"또한! 짐은 동창과 오군도독부가 총력을 기울여 타타르 국에 대한 정확한 정보를 파악할 것을 명한다. 기한은 내년 초까지다. 더불어 조 대도독은 내년까지 오군도독보를 재편성해 오십만의 정로군을 만들도록 하라. 타타르 국 병력이 파악되는 즉시 짐이 직접 북벌을 단행할 것이다."

"충심을 다해 임하겠습니다, 폐하."

"명을 받들겠사옵니다, 폐하."

"표기장군에 관한 일은 조 대도독에게 일임하겠다. 다만, 비록 적에게 등을 보이고 퇴각한 패장이긴 하나 짐에게 중요한 정보를 가지고 온 공을 인정해 파직은 면하도록 한다. 그리고 구복은 정로대장군으로서 용병을 그르친 패장으로서 그 잘못을 묻지 않을 수 없다. 하지만 짐이 그 죄를 묻기 이전에 중요한 정보를 확보한 점과 적장 토리스타르를 사살한 점을 고려하지 않을 수 없느니라. 그에 짐은 그 유족들에게 충분한 보상과 격려를 함과 동시에 패장으로서 사서(史書)에 그의 행적을 기록하도록 할 것이다. 이것은 대장군으로서 맡은 바 중책이 그만큼 크다는 것을 염두에 둔 것이다. 그러니 육부상서 장 제독은 짐의 뜻을 헤아려 차질이 없도록 행하라."

"알겠사옵니다, 폐하."

"폐하, 성은이 망극하옵니다."

"만세, 만세, 만만세!"

*　　　*　　　*

마교의 공격은 무림맹과 패혈맹의 생각보다 거셌고 거칠었으며 거침이 없었다. 그들은 순식간에 쳐들어왔다가 빠르게 후퇴를 거듭했다. 하지만 그들이 휩쓸고 간 자리는 풀 한 포기조차 제대로 서 있는 곳이 없었다. 또한 그들이 지나갈 때면 수많은 인명이 그 자리에서 숨을 거두었는데, 그 광경은 차마 눈 뜨고 볼 수 없는 처참한 광경이었다.

하지만 마교의 공격이 되풀이되면서 무림맹과 패혈맹은 그들 나름대로 마교를 상대할 비책을 강구하게 되었고, 그로 인해 삼 일 전 마교도 상당한 피해를 입고 퇴각을 하게 되었다. 그만큼 신농가의 한 자락에서는 마교와 무림연합 간의 치열한 혈전이 치러지고 있었다.

"더 이상 이런 소모전을 계속할 수는 없습니다. 이것은 마교가 원하는 것입니다. 차라리 이럴 바에는 이곳에서 물러나도록 하겠습니다."

"그것이 무슨 말입니까, 독고 원주! 그럼 지금 패혈맹은 신농가에서 퇴각하겠단 말입니까?"

"지금까지 가장 많은 피해를 본 것은 우리 패혈맹이오. 무슨 말인지 알겠소? 무림맹은 백여 명이 고작이지만, 우린 지금까지 이천 명이나 목숨을 잃었단 말이오! 그런데 당신들 무림맹은 현원세가를 멸문시킬 동안 시간만 벌어보자는 식으로 마교를 상대하고 있지 않은가!"

"하지만 그것은 이미 양쪽이 합의한 사항이 아닙니까."

"합의는 무슨! 우리는 당신들, 아니지. 무림맹과 함께 마교의 동진을 저지하는 데 최선을 다하겠다고 했지, 우리가 직접 나서서 그들을 막는다고 하지는 않았소!"

"그렇다고 지금 상황에서 패혈맹이 빠진다는 것이 말이 될 법한 소리입니까?"

"그것은 내가 알 바가 아니라고 보는데. 그렇지 않은가, 엽 문주."

독고 원주는 지금까지 별다른 피해를 입지 않고 있는 곳을 대표해서 바로 앞에 앉아 있는 엽 문주를 향해 되물었다.

엽 문주는 갑자기 독고 원주가 자신을 향해 질문해 오자 순간적으로 할 말이 없었다. 현재 서로 간의 논쟁이 벌어지게 된 원인이 바로 패혈맹에 비해서 무림맹의 피해가 극히 적다는 것과 그 논쟁의 중심엔 엽씨검문과 보타문, 그리고 철혈검문이 있었다. 워낙 극소수의 문인들을 대동하고 온 엽씨검문과 보타문은 그렇다고 치지만, 철혈검문은 도착한 후 지금까지 마교에 대한 별다른 행동을 취하지 않고 있다는 것이 독고 원주의 심기를 건드렸던 것이다.

"무량수불… 독고 시주, 그렇다면 서로 좋은 쪽으로 결론이 나도록 상의를 합시다. 그렇게 하는 편이 좋지 않겠습니까?"

"굳이 상의할 필요가 있겠습니까? 이미 결론은 나온 것 같은데요, 장문인."

"하지만 그렇게 될 경우 독고 시주를 비롯한 패혈맹은 무림인들의 공분을 사지 않겠습니까? 그러니 이쯤해서 격양된 마음을 가라앉히시고 의중에 담아두었던 것을 말씀하시지요. 무량수불."

"흐음, 좋습니다. 연정 장문인께서 그렇게까지 말씀하시니 우선은 당분간 무림맹의 행동을 지켜보도록 하겠습니다. 하지만 오늘 이후로 우리도 무공이 약한 수하들은 이곳에서 물러나도록 할 생각입니다. 특히 양산채와 철마륵대채, 그리고 노교채는 전원 이곳에서 물러날 것이고, 흑사방도 무공이 약한 문인들을 물리도록 할 것입니다."

"아니, 그렇다면 도대체 얼마나 이곳에 남는단 말입니까?"

"대략 오천 정도 예상하는데, 아마도 혈검비룡단 삼천과 흑사방에서 약 이천 명 정도 남게 될 것입니다."

"오천? 겨우 오천이란 말씀입니까? 그건 있을······."

"무량수불, 그렇게 하시지요."

"옛? 아니, 연정 장문인!"

"······?"

현천 장문인은 독고 원주의 설명을 들으면서 어이없다는 표정을 지으며 반문을 하려는 순간, 옆에 있던 연정 장문인이 중간에 말을 끊으며 독고 원주의 의견에 찬성을 했다. 이에 깜짝 놀란 현천 장문인과 엽문주, 그리고 보타신니가 눈을 둥그렇게 뜨고 연정 장문인과 독고 원주를 번갈아 보며 충분한 해명을 해주었으면 하는 눈빛을 보냈다.

"무량수불··· 독고 시주께서도 충분한 생각을 한 끝에 결정하신 것이니 나름대로 검토를 하셨으리라 봅니다. 그리고 말씀을 들어보니 독고 시주께서 원하시는 것은 무공이 낮은 수하들의 희생을 줄이겠다는 취지라 생각됩니다. 우리들 역시 무공이 약한 제자들은 대동하지 않았지 않습니까. 그러니 독고 시주께서 그런 말씀을 하시는 것은 어찌 보면 당연한 일이라 생각됩니다."

"그, 흐음. 알겠습니다. 원시천존……."

"허흠! 흐음……."

"관세음보살(觀世音菩薩)."

독고 원주의 발언에 가장 발끈하던 현천 장문인도 연정 장문인의 설명에 수긍을 하자 다른 사람들 역시 조용히 침묵을 지켰다. 이에 연정 장문인은 자신의 말에 모두 동의한 것으로 간주하고는 자신을 바라보고 있는 독고 원주를 향해 포권을 하며 입을 열었다.

"허허, 모든 분들이 독고 시주의 의견에 공감한 것 같습니다. 그러니 독고 시주께서는 더 이상 그 문제를 거론하지 마시고 지금처럼 저희와 함께하시지요. 그리고 빈도의 생각으로는 패혈맹 역시 정예들만 남게 될 것이니 오히려 마교의 기습 공격에 대처하는 데 상당한 힘이 될 것입니다. 그렇지 않습니까, 독고 원주?"

"허흠! 그럴 수도 있겠지요."

"그리고… 이제 어느 정도 쌍방 간에 정리가 된 듯하니 독고 원주께서도 오후의 일에는 차질이 없도록 준비해 주시기 바랍니다."

"그렇게 하지요. 여하튼 알겠습니다. 그럼 그렇게 알고 저는 이만 나가보겠습니다. 흐음!"

독고 원주는 연정 장문인을 향해 어정쩡한 포권을 취해 보인 후 빠른 걸음으로 막사를 나갔다. 연정 장문인의 의미심장한 미소를 보자 자신의 속내를 훤히 드러내 보인 것 같았기 때문이다.

"응? 독고 원주께선 벌써 나가십니까?"

추 전주와의 간단한 회의를 끝내고 막 막사 안으로 들어가려던 호열은 밖으로 나오는 독고 원주와 마주쳤다

"아, 임 문주시군요."

"예, 연정 장문인께서 할 이야기가 있다고 해서요."

"그렇군요. 참, 그렇지 않아도 할 이야기도 있었는데."

"저하고요? 하하, 하실 말씀이 무엇인지는 모르지만 세이경청하고 들어야지요. 그런데 무슨 일로?"

"하하, 여전히 성격이 급하십니다. 그냥 나중에 차나 한잔 하면서 환담이나 하자는 것이지요. 허흠!"

"임 문주, 지금은 때가 아닌 것 같으니 차후 다시 얘기를 하겠습니다. 그럼 이만."

독고 원주는 패혈맹 막사로 신형을 날리면서 호열을 향해 전음을 보냈다.

"……?"

'무슨 할 말이 있다는 거지? 이거 참……'

평상시와는 사뭇 다른 어투였지만, 호열은 그저 간단한 인사 정도로 생각하고는 막사 안으로 들어갔다.

"간밤에 안녕들 하셨습니까?"

"어서 오십시오, 임 문주. 그렇지 않아도 임 문주를 기다리고 있었습니다. 이리 앉으시지요."

"예, 감사합니다. 그런데 무슨 일이 있습니까, 연정 장문인?"

"다른 일 때문이 아니라… 오늘 미시 초에 마교의 임시 거점으로 생

각되는 곳을 기습하려고 합니다."

"기습을요? 갑자기 무슨 기습을⋯⋯?"

연정 장문인의 전갈을 받고 오긴 했지만, 호열은 가벼운 환담이나 나눌 생각으로 막사를 찾았기에 연정 장문인의 생각 밖의 말에 깜짝 놀라는 표정을 지었다.

"그렇습니다. 중지를 모은 결과 수비만으로는 한계가 있는 듯하여 내린 결정입니다. 그러니 임 문주께서도 문인들과 함께 우리와 동행하시지 않겠습니까?"

'이건 아예 따라오라는 통보로구먼. 이거 참⋯⋯.'

호열은 연정 장문인을 마주 보았다. 연정 장문인의 눈빛에서 호열은 그가 자신과 동행을 원하고 있음을 볼 수 있었다. 하지만 쉽게 내릴 수 없는 결정이었다. 하지만 거절도 할 수 없는 입장이었다. 지금까지 철혈검문은 엽씨검문과 보타문처럼 마교의 공격에서 피해를 보지 않고 있었기 때문이다.

"연정 장문인께서 원하시니 따라야겠지요. 그렇게 하겠습니다. 그렇다면 인원은 어느 정도를⋯⋯?"

"전원입니다. 지금까지 마교의 공격으로 보아서는 많아야 사천에서 오천 명 정도로 추정됩니다. 그러니 이번 공격에 그들의 기선을 완전히 꺾어야 하지 않겠습니까? 무량수불⋯⋯."

"흐음⋯ 좋습니다. 그렇게 하겠습니다."

"허허, 그럼 조금 있다가 뵙겠습니다."

"네, 그럼 저는 이만⋯⋯."

사아악~ 사사사사삭~

장대처럼 하늘로 솟은 대나무들이 빽빽하게 자라고 있는 죽림, 형형색색의 사람들이 한껏 긴장한 상태로 빠르게 이동하고 있었다. 하지만 그들이 내는 소음은 극히 미미하였으며, 이따금씩 불어오는 바람에 대나무 잎들만이 몸을 부딪치며 아름다운 소리를 내고 있었다.

죽림을 벗어나기 직전.

가장 선두에 서서 지휘하고 있던 한 명이 빠르게 한 손을 올렸다. 그러자 뒤에 따라가던 모든 사람들이 빠르게 자세를 낮추며 한곳에 시선을 고정했다. 바로 선두에 서서 손을 들어 올린 사람이었다.

"왜 그러십니까, 연정 장문인?"

"십 장 앞에 인기척이 있습니다, 현천 장문인. 아무래도 이곳에서부터는 마교에서도 수시로 정찰을 하는 것 같습니다."

"아……."

"독고 시주, 어떻게 생각하십니까?"

"지금까지 한곳에 머물러 있는 것으로 보아서는 정찰보다는 매복인 것 같습니다만."

"무량수불, 그렇겠군요."

"장문인, 마교를 공격하기 위해서는 저들을 지나치지 않으면 안 됩니다. 그러니 저들은 제가 맡겠습니다."

"그렇게 하십시오, 현천 장문인."

연정 장문인이 동의를 하자 현천 장문인은 세 명의 장로와 함께 적이 매복해 있는 곳으로 신형을 움직였다. 그들의 행동은 그림자가 보이지 않을 정도로 빨랐다. 그리고 대나무들이 부딪치는 소음에 가려져 귀를 기울이지 않는다면 이동하는 미세한 소리도 들리지 않을 정도였다. 특히 점창파 절정의 신법인 유운신법(流雲身法)과 비운축영(飛雲逐

影)을 적절하게 조합하며 접근을 하는 관계로, 매복하고 있는 마교도가 절정의 경지에 올라 있지 않는 한 발견할 수 없을 정도였다.

하지만……

삑! 삑~ 삐이이이이이~

"적이다! 적의 공격이다……!"

현천 장문인 일행이 매복자들에게 접근하기도 전에 훨씬 뒤쪽에서 요란한 소음이 울려 퍼졌다. 분명히 마교도들이 매복하고 있는 곳은 앞이었고, 그들은 삑 소리가 울리기 전까지 현천 장문인 등의 접근도 모르고 있었다. 어찌 된 일인지 그들은 현천 장문인 일행의 접근을 눈치 챈 것이다.

"헉! 주, 죽어라!"

"원시천존! 발각되었소. 장로들은 손에 인정을 두지 마시구려! 하앗……!"

"하합!"

"끄아아아~"

"컥! 크으으~"

현천 장문인의 일갈에 뒤따라오던 장로들은 분광십팔수검(分光十八手劍) 중 가장 빠른 쾌검인 섬전분광(閃電分光)과 분광추영(分光追榮)을 시전하며 매복자들을 쓰러뜨렸다. 하지만 이미 기습을 알게 된 주변에서 빠르게 인영들이 달려들었다. 그들의 움직임은 현천 장문인조차 놀랄 정도로 빠르고 맹렬했다.

"젠장! 감히 겁도 없이 기습을 하다니, 죽어라!"

"하앗! 광성일도(狂猩一刀)!"

"칠상도(七像刀)……!"

슈아아앙~

"헉! 백족만검(百足萬劍)!"

캉! 카캉! 캉캉캉……!

어디에 그토록 많은 인영들이 숨어 있었는지, 현천 장문인과 장로들은 갑자기 몰려들기 시작한 흑마단의 공세에 어쩔 줄을 몰라 했다. 한두 명 정도라면 손쉽게 처리할 수 있겠지만, 현천 장문인 한 사람만 하더라도 현재 다섯 명의 흑마단원에게 집중 공격을 받고 있었기 때문이다.

"이런! 적의 매복이 더 있었나 봅니다."

"안 되겠습니다, 연정 장문인. 어서 우리도 공격을 해야 할 것 같습니다."

"어차피 기습 공격이 무위로 돌아갔다고 해도 그냥 돌아갈 수 없지 않겠습니까?"

"좋습니다. 우리도 공격을 하도록 하지요. 무량수불, 공격! 전원 공격하라!"

"하아앗! 마교를 공격하라!"

연정 장문인은 엽 문주의 말에 고개를 끄덕여 보인 후 뒤따라온 무림맹의 문인들을 향해 도호와 함께 공격 명령을 내렸다.

"묘현(妙賢)은 문인들과 함께 나를 따르거라!"

"옛, 사부님!"

연정 장문인은 제자인 양의현검(兩儀玄劍) 묘현을 대동하고 현천 장문인이 있는 곳을 향해 빠르게 신형을 날렸다. 이미 그곳에는 엽 문주의 시퍼런 검기가 흑의인들을 가르고 있었는데, 그 모습은 실로 보는 사람으로 하여금 감탄사가 절로 나오게 만들 정도로 깨끗하고 매끄러웠다. 이러한 모습을 본 연정 장문인은 빠르게 엽 문주의 곁을 지나치면서 고개를 살짝 끄덕여 보였다. 왜 엽씨검문에 검왕의 전설이 전해지는지 알 수 있을 것 같았기 때문이다.

연정 장문인이 이끄는 무당을 선두로 해서 점창파와 엽씨검문, 그리고 보타문의 문인들이 그 뒤를 따랐다. 하지만 패혈맹과 철혈검문은 그곳에 없었다. 오직 무림맹의 문인들만이 빠르게 마교의 진영이 있는 곳을 향해 진격할 뿐이었다.

제 9 장

천년향화지지(千年香火之地)

천년향화지지(千年香火之地)

자연 그대로의 상태를 유감없이 보이는 삼나무가 우거져 있는 원시림.

호열이 이끄는 철혈검문과 독고 원주가 이끄는 패혈맹은 무림맹과 다른 길로 마교의 진영에 접근하고 있었다. 무림맹은 직선 길로 이동한 반면 이들은 좌측으로 우회를 하면서 죽림을 벗어난 것이다.

호열과 독고 원주는 나란히 신형을 움직이고 있었는데, 이따금씩 서로의 얼굴을 보면서 전음을 나누기도 했다.

"어떻습니까? 이번 일만 잘 마무리한 후 우리 패혈맹과 손을 잡는 것이?"

"하하, 말씀은 고마우나 어찌 무림맹과 잡은 손을 쉽게 놓을 수 있겠습니까. 그것은 제가 원한다고 해도 쉽지 않은 문제입니다. 그리고 독고 원주께서도 철혈검문과 패혈맹 사이의 일을 아시지 않습니까."

"그것은 이미 지나간 옛일이 아닙니까. 그 일은 이미 잊어버린 지 오래입니다. 하하, 그리고 어차피 강호는 이해득실에 따라 움직이고 있는데 누가 뭐라고 하겠습니까! 그렇지 않습니까?"

"하지만 저는 어렵게 얻은 신뢰를 저버릴 수가 없군요. 독고 원주께서 저희를 생각해 주시는 것은 정말 고마운 일이나, 신뢰를 저버리면서까지 이해득실을 따지고 싶지는 않습니다. 이해해 주십시오."

"흐으음……."

"이미 반부형 장로에게도 말한 바 있지만, 저는 무림맹이나 패혈맹 모두 먼저 공격하지 않으면 크게 적대시할 생각은 없습니다. 비록 지금은 무림맹의 일원으로 이곳에 왔지만, 그것은 어디까지나 마교의 동진을 막아야 한다는 생각에서 동참을 한 것입니다. 어차피 마교가 기존의 무림과 공존할 수 없는 상태라면, 철혈검문에도 그 피해가 고스란히 오기 때문입니다. 하지만 마교가 아닌 무림맹과 패혈맹이 앞으로 혈전을 벌인다고 하면 저는 군이 그 일에 관여하고 싶지는 않습니다."

"관여하고 싶지 않다? 그렇다면……?"

"하하, 무림맹과 패혈맹은 무림을 양분하고 있는 곳입니다. 하지만 저는 두 곳 모두 똑같다고 생각합니다. 어차피 무림은 강자존이 아닙니까. 그런데 군이 제가 그 두 곳을 적으로 만들 필요가 있겠습니까?"

"하지만 이미 철혈검문은 무림맹에 소속되었지 않습니까."

"그것은 패혈맹에서 공격을 했기에 그리된 것입니다. 독고 원주께서도 아시지 않습니까. 그러니 이후 패혈맹에서 더 이상 철혈검문을 공격하지 않는다면 군이 서로 간에 검을 들이댈 필요가 없겠지요. 솔직히 말씀드리면 저는 앞으로 무림맹과 패혈맹의 분쟁에서 빠졌으면 하는 마음입니다."

"……."

독고 원주는 호열의 말이 계속될수록 자신의 옆에 있는 호열이 참으로 알 수 없는 사람이라는 생각이 들었다. 비록 정사 중간의 성향을 보이는 문파들이 없는 것은 아니었지만, 호열처럼 그것이 뚜렷한 사람은 아직까지 본 적이 없었기 때문이다. 하다못해 정사 중간이라고 하더라도 약간씩은 그 성향이 정파인지 사파인지 구분이 되었기 때문이다.

하지만 독고 원주는 철혈검문에 관해 결단을 내리지 않을 수 없었다. 아무리 호열이 공격을 하지 않으면 적으로 생각하지 않겠다고 말했지만, 그것을 액면 그대로 믿을 수 없는 상황이었기 때문이다.

'지금 말은 그렇게 하지만 앞일은 아무도 장담할 수 없는 것이 무림이지. 그리고 듣자 하니 무림맹과 패혈맹 중 승리한 쪽을 선택할 수도 있다는 말로 들리는구먼. 그렇게는 안 되지. 아암!'

호열과 독고 원주가 이런 저런 이야기를 나누는 동안 이미 목표로 했던 지점에 도착해 있었다. 한쪽은 가파른 암반들로 이루어진 곳으로 더 이상 나아갈 수 없는 절벽이었고, 다른 한쪽은 절벽은 아니지만 동시에 많은 인원이 지나갈 수 없는 협소한 길이었다.

"이제 어디로 가야 하는 것입니까?"

"예 장로."

독고 원주는 호열의 질문에 뒤를 돌아보며 녹림의 총채주인 혈리검천(血釐劍天) 예락승(芮樂承)을 불렀다.

"옛, 원주님. 우리는 저쪽으로 가야 합니다. 탁 채주의 보고대로라면 저 길을 따라 이 리 정도 가면 넓은 공지가 나온다고 하는데, 아마도 그곳에 마교의 본진이 있지 않을까 합니다."

"확실한가?"

"탁 채주는 이곳 신농가를 거점으로 삼고 있는 노교채의 채주입니다. 그러니 그보다 이곳 지리에 밝은 사람도 없을 것입니다."

예 장로는 이미 출발 전에 노교채의 채주 절비마도(折批魔刀) 탁철용(卓撤龍)으로부터 신농가 지리에 관한 사항을 면밀하게 보고받은 상태였다.

독고 원주는 이미 노교채를 비롯한 다른 두 곳이 오전에 자신의 지시를 받고 철수한 상태라서 더 이상 확인 절차 없이 예 장로가 일러준 곳으로 신형을 옮겼다. 그 뒤로 빠르게 호열과 문인들이 뒤따랐다.

'절경이로구나. 마교의 일만 아니라면 이곳에서 며칠 머물면서 구경을… 아니지, 나중에 시간을 내서 부인과 함께 와야겠구나.'

"응? 하~ 도저히 혼자서 보기에는 아까운 절경이로다. 어떻게 이런 산중에……."

"아~"

호열은 주변의 경치를 살피며 움직이다가 갑자기 시야가 환해지는 것을 느꼈다. 그토록 빽빽하게 자라 있던 삼나무가 더 이상 보이지 않았다. 그곳엔 일행들 아무도 생각지 못한 환상적인 절경이 자리하고 있었다.

곱고 아름다운 두견림 지대로 천연의 색채들이 눈부시게 아름다움을 뽐내고 있었다. 마치 요염한 자태의 여인네를 보는 듯했다. 그 광경에 가장 먼저 감탄사를 내뱉은 사람이 독고 원주였으며, 그 뒤로도 이곳저곳에서 감탄사가 한동안 이어졌다.

일행들은 생각보다 빨리 예 장로가 말한 공지에 도착했다. 하지만 그곳엔 예상했던 마교의 본진은 없었다. 이에 잠시 두견림에 감탄을 하던 독고 원주가 바짝 뒤따라온 예 장로를 향해 돌아섰다. 한눈에 보아도 약간의 불만이 섞인 행동이었다.

"어찌 된 일인가, 예 장로? 분명히 이곳이라고 하지 않았는가!"

"탁 채주의 보고대로라면 분명 이곳입니다. 그러나 이곳에 없다면 그들은 아마도 무림맹이 이동하고 있는 곳에 근접해 있는 것이 아닌가 하는 생각이 듭니다. 그들 역시 이곳 지리에 밝은 편이 아니기 때문에 그럴 확률이 높다고 생각됩니다."

"흐음, 그렇겠군. 그럼 우리가 이곳을 돌아갈 경우 그들의 배후나 측면에서 공격하게 되는 것인가?"

"아마도 그렇게 될 것입니다."

"그렇군. 그럼 그리로 가야겠군. 임 문주, 갑시다."

"예, 먼저 앞장을 서시지요."

"하하, 알겠소이다. 그렇게 하지요. 자, 그럼 먼저 출발합니다!"

독고 원주는 이미 호열과 철혈검문에 관한 사항을 나름대로 정리한 상태였기에 호열의 말에 흔쾌히 승낙했다.

호열은 독고 원주가 패혈맹 문인들을 이끌고 앞으로 나아가기 시작하자 뒤에 시립해 있던 추 전주를 향해 고개를 살짝 돌렸다.

"추 전주, 아무래도 조만간 마교와 조우를 할 것 같으니 문인들의 안전에 철저히 준비하도록 하게."

"그렇지 않아도 호 당주와 도 당주에게 따로 주의를 주었습니다."

"잘했네. 하지만 추 전주는 접전이 벌어질 경우 호 당주를 도와서 문인들을 통솔하도록 하게. 나는 조 검주와 함께 철혈당을 이끌도록 하겠네. 무슨 말인지 알겠는가? 괜히 나서서 위험을 자초하지 말란 말이네."

"그렇게 하겠습니다, 문주님."

추 전주는 호열의 당부에 고마움을 느끼면서 깊숙이 고개를 숙여 예를 취했다. 문주로서 수하의 안위를 챙겨주는 호열의 인정에 감복한 것이다.

"자! 우리도 출발하도록 하지. 모두들, 최선을 다해주기 바란다! 그리고 살아남아라! 살아남아야 즐거움을 함께 누릴 수 있지 않겠는가! 그렇지 않은가!"

"알겠습니다, 문주님!"

호열은 문인들의 믿음직스러운 표정들을 한번 훑어본 후 독고 원주가 움직인 곳으로 빠르게 신형을 날렸다. 그 뒤로 조 검주와 철혈당이 따랐으며, 추 전주와 호 당주, 도 당주를 시작으로 진검당(震劍堂)과 패진당(覇震堂) 문인들이 힘차게 발을 박차고 앞으로 움직였다.

휘이이이이~

한걸음에 이 장을 훌쩍 뛰어넘으며 전진하고 있는 독고 원주 뒤로 반부형과 예락승이 바짝 따르고 있었다.

"원주님, 어찌하시겠습니까?"

"철혈검문 말인가?"

"예, 아무래도 계획대로 하는 것이 어떨는지……."

"그렇게 하도록 하게, 예 장로. 어차피 좋게 공생을 할 수 없다면 극단적인 방법을 동원해서라도 복종하도록 만들어야겠지."

"그럼 명을 수행하도록 하겠습니다. 마침 인질로 잡아둘 만한 사람이 있습니다."

"인질로 잡아둘 만한 사람이라… 혹시 안사람인가?"

"그렇습니다. 보고된 정보대로라면 임 문주의 복종을 받아내는 데 충분할 것 같습니다. 아니, 넘치고도 남습니다."

"자부월족(自斧刖足)이라고 했네."

'제 도끼에 발등을 찍힌다?'

"자부월족이라고 하심은……?"

"자만심을 버리고 조심하지 않으면 큰 실수를 하게 된다는 말이 있듯이, 모든 일에 만전을 기해주기 바라네."

"염려하지 마십시오. 이미 모든 준비가 다 되어 있습니다."

"알았네. 그럼 그 일은 예 장로가 알아서 처리하도록 하게. 하지만 무슨 일이 있어도 부인 신상에 이상이 있어서는 안 되네. 특히 이 점에 유의하도록 하게. 알겠는가? 혹시라도 부인의 신상에 이상이 생기면 복종을 받아낸다고 해도 불편해지지 않겠는가."

"무슨 말씀이신지 알겠습니다. 제가 채주들에게 따로 지시를 내리도록 하겠습니다."

"흐음……."

독고 원주는 예 장로의 전음에 고개를 끄덕이면서도 착잡한 마음을 감출 수가 없었다. 혹시 괜한 욕심을 내는 것이 아닌가 하는 생각까지 들 정도였다. 하지만 이미 명령은 내려졌고, 남은 것은 결과만 기다리면 되는 것이었다. 독고 원주에게 더 이상 그 일로 심력을 낭비할 마음이 자리하고 있지 않았다.

창! 창창……!

"응? 반 장로, 병장기가 부딪치는 소리 아닌가?"

"그렇습니다. 아무래도 무림맹이 이미 마교와 조우를 한 것 같습니다."

"훗! 그거 잘되었군. 그렇다면 우리도 계획대로 하게. 딘! 무림맹에

꼬투리가 잡히지 않도록 조심하고. 알겠는가?”

“수하들 역시 원주님께서 지시하신 것을 숙지하고 있습니다. 그러니 너무 염려하지 마십시오. 그리고……”

“마교에서도 원주님께서 보낸 밀서를 본 것 같습니다. 그렇지 않다면 무림맹이 이처럼 빨리 걸려들지 않았을 것입니다.”

“그렇겠지. 알겠네. 여하튼 우리도 각본에 따라 춤을 추러 가야겠지.”

독고 원주는 신형을 빠르게 움직이면서도 반부형의 마지막 전음을 듣고 흡족한 표정을 지어 보였다. 그리고 병장기 부딪치는 소음과 함께 사람들의 비명 소리가 귀를 간질거릴 정도의 근접한 곳에서 들리자 수중의 검을 뽑아 들고서는 호랑이가 먹이를 덮치듯 맹렬하게 달려갔다.

*　　　*　　　*

연정 장문인과 다른 영수들은 자신들의 기습이 너무도 어이없게 들켜 버린 것에 황당함을 감출 수 없었다. 아무리 마교도들이 높은 무공을 소유하고 있다 하더라도 기습이 이처럼 철저하게 무너질 줄은 생각도 못했다. 오히려 기습을 하지 않는 것보다 못한 실정이 되어버린 지 오래였다.

흑마단의 위력은 엄청났다. 그들 개개인의 능력은 연정 장문인이 보기에도 확실히 무당과 다른 문파를 압도하고도 남음이 있었다. 하지만 마냥 지켜볼 수만은 없는 형편이기에 연정 장문인은 이곳저곳 동분서주하며 위기에 처한 문인들을 도와주느라 정신이 없었다.

그나마 연정 장문인이 신경 쓰지 않아도 될 곳이 있었는데, 그곳은 엽씨검문과 보타문이었다. 검왕 엽 문주를 필두로 해서 엽씨검문 문인들은 간결하면서도 빠른 검법을 구사하며 흑마단원들과 대등한 접전을 벌이고 있었으며, 보타문은 보타신니와 이십대의 젊은 여협을 중심으로 일정한 진세를 구축하면서 적을 맞이하고 있었다.

"장문인, 이렇게 있다가는 모두 전멸하고 말 것입니다. 더 이상 문인들을 희생시킬 수 없습니다."

"무량수불… 빈도도 장문인과 같은 생각입니다. 그러나 단약 우리가 이곳에서 물러난다면 패혈맹과 철혈검문 역시 위기를 맞게 될 것이 아닙니까. 그러니 그들이 이곳에 도착할 때까지 버텨야 합니다."

"그들이 언제 도착할 줄 알고 기다린단 말씀입니까? 그리고 그들이 이곳까지 올 수 있을지도 알 수 없는 상황이 아닙니까. 그러니 이쯤에서 퇴각을 명하시는 것이…….'

"받아라! 상혼쾌(傷魂快)……!"

수아아아앙~

콱! 파아아악!

"끄아악! 커억~"

"크어억~"

연정 장문인과 현천 장문인은 갑자기 들려온 비명 소리에 급히 한곳을 바라보았는데, 그곳에는 독고 원주를 필두로 해서 패혈맹의 문인들이 무자비하게 흑마단원들의 목을 베어 넘기고 있었다.

"응? 저 사람은 독고 원주가 아닙니까?"

"아~ 무량수불……."

"패혈맹에서 제때에 와주었군요. 정말 다행입니다. 원시천존……."

"하하, 이젠 어느 정도 대등해진 것 같습니다. 이 정도면 우리들도 힘껏 싸워볼 만합니다. 모두 힘내라! 검왕의 신화가 너희들 검에 달려 있다!"

"와아~"

엽 문주는 패혈맹이 도착하자 문인들을 향해 힘껏 목청을 높이며 분발할 것을 재촉했다. 그만큼 위기에 처했던 무림맹으로서는 독고 원주의 출현은 힘의 원동력이 되기에 충분했던 것이다. 조금 늦은 감이 있었지만, 그렇다고 해도 오지 않는 것보다는 나았다.

승기를 잡았다고 생각하던 흑마단으로서는 갑작스럽게 출현한 패혈맹과 철혈검문의 등장으로 인해 큰 혼란에 빠져들었다. 그러나 그러한 모습을 보인 것도 잠시, 흑마단은 빠르게 퇴로를 확보하며 후퇴하기 시작했다.

그에 독고 원주가 힘껏 발을 박차며 그들의 퇴로를 막기 위해 신형을 날렸다. 하지만 독고 원주는 오 장도 가지 못해서 일단의 무리들에 휩싸여 더 이상 전진할 수가 없었다.

모두 다섯 명의 흑의인들.

독고 원주는 자신의 앞을 가로막고 있는 흑의인들의 면면을 살펴보았다. 하지만 그들의 얼굴이 어떻게 생겼는지 확인할 수가 없었다. 그들은 일반 흑마단원들보다 더욱 짙은 흑의를 걸치고 있었는데, 얼굴 또한 알아볼 수 없을 정도로 두건을 깊게 눌러쓰고 있었기 때문이다. 다만 알 수 있는 것이라고는 외관으로 드러난 특징없는 흑의와 그들 손에 들려진 칙칙한 검뿐이었다.

독고 원주는 한순간 가슴 밑바닥에서부터 치솟아오르는 침음을 살짝 내뱉었다. 알 수 없는 긴장감이 엄습한 것이다. 그들 한 명 한 명이 무서운 기세를 뿜어내며 독고 원주를 향해 검을 들이대고 있었기 때문이다.

독고 원주는 상대의 기세가 심상치 않음을 직감하고는 쉽게 검을 움직일 수가 없었다. 자칫 잘못 움직였다가는 언제 적의 검세어 몸이 두 동강날지 모른다는 위기감이 엄습해 왔다.

'이런 경험은 오랜만에 느껴보는구면. 이런 인물들이 나타날 줄은 몰랐었는데⋯⋯.'

"장문인, 이들은 우리 패혈맹에서 맡을 것이니 장문인께서는 문인들을 데리고 적을 뒤쫓으십시오. 더 이상 그들에게 전열을 정비할 틈을 주어서는 안 됩니다. 어서!"

독고 원주는 쉽게 결판을 낼 수 없을 것 같아 보이자, 얼른 연정 장문인을 향해 전음을 보냈다. 후퇴하고 있는 흑마단을 쫓아 최대한의 피해를 입혀야 하는데, 자신은 그렇게 할 수 없다는 판단에 얼른 연정 장문인을 찾은 것이었다.

"알겠습니다, 독고 시주. 그럼 이곳은 독고 시주께 맡기도록 하겠습니다."

"염려 마시지요. 이래도 패혈맹의 장로원주입니다."

"무량수불⋯⋯."

"모든 문인들은 나를 따르라!"

연정 장문인은 자신을 향해 고개를 살짝 끄덕여 주는 독고 원주의 곁을 지나치면서 고마움이 가득 담긴 도호를 읊었다.

연정 장문인을 필두로 해서 무림맹의 모든 문인들은 흑마단이 빠르게 퇴각하는 곳을 향해 신형을 날렸다. 그곳엔 호열이 이끄는 철혈검문도 포함되었는데, 아직 호열의 손에는 검이 들려져 있지 않았다.

일각의 시간이 흘렀다.

그동안 독고 원주는 한 치의 미동도 보이지 않고 있었다. 그러한 것은 독고 원주와 대치 중인 흑의인들 역시 마찬가지였다. 또한 무림맹의 모습이 보이지 않을 때까지 치열하게 공방 중이던 흑마단과 패혈맹역시 지금은 서로 병장기를 겨누고 서 있을 뿐 쉽게 움직이려 들지 않고 있었다.

침묵.

누군가 먼저 말문을 열면 깨질 침묵의 시간이 수유의 시간 동안 흘렀다.

"흐음, 역시 제가 먼저 말문을 열어야 하는가 봅니다. 이미 밀서를 보았다면 제가 누구인지 잘 알 것으로 보는데요?"

독고 원주는 아직 상대에 대해서 아무 것도 파악하지 못한 상황이라 최대한 정중하게 말문을 열 수밖에 없었다.

"그렇소이다. 그리고 당신의 모습을 보니 밀서의 내용이 사실인 것 같구려."

독고 원주가 조용히 말문을 열자, 이에 확답이라도 하듯 중앙에 선 흑의인이 얼굴을 가리고 있던 두건을 천천히 벗으며 독고 원주를 향해 겨누고 있던 검을 거두었다. 또한 다른 네 명의 흑의인 역시 검을 거둠과 동시에 두건을 벗었다.

두건을 벗자 나타나는 흑의인들의 얼굴은 어디에서나 볼 수 있는 포근한 중년의 얼굴이었다. 만약 입고 있는 흑의가 아니라면 동네의 인심 좋은 평범한 중년인들로 보일 정도였다.

"나는 이모수(異牟需)라 하며, 장로원주를 맡고 있소이다. 마교에서는 추원도일(呲洹刀日)이라 불리고 있소."

"아~ 이 원주셨군요. 이렇게 만나서 반갑습니다. 나는 장로원주께서 직접 오실 줄은 몰랐습니다."

"패혈맹 장로원주께서 직접 밀서를 보내셨는데, 이렇게 제가 나오는 것이 도리가 아니겠습니까."

"하하, 그렇게 말씀해 주시니 감사합니다. 그럼 혹시 다른 분들도?"

"그렇습니다. 이들 역시 장로원 소속입니다."

"아……."

독고 원주는 추원도일 이 원주의 설명을 듣고서는 고개를 끄덕였다. 그러면서 조금 전 보여주었던 압박감이 절로 이해가 되었다.

"밀서는 잘 보았습니다. 그리고 그 밀서의 내용이 사실이라면 받아들이겠습니다. 제가 지금 드리는 확답은 장로원주로서가 아니라 교주님의 뜻을 대신하는 것입니다. 그러니 패혈맹에서는 마교의 뜻이라 받아들이셔도 무방할 것입니다."

"알겠습니다. 그럼 맹주님께 마교의 뜻을 전하도록 하겠습니다."

"그럼 서로의 뜻을 확인하였으니 이만 저희들은 가보도록 하겠습니다. 그럼."

"잠시만! 잠시만 멈추시지요."

"……?"

이 원주는 다른 장로들과 함께 자리를 뜨려고 하는데 갑자기 불러 세우는 독고 원주의 의도가 무엇인지 파악하려고 머리를 굴렸다. 그러나 멋쩍은 표정을 하고서 쳐다보는 독고 원주의 얼굴에선 아무것도 알아낼 수가 없었다.

"하하, 죄송하지만 원주께 한 가지 부탁을 드려야 할 것 같습니다."

"무슨 말씀이신지……?"

"저는 지금 이 원주를 비롯한 다른 장로들과 혈전을 벌이고 있는 중입니다. 그리고… 패배한 상황이지요. 이곳에 있는 저의 수하들 역시 마찬가지입니다. 무림맹에서 본다면 말입니다."

"……?"

"저희가 이 상태로 그냥 가면 나중에 패혈맹에 문제가 생깁니다. 그러니 수고스럽겠지만 약간의 조치가 있어야 할 것 같습니다. 그냥 보낼 수밖에 없었다는 핑계는 있어야 하지 않겠습니까."

"아~ 하하, 무슨 말씀이신지 알겠습니다. 하지만 그렇게 되면 자칫 거동이 불편할 수도 있지 않겠습니까? 수하들 역시 당분간 움직일 수 없을 텐데요."

"제가 바라는 것이 바로 그것입니다. 그러니 이 원주께서 직접 수고해 주셨으면 합니다. 뭐, 그리 깊지 않은 검상 정도면 무방하지 않을까 합니다. 그리고 수하들 역시 삼분의 일 정도만 이곳에 머물 것입니다."

"무슨 말씀이신지 알겠습니다. 독고 원주의 뜻에 따르지요. 그렇게 하겠습니다."

창!

"거동하는 데 불편하지 않을 정도만 하라."

"알겠습니다, 원주님."

독고 원주의 의중을 파악한 이 원주는 서슴없이 검을 빼 들었다. 그런 후 주변에 명을 기다리고 있던 흑마단원들에게 살짝 고개를 끄덕여 줌과 동시에 가차없이 독고 원주의 가슴과 옆구리에 깊은 검상을 냈다. 또한 독고 원주 뒤에 서 있던 다른 장로들에게도 경중의 차이는 있지만 독고 원주와 비슷한 상처를 냈다.

"윽! 으으음……."

"헛! 으음."

흑마단원들이 휘두른 검에 몸을 내맡긴 패혈맹 문인들의 입에서 비음이 섞인 소음이 일었다. 한눈에 보아도 흑마단원들의 검이 한차례씩 움직일 때마다 입가로 새어 나오는 비명을 참느라 혼신의 힘을 다하는 모습이 역력했다.

이 원주는 간신히 두 다리로 몸을 지탱하고 있는 독고 원주와 다른 사람들을 한차례 훑어본 후 수하들과 함께 독고 원주를 향해 포권의 예를 취했다.

"이제 가보겠습니다, 독고 원주."

"크으음… 그럼 나중에 뵙도록 하지요."

"알겠습니다. 그럼 그동안 몸을 보중(保重)하시길! 하앗!"

이 원주는 신형을 날리면서 다시 한 번 뒤를 향해 고개를 돌렸다. 그곳에는 아직까지 옆구리에서 흐르는 피를 한 손으로 막으면서도 입가에 미소를 잃지 않고 있는 독고 원주가 있었다. 그리고 독고 원주의 명이 있어서인지 검상을 입지 않은 수하들이 분분히 조를 이루며 산을 빠르게 내려가는 모습이 보였다. 이미 이와 같은 상황을 계획하고 있었다는 것을 보여주는 모습들이었다.

'철두철미한 사람이로군. 자기 절제와 독심도 겸비했고. 흐음… 후일 적으로 만든다면 꽤 골치 아파지겠어…….'

이 장로는 독고 원주와의 첫 대면을 통해 어느 정도 상대에 대한 검증과 평가를 내릴 수 있었다. 하지만 그런 것은 차후에 논할 문제였다. 지금은 그러한 문제를 논할 수 있는 한가로운 상태가 아니었기 때문이다. 그렇기에 다른 장로들 및 흑마단원들을 대동하고 빠르게 신형을 날렸다.

이 장로가 수하들을 이끌고 움직인 곳은 얼마 전 무림맹이 사력을 다해 신형을 날렸던 방향과 같았다. 마교의 본진이 있는 곳, 바로 그곳이었다.

＊　　　　＊　　　　＊

신선들이 살고 있음직한 신비함이 느껴지는 운해(雲海)

사방에 자욱한 운무(雲霧)에 휩싸여 있어 한 치 앞을 간신히 분간할 수 있을 정도로 신농가 정상 부근에 위치한 작은 협곡은 마치 땅바닥이 아닌 망망대해를 거니는 것 같은 느낌을 주고 있었다.

"마교도들의 모습이 보이지 않습니다. 분명히 이 일대에서 사라졌는데, 거참……."

"아마도 이 근처에 마교의 본진이 있는 것 같습니다. 모두들 주변을 경계하도록 하시지요. 무량수불."

"그렇게 하는 것이 좋을 것 같습니다. 문인들은 모두 각자의 위치를 파악하면서 주변 경계에 소홀함이 없도록 하라. 특히 장로들은 문인들과 함께 움직이도록."

"장문인의 지시대로 하겠습니다. 원시천존……."

점창파 여덟 장로는 현천 장문인의 당부에 따라 얼른 문인들의 곁으로 가서 자신의 제자들에게 지시를 내렸다.

"엽 문주와 보타신니께서도 각별히 신경을 쓰셔야 할 것 같습니다. 아무래도 이곳은 마교의……."

"연정 장문인, 오십 장 앞에 상당한 수의 인기척이 있습니다."

"오십 장 앞에서?"

"옛? 그것이 정말입니까, 임 문주?"

"그렇습니다, 연정 장문인. 시야를 확보할 수 없어서 주변을 살피던 중에 발견할 수 있었습니다. 응? 이거… 셀 수 없을 정도로 많군요. 아무래도 마교가 우리를 기다리고 있는 것 같습니다."

"흐음, 무량수불……."

연정 장문인은 호열의 말에 깜짝 놀라며 호열이 가리키는 곳을 향해 천리지청술을 시전해 보았다. 그러나 아무리 귀를 기울여도 아무런 인기척이 들리지 않았다. 하지만 호열의 표정에서 거짓을 말하고 있지 않다는 것을 알 수 있었기에 침중한 표정으로 자신의 얼굴을 바라보고 있는 다른 영수들에게 고개를 끄덕여 보였다. 자신의 귀로 직접 확인하지는 못했지만 모두의 안전을 위해서 동조한 것이다.

"장문인, 정말로 적이 있다는 것입니까?"

"그… 렇습니다. 그러니 모두들 준비를 하시는 것이 좋을 듯싶습니다. 적들은 우리를 기다리고 있는 것 같습니다. 무량수불……."

"아……."

연정 장문인이 이처럼 확실하게 호열의 말에 동의를 하자 세 명의 영수는 의외라는 듯이 호열의 얼굴을 한차례 쳐다보았다.

그동안 영수들은 호열이 오십 장이란 거리를 격하고서 상대의 움직임을 파악할 수 있을 정도의 고수로 보지 않고 있었던 것이다. 그러나 이제는 호열에 관해 달리 평가할 수밖에 없었다. 자신들이라고 해도 호열처럼 오십 장이 넘는 거리의 적을 파악할 수 없었기 때문이다. 이것은 실로 놀라운 일이 아닐 수 없었다.

연정 장문인은 호열의 말에 일거의 망설임도 없이 문인들이 있는 곳으로 가서는 무엇인가를 열심히 명령하고 있었다. 그에 영수들 역시 마냥 호열의 뒷모습만 쳐다볼 수 없는지라 그들도 각자의 문인들에게 가서 이러한 상황을 알려주고는 결전을 준비하도록 지시를 내렸다.

연정 장문인은 호열이 돌아올 때까지 한 걸음도 앞으로 움직이지 않고 서 있었다.

"장문인, 왜 앞으로 나아가지 않으신 것입니까? 혹시 이곳에서 철수할 생각이십니까?"

"아닙니다. 이곳까지 왔는데 어찌 그냥 물러날 수 있겠습니까."

"그럼 왜……?"

"임 문주의 고견을 들어보았으면 합니다. 적들이 어디에 매복해 있는지 확실하게 안다면 좀 더 수월하지 않겠습니까."

"하하, 그렇겠군요. 제가 먼저 말씀을 드렸어야 했는데, 죄송합니다."

"아닙니다. 별말씀을……."

"적들은 이미 매복이 끝난 상태인 것 같습니다. 응? 무슨 의도를 가지고 있는지 모르겠군요."

"……?"

"어찌 된 일인지 가장 많은 인원이 숨어 있는 곳이 양 옆입니다. 특히 우측보다는 좌측에 많은 인원이 매복해 있군요. 또한 땅속에도 상당한 인원이 숨어 있습니다."

호열은 정신을 더욱 집중했다. 아무래도 정면에 매복이 없다는 것이 신경 쓰였기 때문이다.

"응? 이런, 정면에도 상당한 인원이 더 있군요. 그들은 매복도 하지 않고 있는데, 거의 백 명이 넘는 것 같습니다. 또한 그들 중에는 상당한 실력자도 몇 명 있는 것 같습니다."

호열은 적이 매복해 있는 곳보다 훨씬 앞쪽으로 정신을 집중해 보았다. 그러나 매복자들은 없었다. 다만 좀 더 멀리 떨어진 곳에서 백여 명이 넘는 인원이 있다는 것을 알 수 있었다. 또한 그들 중에서 심상치 않은 기운을 감지할 수 있었다. 예전 황궁에서 대결했었던 두 명의 정체 모를 고수를 제외한다면 호열이 만나본 최강의 고수라 할 수 있었다. 하지만 호열은 당시 두 사람이 누구였는지 정확히 알 수 없었기에 이와 같은 상황을 연정 장문인에게 일러줄 수 없었다. 군이 알려주려 한다면 그렇게 할 수도 있었지만, 그렇다고 해도 연정 장문인과 다른 영수들이 쉽게 믿어줄 것 같지 않았던 것이다.

연정 장문인은 호열의 설명이 끝나자 잠시 생각을 하더니 침중한 어조로 말문을 열었다.

"흐음, 아마도 우리의 취약한 곳을 집중적으로 노리려는 것 같습니다. 우리가 그곳을 지나치게 될 경우, 후미에 처진 문인들을 공격함과 동시에 저희들과 격리를 시키려고 그렇게 배치한 것일 겁니다. 전술적으로 보면 완전한 함정이지요."

"말씀을 들어보니 그렇겠군요. 그렇다면 어찌하실는지……?"

"허허, 정면 돌파밖에 더 있겠습니까? 이미 적의 의도를 알았으니 우리도 그에 상응하는 전술을 펼쳐야겠지요. 아마도 정면엔 마교의 핵심 인물들이 있을 것입니다. 그러니 그들을 향해 돌파를 한다면 큰 피해 없이 소기의 목적은 달성할 수 있을 것입니다."

"예? 하지만… 흐음, 알겠습니다. 그럼 그렇게 하시지요. 철혈검문도 최선을 다해 돕도록 하겠습니다."

호열은 연정 장문인의 말에 잠시 생각을 하다가, 어쩌면 이럴 때야말로 정면 승부를 하는 것이 좋을지 모른다는 판단이 섰다.

"감사합니다. 이렇게 임 문주께서 곁에 있으니 뭐라 고맙다는 인사를 드려야 할지 모르겠습니다. 무량수불."

"아닙니다. 자, 어서 출발하시지요."

연정 장문인과 호열, 그리고 세 명의 영수는 빠르게 운무를 헤치며 신형을 움직였다. 그 뒤로 각 파의 문인들이 각자의 병장기를 꺼내 들고는 앞선 동료의 그림자를 좇았다.

"이제 이십 장입니다. 장문인, 땅속에 매복에 있는 적은 어떻게 하실 생각입니까?"

"그렇지 않아도 엽 문주와 보타신니에게 부탁해 두었습니다. 적들은 우리가 통과한 후에 공격을 시작할 것입니다. 그전에 두 분께서 그들을 처리할 것입니다."

"알겠습니다. 그럼 저희들은 적진을 향해 돌진하면 되겠군요."

"그렇습니다. 무량수불……."

호열은 연정 장문인의 말에 고개를 끄덕여 보인 후 자신의 뒤에 바짝 쫓아오는 조 검주와 추 전주를 향해 고개를 돌렸다.

"조 검주와 추 전주는 엽 문주가 적을 주살하더라도 동요하지 말고 문인들과 함께 나만 따라오도록 하라. 무슨 일이 있어도 속도를 늦추어서는 안 될 것이다."

"알겠습니다, 주군."

"그렇게 하겠습니다, 문주님."

스ㅇㅇㅇㅇ~

일행이 움직이는 속도는 적의 매복해 있는 것으로 추정되는 오 장 앞부터 갑자기 속력을 높이기 시작했다. 가히 자신의 그림자가 뒤따라오지 못할 정도로 빠른 움직임이었다.

호열은 자신의 발밑에서 적의 미세한 맥박 소리를 들을 수 있었다. 하지만 그것을 무시하고 연정 장문인과 속도를 맞추며 계속 앞으로 전진했다.

'이제 시작하겠군. 드디어 마교와 제대로 붙는 것인가? 그나저나 이곳은 그다지 묏자리로 어울리지 않는 곳인데, 죽어 원귀나 되지 않았으면 좋겠군.'

호열은 문득 예전에 읽었던 서책의 내용이 떠올랐다. 왜 그런 생각이 떠올랐는지 모르지만, 땅속에 이미 들어가 있는 마교도들의 맥박이 느껴지면서 그들의 영원한 안식처가 그곳이 아닐까 하는 생각에 책의 내용이 기억난 것이다.

천년향화지지(千年香火之地).

그곳이 어디인지는 모르지만, 만약 그곳에 묘(墓)를 쓰면 자손이 부귀하고 후손들에게 복록(福祿)이 끝없이 이어진다는 곳이다. 호열은 이와 같은 생각과 함께 머리 속으로 자신이 알고 있는 천년향화지지에 대해 그려보았다. 그러나 아무리 그려보아도 지금 마교도들이 매복해 있는 땅속은 아니었다.

일면식도 없었던 그들.

그들이 누구인지는 모르겠지만, 지금까지 큰 원한이 없는 그들이 죽어 원귀가 되지 않고 편안한 안식을 맞았으면 하는 바람이었다. 그들이 지금은 비록 적일지라도……

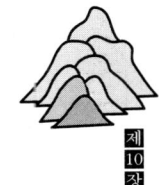

짐승에 가까운 철혈검황(鐵血劍皇)이 보냈다고 해라

저승에 가거든 철혈검황(鐵血劍皇)이 보냈다고 해라

원인이 있으면 당연히 그에 따른 결과도 있게 마련이다. 봄에 씨를 뿌리면 가을에 거두듯, 사람은 자기가 뿌린 씨를 반드시 거두게 된다. 남을 괴롭혔다면 반드시 괴로워하고, 남에게 착한 일을 했다면 그 역시 착한 일로 보답을 받게 되는 것이다. 하지만 세상일이란 것이 이와 같은 사실을 알고 있으면서도 무시하는 것이 다반사였다.

"벌이 꿀을 빠는 곳에서 거미는 독을 빤다고 했었던가? 하지만 그것 또한 생존을 위한 몸부림이 아니던가. 어차피 우리의 최종 목표는 승리가 아닌가, 흑마단주(黑魔團主)? 살아남기 위해서는, 그리고 승리를 하기 위해선 단주는 앞으로 이보다 더 비겁해질 필요가 있네."

"하지만 원주님, 굳이 이렇게까지 하지 않아도 승리할 수 있는데 왜 비겁하다는 욕을 먹어야만 합니까? 이런 방법으로는 승리를 취할 수 있을지언정 저들의 진실된 굴복을 취할 수는 없을 것입니다."

흑마단주 일검무영(一劍無影) 천화명(天驊鳴)은 자신을 향해 따가운 눈빛을 보내고 있는 중년인을 쳐다보았다.

흑마단주로부터 원주란 호칭을 듣는 중년인.

비록 전체적인 용모는 오십대 초반의 중년풍이었으나 백발의 머리와 눈가의 주름은 그보다 더 많은 세월을 보냈다는 걸 알려주었다.

한성검주(寒星劍主) 설공신(薛公愼).

현 구십이 세의 나이로 원로원주란 중책을 책임지고 있는 마교의 핵심 인물 중의 한 명이었다. 현재 마교 교주인 천마호령(天魔昊鈴) 매천호(梅闡豪)라 할지라도 원로원 원주인 설공신을 무시할 순 없는 입장이었다. 그만큼 마교에서 원로원이 차지하는 비중은 어마어마했다. 마교의 숨은 힘으로써 원로원이 중심을 잡고 있었던 것이다. 당연히 그 중심엔 원로원주 설공신이 있었다.

"조금 있으면 교주님께서 저쪽으로 올 것입니다. 그리고 패혈맹과 협상을 하러 간 장로원주께서도 당도할 것입니다."

"이미 교주는 그곳에 도착해 있네. 이 원주 역시 도착해서 우리가 당도하기를 기다리고 있네."

"그렇다면 더 더욱……."

"허헛! 아직도 모르겠는가! 우리가 오백 년 전에 왜 위기를 맞이했었는가? 최강의 문파라는 오만과 허명, 그리고 모두 다 부질없는 명분을 내세워서 그렇게 되었지 않았는가. 세상은 힘만으로는 지배할 수 없는 곳이네. 그 힘을 적절히 배분하고 안배하며, 또한 숨길 줄 아는 지혜와 비겁함을 두려워하지 않는 용기가 겸비된 자만이 지배할 수 있는 곳이 바로 세상이라네. 알겠는가?"

"흐으음……."

천 단주는 설 원주의 눈빛이 한순간 매섭게 빛나는 것을 보았다. 단한순간이었지만, 그것은 실로 아찔한 느낌이 아닐 수 없었다. 하지만 그러한 눈빛을 받으면서도 천 단주는 자신의 의지를 쉽게 꺾지 않았다.

그러나 설 원주의 말이 계속될수록 천 단주의 확고한 의지를 보여주고 있던 눈빛은 조금이나마 살짝 흔들렸다. 자신 역시 오백 년 전의 비극으로 인해 마교가 얼마나 많은 고통의 세월을 보내야만 했는지 너무나도 잘 알고 있었기 때문이다.

'휴~ 아직 젊기 때문인가? 젊다는 것이 혈기왕성해 보여서 좋기는 하다만, 그것으로 인해 많은 것을 잃게 될 수도 있다는 것을 모르는구나. 마교의 영광, 아직 멀었는가? 흐음…….'

"원주님, 무림맹이 접근하고 있습니다."

"알고 있다. 하지만 명을 내리기 전까지 일체의 움직임이 없도록 하라."

"알겠습니다."

"천 단주, 무림맹이 당도한 모양이네. 일단은 오늘의 일이 천 단주의 마음에 들지 않더라도 내 지시에 따라주기 바라네."

"알겠습니다, 원주님."

"허허, 그럼 우리도 저쪽으로 가세나. 아마도 무당의 연종 장문인과 몇 명이 그쪽으로 올 것이네."

"예, 그렇게 하지요."

천 단주는 설 원주가 움직이는 곳을 향해 함께 신형을 움직였다. 그곳에는 이미 흑마단 일백 명이 흑마단주 천화명을 기다리고 있었다. 또한 일검단혈(一劍斷血) 노운검(魯雲劍)을 비롯한 원로원의 다섯 원로와, 독고 원주와 협상을 하러 갔던 이모수 원주가 열다섯 명의 장로와,

함께 대기하고 있었다. 더구나 천마호령(天魔昊鈴) 매천호(梅闡豪) 교주역시 위풍당당한 위엄을 내뿜으며 설 원주를 반겨주었다.

거침없는 움직임.

운무와 함께 바람을 가르며 쾌속 전진을 하는 호열은 조금씩 운무가 엷어짐을 느낄 수 있었다. 이러한 것을 느낀 것은 옆에서 함께 신형을 움직이고 있는 연정 장문인도 마찬가지였다. 그러나 아직 그들을 막는 마교도들은 없었다. 이미 매복자들을 지나쳤는데도 그들은 좀처럼 움직이지 않았던 것이다. 연정 장문인이 말했던 것이 보기 좋게 들어맞았다.

"엽 문주, 공격하십시오. 적의 공격이 시작되기 전에 땅속에 매복해 있는 자들을 죽여야만 합니다."

"알겠습니다."

"공격하라!"

창! 창창!

"하앗!"

"죽어라……!"

푹! 푹푹! 푸우욱……!

엽 문주의 명이 떨어짐과 동시에 이미 자신들이 죽여야 할 적들의 위치를 알고 있던 엽씨검문 문인들은 서슴없이 검을 뽑아 땅속 깊숙이 박아 넣었다. 또한 이때를 같이해서 보타문의 여승들 역시 불호와 함께 수중의 검을 뽑아 들었다.

"끄억!"

"커억……."

"크아아악!"

귀식대법을 사용하여 땅속에 매복해 있던 이백여 명의 흑마단원은 생각지 못한 공격에 당황할 겨를도 없이 생을 마감해야 했다. 그들은 자신의 병기조차 땅 밖으로 내놓지도 못한 채 숨어 있던 모습 그대로 허무한 죽음을 맞이한 것이다. 마교로서는 참으로 어이없는 상황이었다.

"모두 전방을 향해 최대한 신형을 날려라!"

현천 장문인은 엽 문주와 보타신니가 검을 뽑아 듦과 동시에 뒤따라오고 있는 문인들을 향해 힘찬 사자후를 질렀다. 하지만 그러는 와중에도 무림맹의 문인들은 무차별적으로 땅속을 향해 검을 쑤시고 지나갔다.

"끄아아아~"

"크어억~"

"컥! ㅇㅇㅇㅇ~"

땅속에서 들리는 비명 소리는 가히 모골이 송연하게 만들 정도로 귀기스러웠다. 사람이 아닌, 마치 귀신들의 비명 소리처럼 처절했기 때문이다.

호열은 연정 장문인의 신형이 급속한 변화를 보이자 얼른 그에 맞추었다. 위험 부담이 컸지만, 연정 장문인은 자신이 빠르게 앞으로 전진해야 뒤따라오는 문인들 역시 그에 맞추어 움직일 것임을 알고 있었던 것이다.

양 옆에서 매복해 있던 흑마단원들은 땅속에 있던 동료들이 너무도 어이없는 죽임을 당하자 놀라지 않을 수 없었다. 그러나 무턱대고 적진으로 뛰어들 수가 없었다. 아직 공격 명령이 하달되지 않았기 때문이다.

　호열과 연정 장문인은 흑마단원들이 주춤거리는 수유의 시간 동안 이십 장을 더 전진할 수 있었다. 하지만 더 이상 전진할 수 없었다. 수뇌부에서 공격 명령이 떨어졌는지 주춤거리고 있던 흑마단원들이 양쪽에서 쏟아져 나왔기 때문이기도 했지만, 무엇보다 삼십 장 정면에 일단의 무리들이 그 모습을 보이고 있었기 때문이다.

　연정 장문인은 잠시 정면을 응시하다가 뒤에 처진 문인들의 안위가 걱정되었는지 뒤쪽으로 돌아서자마자 호랑이의 포효와 같은 사자후를 터뜨렸다.

　"일대제자들은 칠성검진(七星劍陣)과 천강칠두진(天剛七斗陣)을 펼치도록 하라!"

　"옛! 장문인! 일대제자들을 중심으로 진을 펼쳐라!"

　"진을 발동하라!"

　연정 장문인의 명이 떨어짐과 동시에 무당의 일대제자들을 중심으로 무당의 역사와 함께 명성을 날리고 있는 두 절진이 펼쳐졌다. 비록 삼풍 진인 장삼봉이 현무를 수호하는 귀사이장의 형태를 본받아 만든 진무칠절진(眞武七絶陣)에 비할 바는 아니었지만, 칠성검진과 천강칠두진은 서로의 장단점을 서로 보완하면서도 무서운 맹공을 적에게 펼칠 수 있는 절진이었다. 즉, 수비보다는 연환 공격이 가능한 공격적인 성향이 짙은 진이었다.

　"우현사멸!"

　절진 중앙에 위치해 있는 일대제자의 우렁찬 목소리에 진세가 빠르게 움직였다. 이러한 움직임은 소진에서부터 시작해 대진에 이르기까지 빠르게 영향을 주었는데, 성향이 다른 두 개의 절진이 한 장소에서 움직여도 충돌이 발생하지 않았다. 오히려 무섭도록 빠르게 기세가 확장되고 있었다.

쏴아아아~

간결하면서도 절도있는 움직임.

무당의 제자들은 중앙에서 지시하는 대로 자신들의 검을 빠르게 휘두르며 분주하게 신형을 움직였다.

"크억! 끄으으으~"

"죽어라! 이야~"

"끄어억~"

무당의 진세는 매서웠다. 멋모르고 공격하던 흑마단원들은 속수무책으로 절진의 매서운 검날에 무릎을 꿇었다.

하지만 흑마단원들 역시 마교의 중심 세력 중 한곳이었다. 아무리 절진이라고 해도 수많은 적을 살상할 수는 없었기에, 흑마단원들은 조금이라도 빈틈이 보이면 여과없이 검과 함께 몸을 날려 상대를 주살했다. 이러한 모습은 무림맹의 다른 문인들의 간담을 서늘하게 만들기에 충분하고도 남았다.

하지만 자신들이 살기 위해선 죽을힘을 다해 검을 휘두를 수밖에 없었다. 그것이 무림에서 살아남을 수 있는 유일한 방법이었기 때문이다.

호열은 무당의 문인들이 빠르게 절진을 형성하는 것을 보면서 그들의 신속함에 혀를 내둘렀다. 하지만 더욱 놀란 것은 현묘함 가운데 번뜩이는 살기였다.

'실로 놀라운 절진이구나. 저런 절진이 철혈검문에 있다면 좋겠군.'

"장로들과 묘현(妙賢)은 나를 따르라!"

"알겠습니다, 장문인."

"옛, 사부님!"

'사부님? 흐음… 무당에도 인물이 있었군. 보타문의 젊은 여승을 보고서 놀라움을 감추지 못했는데, 저 도인 역시 그에 못지않겠구나.'

"조금 전 사부님이라고 부르던데, 혹 장문인의 제자입니까?"

"그렇습니다. 묘현이라 하는데 무림에서는 저 아이를 가리켜 양의현검(兩儀玄劍)이라 부릅니다."

"그렇군요. 정말 뛰어난 제자를 두었습니다."

호열은 연정 장문인의 설명에 다시 한 번 묘현을 일별(一瞥)한 후 철혈검문 쪽으로 고개를 돌렸다. 그곳에는 추 전주와 함께 호 당주와 도 당주가 문인들을 격려하며 흑마단원들을 상대하고 있었다. 준비하지 못했다면 모르겠지만, 이미 만반의 준비를 한 상태였기에 호열이 보기에도 변수가 나타나지 않는 한 큰 무리가 없어 보였다. 더군다나 시간이 지나면서 흑마단원들의 비명 소리가 더욱 커지고 있었다.

'어쩔 수 없군. 모두 다 아까운 목숨들이지만 이 혈전에서 살아남지 못하면 아무것도 할 수 없지 않은가. 저들에겐 고행이겠지만 살아남는다면 좋은 경험이 될 것이다.'

호열은 힘든 혈전을 치르고 있는 문인들에게서 시선을 뗀 후 옆에 있는 연정 장문인을 향해 고개를 돌렸다.

연정 장문인은 조금 전부터 호열의 얼굴을 바라보고 있었는데, 그의 눈빛이 살짝 반짝이다가 잔잔해지는 것을 호열은 보지 못했다.

"장문인, 계속 앞으로 나아가실 생각입니까?"

"그렇게 해야지요. 다행히 문인들이 빠르게 움직인 관계로 적의 포위망을 벗어났으니 큰 무리는 없을 것입니다. 그러니 우리를 기다리고 있는 사람들을 만나러 가야 하지 않겠습니까? 무량수불……."

"좋습니다, 가시지요."

"장문인, 어찌 저를 빼놓고 가시려 하십니까."

"원시천존! 빈도도 함께 가겠습니다, 장문인."

"관세음보살……."

"좋습니다. 그럼 함께 가시지요."

연정 장문인은 호열과 함께 자신들을 기다리고 있을 미지의 적을 향해 움직이려고 하는 중에 흑마단원들과 접전을 벌이고 있던 세 명의 영수와 더불어 장로들이 합세를 하자 크게 고개를 끄덕이며 고마움을 표했다.

세 명의 영수는 이미 자신들이 없어도 문인들이 자신들의 몫을 충분히 할 수 있음을 알고는 서슴없이 절진을 벗어나 연정 장둔인에게 합류 의사를 밝힌 것이다. 더구나 앞으로 무림맹에서 입지를 굳건히 하기 위해선 두말할 필요도 없는 결정이었다.

'과연 누구일까? 누가 있어 이와 같은 기운을 발휘하고 있는지 궁금하구나.'

호열은 연정 장문인과 함께 천천히 앞으로 신형을 움직이면서 얼마 전 느꼈던 기운의 주인공에 대해서 생각해 보았다. 또한 기다려졌다. 그렇지만 조바심은 들지 않았다. 이미 자신들을 기다리고 있는 적들과 가까워지고 있는 상태였고, 어찌 되었든 적의 얼굴을 조만간 자신의 두 눈으로 확인할 수 있었기 때문이다.

*　　　　*　　　　*

"생각지 못한 일격을 맞았군요. 그렇지 않습니까, 설 원주."

"그렇군요. 우리의 매복을 미리 알고 있었던 움직임입니다. 그렇지 않고서야 저렇게 일사불란하게 움직일 수 없겠지요."

설 원주는 교주인 매천호의 말에 침중한 표정과 함께 동감한다는 듯 고개를 끄덕였다. 그러나 한순간의 감정 표현일 뿐, 그 이후론 이렇다 할 표정의 변화가 없었다. 한성검주(寒星劍主)라는 별호가 말해 주듯, 설 원주의 밑바닥엔 냉혹한 승부사의 기질이 여전히 남아 있었던 것이다.

정면에서 요란하게 부딪치는 병장기 소리와 비명 소리가 들리기 시작한 후 이 각이 조금 못되어 일단의 무리가 다가오고 있었다. 설 원주를 비롯한 다른 사람들 역시 처음부터 그들의 움직임을 예의 주시하고 있었기에 그들이 서슴없이 자신들이 있는 곳으로 다가오자 입가에 가느다란 미소가 어리기 시작했다.

"후후! 그래도 이곳으로 오긴 오는가 봅니다, 원주님."

"자네의 억양을 들어보니 노 아우가 가장 먼저 앞으로 나설 것 같구먼."

"하하, 그런 배려를 해주신다면 감사할 뿐이지요."

일검단혈 노운검은 자신을 향해 살짝 미소를 지어 보이고 있는 설 원주를 향해 한껏 환한 웃음을 지어 보였다. 설 원주의 어투에서 자신의 뜻을 받아들이겠다는 뜻이 다분히 엿보였던 것이다.

"자네가 원하면 그렇게 하게. 그렇기 않아도 자네의 단혈검(斷血劍)이 얼마나 변했는지 구경하고 싶구먼."

"감사합니다, 원주님의 기대를 실망시키지 않겠습니다. 하하하……."

노운검은 설 원주를 향해 호탕하게 웃어 보이며 천천히 앞으로 걸음을 옮겼다. 하지만 앞으로 걸음을 옮기면서도 교주를 향해 예를 취하는 것을 잊지 않았다.

노운검이 매 교주의 옆을 지나 일행들 중 가장 선두에 섰을 때, 이미 호열과 연정 장문인 일행은 그들 오 장 앞에 멈추어 서 있었다.

"이곳까지 찾아주다니 고맙구먼. 나는 노운검이라고 한다."

"무량수불… 빈도는 무당의 연정이라고 합니다."

"오~ 무당의 장문인이로군. 어찌 되었든 이렇게 대면하게 되었으니 간단한 인사쯤을 해야겠지."

노운검은 연정 장문인이 자신을 소개하자 크게 고개를 끄덕여 보인 후 바로 수중의 단혈검 쪽으로 손이 움직였다. 평소 무인은 입이 아니라 무공으로서 자신을 알린다는 지론을 가지고 있었기에 그의 움직임에는 추호의 망설임도 없었다.

"하앗! 광혼일검(狂魂一劍)!"

슈아아아~

"헉! 어찌 이런……! 적, 적양수(赤陽手)!"

연정 장문인은 노운검의 기습에 깜짝 놀랐다. 더구나 노운검의 검세는 생각보다 빠르게 쇄도해 들어 수중의 검을 뽑을 시간조차 없었다. 이에 연정 장문인은 양강기법의 일종인 적양수(赤陽手)에 구궁의 법칙을 풀어서 빠르게 시전했다. 무당의 일절인 구궁적양수(九宮赤陽手)였다.

콰아아앙!

"헛! 흐음……."

"하하, 좋군. 좋아! 하하하!"

노운검은 연정 장문인이 자신의 일검을 큰 어려움 없이 받아내자 무엇이 그리 즐거운지 연신 크게 웃어댔다.

"이 무슨! 마교는 최소한의 예의도 모르는가!"

"응? 그러는 너는 누구인가? 모습을 보아하니 너도 무당의 문인인가 보구면."

"그렇다! 사부님을 대신해서 너의 무례함을 응징하겠다!"

묘현은 사부인 연정 장문인이 기습을 당하자 얼른 검을 뽑은 후 그의 앞을 가로막으며 분노의 감정이 가득 담긴 소리를 질렀다.

"사부? 하하, 좋다! 어디 올 테면 와봐라. 그러나 검을 뽑게 되면 쉽게 살아서 돌아갈 수는 없을 것이다. 내 검을 받아낼 수 없으면 죽음뿐이란 말이다. 알았느냐?"

"좋다! 받아랏!"

"묘현아, 잠시만 멈추거라."

"옛? 하지만 사부님, 저자는……."

"어허! 뒤로 물러나 있으라는데도!"

"그, 그렇게 하겠습니다, 사부님."

묘현은 연정 장문인의 언성이 높아지자 할 수 없이 뒤로 물러섰다. 하지만 여전히 검을 뽑은 상태였다. 여차하면 바로 공격할 수 있는 자세를 유지하기 위함이었다.

"그놈 참, 말은 잘 듣는구면. 그럭저럭 쓸 만하군."

"허허, 빈도의 제자를 그렇게 보아주시지 감사합니다. 그나저나 노대인의 일검을 받았으니 이제 서로 대화를 나눌 수 있지 않겠습니까?"

"좋다, 어디 할 말이 있으면 해보아라."

"혹시 이곳에 마교의 대종사가 계십니까?"

"없다."

"그럼 교주께서는……?"

"별걸 다 묻는군. 교주께서 계시든 말든 그것이 그대와 나와의 대결에 무슨 상관이 있……."

"노 원로께선 잠시 뒤로 물러나 계시지요."

"응? 교주, 아직 대결이… 알겠습니다. 그러나 아직 대결이 끝나지 않았다는 것을 기억해 주시기 바랍니다. 이미 교주께서도 승낙한 일이 아닙니까."

"허허, 알겠습니다. 기억하고 있겠습니다."

"흐음……."

노운검은 매 교주가 뒤에서 갑자기 끼어들자 언짢은 얼굴을 하며 뒤로 몇 걸음 물러났다.

연정 장문인은 노운검의 표정과 어투를 통해 그의 성격이 어떠하다는 것을 대략적이나마 짐작할 수 있었다. 또한 일견하기에 단순하면서도 마교의 교주에게 하는 괴팍한 행동으로 보아 괴인으로 불리고도 남는 인물이었지만, 무공 하나만을 생각한다면 그러한 것들을 상쇄시켜 줄 수 있을 정도로 높이 평가할 수 있는 인물로 판단을 내렸다.

"내가 교주 매천호라 하오. 무당의 장문인이 매우 출중하고 후덕하며 사람들로부터 추앙을 받는다고 들었는데, 지금 보니 그 말이 사실임을 확인할 수 있어 매우 흡족하구려."

"과찬의 말씀입니다. 그나저나 이렇게 교주와 대면을 하게 되니 우선 무슨 말부터 해야 할지 모르겠군요. 무량수불……."

"괜찮습니다. 그리 서두를 것이 없으니 천천히 말씀을 하시지요."

매 교주는 연정 장문인을 향해 살짝 고개를 끄덕여 보이며 상대를 배려하는 여유를 보였다.

호열로서는 도저히 자신의 앞에 선 매 교주란 사람을 이해할 수가 없었다. 자신의 수하들은 목숨 걸고 결전을 벌이고 있는데, 교주라는 사람은 그러한 것을 아예 모르는지 한가한 시간을 즐기는 듯했기 때문이다. 그러나 우선은 연정 장문인의 별다른 지시 사항이 없었기 때문에 조용히 있을 수밖에 없었다. 연정 장문인이 현재 모든 사람들을 지휘하고 있었기 때문이다.

"그럼 우선 이것부터 여쭈어보겠습니다. 마교 역시 중원의 한 문파로 알고 있는데, 왜 현원세가와 동맹을 맺게 되었습니까?"

"그것이 잘못되었습니까? 다른 문파들은 우리 마교를 인정하지도 않고 오히려 배척하고 있지 않습니까. 그런데 어찌 그런 질문을 하는 것인지 모르겠소이다."

"그렇다면 교주께서는 현원세가가 무림을 탄압했던 원나라의 간세였음을 몰랐습니까?"

"어차피 오백 년 전 중원의 모든 문파가 우리를 탄압하고 멸문까지 시키려고 하지 않았습니까. 그러니 그런 질문은 무림맹에서 할 것이 아니라고 봅니다만."

"그럼 한 가지만 더 여쭙겠습니다."

"말씀하시지요."

"교주께선 앞으로도 현원세가와 동맹 관계를 지속시킬 생각입니까?"

"그들이 신의를 저버리지 않는 한 그렇게 되겠지요. 저희는 상대가 먼저 신의를 저버리지 않는 한 먼저 깨지는 않습니다. 다만 그들이 멸문을 당한다면 그것이 지속되기는 어렵겠지요. 그러나 아쉽게도 그런 일은 없을 것입니다."

"흐으음, 무량수불……."

연정 장문인은 매 교주의 마지막 말에서 어떤 의미가 담겨져 있음을 느낄 수 있었다. 분명 무림맹의 맹공이 이어지고 있다는 것을 잘 알 텐데 매 교주는 그러한 것들쯤은 염두에 두고 있지 않은 듯 보였기 때문이다. 불안했다. 또한 감추고 있는 것이 무엇이기에 저토록 자신하고 있는지 알고 싶었다. 그러나 매 교주의 입에서는 더 이상 아무런 말도 나오지 않았다.

"좋습니다. 현원세가의 일은 차후의 일이니 지금 굳이 알 필요는 없겠지요."

"잘 생각하셨습니다."

"그럼 교주께서는 앞으로도 계속 동진을 멈추지 않을 생각이십니까?"

"당연하지 않습니까? 그리고 장문인께서 그런 질문을 할 정도로 여유있어 보이지 않는데요? 또한 우리를 막을 수 있는 자신감이 있다면 그와 같은 질문을 하지 않아도 되지 않습니까? 그러니 그런 질문을 계속해 굳이 시간 낭비 하지 말고 서로 자웅을 겨루는 것이 빠르지 않을까 하는데요. 그렇지 않습니까?"

"그렇겠지요. 교주의 말씀대로 그것이 강호의 진리겠지요. 무량수불……."

연정 장문인은 매 교주의 마지막 말에 착잡한 심정을 감출 수가 없었다. 그러면서 자신이 장문인의 지위에 오르던 그날을 생각나게 했다.

연정 장문인이 장문인에 오르던 날 밤.

자소봉에 기거하던 삼풍 진인으로부터 연정 장문인은 후일 마교의 발호가 있을 경우 무턱대고 대응하지 말고 공생할 수 있는 길을 모색하라는 밀명을 받은 바 있었다. 정확히 무슨 일이 있었는지 당시 듣지는 못했지만, 삼풍 진인은 예전 자신의 과오를 만회할 수 있는 길은 무림이 마교와 공생의 길을 모색할 때 해소될 수 있을 것이란 모호한 말을 되풀이했었던 것이다. 당시 삼풍 진인의 애잔했던 눈빛, 연정 장문인은 당시 보았던 삼풍 진인의 눈빛을 잊지 못하고 있었다.

하지만 수많은 세월이 흐르는 동안 불변하는 강호의 진리요 법칙이 있었으니, 그것은 바로 힘이었다. 연정 장문인은 매 교주를 통해 이러한 사실을 재확인할 수 있었으며, 다시 한 번 수긍하지 않을 수 없었다. 자신의 뜻을 펼치려면 무엇보다 먼저 상대보다 우위를 점할 수 있는 막강한 힘이 필요하다는 것을 절감한 것이다.

'실로 안타까운 일이구나. 최소한 마교의 동진을 잠시나마 멈추어야 하건만, 마교는 이미 무림 제패의 야욕을 드러내고 있구나. 더구나 이 자리엔 교주도 함께 있으니 득보다는 실이 많겠구나. 무량수불……'

"자, 그럼 대충 할 말도 없는 것 같으니 우리를 막을 수 있으면 막아 보시지요. 하하하."

매 교주는 침중한 표정으로 자신을 바라보고 있는 연정 장문인을 향해 포권을 취해 보인 후 천천히 뒤로 걸음을 옮겼다. 이에 매 교주 바로 뒤에 서 있던 노운검이 다시 정면에 서게 되었는데, 노운검은 무엇이 그리 좋은지 입가에 함박웃음을 지어 보이며 자신의 애검인 단혈검을 가지고 손바닥을 두드렸다. 마치 어린애들에게 겁을 주기 위한 어른의 행동처럼 여겨질 정도였다.

"자, 이제 다시 시작해 볼까? 누가 먼저 나서겠느냐? 꼬마, 네가 나서겠느냐?"

노운검은 천천히 앞으로 나오면서 연정 장문인 뒤에서 자신을 향해 검을 겨누고 있는 묘현을 향해 도발적인 어투로 물었다. 아무리 마교라고 하지만 노운검의 이와 같은 행동은 도저히 후배를 대하는 원로로서의 체면은 찾아볼 수 없었다.

"좋다! 내가 상대해 주마! 받아라! 하아앗……!"

슈아아아앙~

묘현은 노운검의 도발에 바로 반응을 보였다. 평소의 침착한 성격이 어디로 사라졌는지, 묘현은 노운검을 향해 빠르게 검을 찔러갔다.

연정 장문인은 묘현을 막아설까 하다가 옆에 서 있던 호열의 만류로 그만두었다. 왜 호열이 자신의 팔을 잡아챘는지 모르지만, 연정 장문인은 당분간 묘현과 노운검의 대결을 지켜보기로 했다.

"그래야지. 그럼 놀아볼까!"

묘현은 초반부터 기선을 제압함과 동시에 노운검이 정신을 차리지 못하도록 각 혈들을 향해 빠르게 검을 찔렀는데, 검이 움직인 곳은 모두 일흔두 곳이었다.

화려한 움직임.

순간적이지만 대결을 지켜보던 사람들의 눈엔 노운검이 묘현의 공세에 밀려 온몸이 검에 노출되어 피로 얼룩지는 듯한 착각이 들 정도로 빠르고 매서웠다. 그러나 노운검 역시 한평생을 검과 함께 살아온 무인이었다. 검으로 논하자면 이미 몇십 년 전에 스스로 일가를 이룬 인물인 것이다.

창! 창창! 창차아아앙……!

"그럭저럭 초식에 군더기가 없어서 좋구먼. 좋아!"

노운검은 묘현의 공격이 계속될수록 연신 입가에 미소를 지우지 못하며 '좋다'는 말만 되풀이했다. 그는 묘현의 검이 어디로 올 것인지 미리 알고 있는 듯 때로는 검날로 쳐내거나 빗겨나게 하는가 하면, 때로는 검면을 적절히 사용하며 검로를 막아내고 있었다. 그러나 그런 와중에도 그의 발은 지면에 깊숙이 뿌리를 내린 것처럼 처음 그 자리에서 움직이지 않고 있었다.

　　"하앗!"

　　콰아아앙~

　　"좋아! 그렇게 나와야지. 이제야 상대할 맛이 나는구나. 크하하하하~"

　　묘현과 노운검은 이미 자신들만의 공간을 만들고 있었다. 묘현의 공격이 조금 날카롭게 변해서 그런지, 그동안 움직이지 않던 노운검의 신형도 이리저리 움직이기 시작했다.

　　"저쪽은 금방 끝날 것 같지 않구먼. 교주와 원주께서 괜찮으시다면 오랜만에 몸 좀 풀고 싶은데, 괜찮겠소이까?"

　　"오늘은 무슨 날인가 보구먼. 노 아우야 원래 성격이 괴팍해서 그러려니 했는데, 이젠 채 아우까지 나서려고 하는가?"

　　"채 원로께서요? 장로들도 있는데 굳이 그러시지 않아도 됩니다."

　　"허허, 장로들이야 교주를 옆에서 보필해야 하지 않겠습니까. 그러니 저와 같은 늙은이가 나서야지요. 이런 때 나서지 않으면 밥이나 축낸다고 욕하지 않겠습니까. 그렇지 않습니까, 원주님."

　　"그건 맞는 말이네. 허허허……."

　　"무슨 그런 섭섭한 말씀을. 흐음, 정히 그러시다면 알아서 하십시오."

　　"고맙소이다, 교주. 허허허."

한성검주 설공신을 제외한 원로원 서열 두 번째의 자리에 있는 혈마도(血魔刀) 채현광(采顯光)이 연정 장문인 일행을 주시하며 천천히 걸음을 옮겼다. 평소 대결을 즐겨하지 않는 성격이었는데, 오늘 노운검의 대결 장면을 보면서 조금 흥이 나 자청을 한 것이다.

"나는 마교에서 혈마도란 칭호를 받고 있는 채현광이라 한다. 이곳에 스스로 검왕이라 칭하는 자가 있다고 하던데, 나와 한번 자웅을 겨루어보지 않겠는가?"

"좋소이다. 나는 엽씨검문 제이십일대 문주인 엽무검(葉武劍)이라 하오. 내 검을 받고 싶다면 그리하겠소이다."

"아~ 그대로군. 그럼 옆에 있는 여승들이 보타문의 비구니들이겠군. 그런가?"

"관세음보살… 그렇습니다, 채 시주."

"잘되었군. 보타문은 나중에 생각하기로 하고, 엽 문주라 했던가? 나도 엽씨검문에 대해선 익히 들어 알고 있었네. 특히 오백 년 전 우리 마교와의 대결에서 절강성에 있던 엽씨검문과 보타문이 혁혁한 공을 세우면서 세인들로부터 검왕검후란 전설을 얻었다고 하더군. 지금 그대를 통해 그 전설을 확인할 수 있겠는가?"

채현광은 엽 문주의 눈을 직시한 상태에서 천천히 입을 열었다.

"그대의 실력이 어느 정도인진 모르겠지만, 검왕의 전설을 확인하고 싶다면 충분할 거외다. 비록 당대 검왕이셨던 분의 진전을 모두 잇지는 못했지만, 그에 버금가는 경지에 올라 있다 자부하고 있소."

"그런가? 그럼 좋은 대결이 되겠군. 허허허……."

채현광은 엽 문주의 말에 고개를 크게 끄덕여 보인 후 천천히 수중의 혈마도를 향해 손을 움직였다.

"참고로, 나는 노 아우와 다르네. 나는 대결 자체를 즐기는 편이 아니라 한 번 혈마도를 뽑으면 상대의 피를 보아야 집어넣는다네."

"훗! 충고 고맙소이다."

"좋아! 그럼 지금부터 검왕의 전설이 얼마나 대단한지 확인해 보도록 하지! 허헛!"

푸아아아앙!

채현광은 엽 문주의 말이 끝남과 동시에 혈마도를 뽑아서는 자신이 낼 수 있는 최대한의 속력으로 신형을 날렸다. 얼마나 빨랐는지, 엽 문주를 비롯하여 옆에 서 있던 다른 사람들조차 혼비백산할 정도였다.

"헛! 피해!"

"피하시오!"

"홍! 이얍!"

쾅! 콰아앙……!

연정 장문인을 비롯해 주변에 있던 다른 사람들은 엽 문주의 검이 움직이는 것과 동시에 사방으로 분분히 흩어지면서 채현광의 도강을 피하는 데 급급한 움직임을 보였다. 그러나 엽 문주는 자신을 향해 쇄도해 오는 채현광의 도강을 막아낸 후 후속타로 옆구리를 향해 빠르게 다가오는 혈마도를 검면을 이용해 살짝 비껴내면서 우측으로 움직였다.

"받아라! 팔황풍(八荒風)……!"

콰아앙~

"헛!"

채현광은 엽 문주가 자신의 일도를 막으면서 신속한 공세로 전환하는 기묘한 움직임에 혀를 내두르면서도, 자신을 향해 쇄도하는 날카로운 검세를 막기 위해 도를 빠르게 회전시켰다.

"파양무진(破陽撫鎭)!"

쾅! 콰앙! 콰아아앙!

"크음, 이잇! 잔월낙뇌(殘月落雷)……!"

"좋다! 구현양무(九玄陽舞)! 양의멸천(陽意滅天)!"

쿠아아아앙~

엽 문주와 채현광의 접전은 묘현과 노운검의 대결과는 처음부터 차이가 나고 있었다. 묘현과 노운검의 대결은 잔잔하면서도 이따금씩 상대방의 급소를 노리는 초식 위주의 공세가 이어졌지만, 엽 문주와 채현광의 대결은 초식과 함께 막강한 내공이 동반되어 주변으로까지 엄청난 영향을 주었다.

호열은 연정 장문인과 함께 이러한 상황을 주시하고 있었다. 그러나 네 사람의 대결은 그리 쉽게 끝날 것 같지 않았다.

"장문인, 이대로 보고만 계실 생각입니까?"

"그럴 수는 없겠지요. 이곳에서 시간을 허비하면 할수록 불리해지는 건 우리들입니다."

"그럼……?"

"하지만 저들의 수가 생각보다 많은 것이 걸리는군요. 묘현과 엽 문주를 제외한다고 해도 고작해야 우린 서른 명밖에 되지 않습니다. 흑마단원들이야 크게 무리가 없다고 생각되지만, 문제는 교주를 비롯한 다른 사람들입니다. 빈도가 보기엔 우리들 중 그들과 일 대 일로 상대할 수 있는 사람은 몇 명 되지 않을 것입니다."

"알고 있습니다. 하지만……."

호열은 연정 장문인의 설명에 동조를 하면서도 마냥 지켜보고만 있을 수는 없다고 생각했다. 또한 지켜보고 있다 해도 크게 달라질 것도 없었다. 그리고 언젠가는 검을 들고 싸워야만 해결될 수밖에 없다는 것을 모두 알고 있었다. 다만 그 시간이 지금인지, 아니면 조금 후인지가 다를 뿐이었다.

"허허, 무슨 말씀인지 알겠습니다. 어차피 이곳에서 물러난다면 최소한 호북성은 마교에 넘어가게 되겠지요."

'이길 수는 없다고 해도 마교의 행보를 조금이나마 막을 수 있었으면 좋겠구나. 무량수불… 허황도군이시여, 무림의 밝은 미래를 위해 이 자리에 찬란한 빛을 내려주시길……'

"아마도 그렇게 될 것입니다. 파죽지세로 밀리겠지요."

"허허, 공격하도록 하지요. 우리의 피가 신농가에 뿌려진다고 해도, 그 길만이 최선의 방법이라면 어쩔 수 없겠지요. 무량수불……."

연정 장문인은 자신을 쳐다보고 있던 다른 사람들을 향해 도호를 외운 후 천천히 매 교주가 있는 곳으로 향했다. 호열과 다른 사람들 역시 연정 장문인의 뒤를 따랐다.

"장문인께서 이제야 결정을 내리신 것 같군요. 지금의 인원으로 우리와 대적하실 수 있겠습니까?"

"무량수불, 그러한 것은 이미 생각하지 않습니다. 우린 무림에 더 이상 의미없는 피를 뿌리지 않기 위해 싸우고자 할 뿐입니다."

"의미가 없다……. 허허, 연정 장문인에게는 의미가 없을지 모르지만 우리에겐 남다른 의미가 있지요."

"무량수불."

"훙! 연정 장문인, 더 이상 이야기할 필요도 없습니다. 공격하시지요."

"그렇습니다, 연정 장문인! 아직 무림맹의 힘이 건재하다는 것을 저들에게 보여줄 필요가 있습니다. 공격 명령을 내려주시지요."

"현천 장문인!"

"좋다. 뭐가 그리 대단한지 직접 보여줘 봐라! 하앗!"

찌찌직! 쇄아아아아~

현천 장문인의 말에 발끈한 마교의 장로들 중 한 명이 수중의 도를 휘두르며 빠르게 앞으로 쇄도했다. 자전멸도(紫電滅刀) 포구친(包究齔)이었는데, 포구친의 수중에 들려져 있는 도는 도집에서 그 도습을 드러냄과 동시에 뿌지직 하는 전류를 내뿜으며 현천 장문인을 향해 나아갔다.

"흥! 좋다! 받아라……!"

슈아아앙~

현천 장문인은 포구친의 도에 도강과 비슷한 기류가 형성되며 자신의 목을 향해 빠르게 다가오자 얼른 하늘로 신형을 뽑아 올린 후 회풍무류사십팔검(廻風無流四十八劍) 중 하나인 수휘오현(秀輝五紘)으로 내리그었다.

콰아아아앙!

포구친의 선공은 현천 장문인의 검에 부딪치면서 요란한 폭음을 냈다. 그와 함께 현천 장문인과 포구친 사이에 있던 공기들이 바깥으로 밀려나면서 때 아닌 바람을 발생시켰다.

포구친과 현천 장문인의 공격을 시작으로 마교의 장로들과 연정 장문인 일행의 본격적인 접전이 펼쳐지기 시작했다.

연정 장문인은 장로원주인 추원도일 이모수와 접전을 벌이면서 무림의 절예들을 유감없이 발휘하고 있었다. 또한 보타신니와 보타문의 여섯 장로는 서로 긴밀한 간격을 유지하며 묵혈마검(墨血魔劍) 종두원(鍾 荳原)과 추미광룡(追尾狂龍) 오수육(吳守育) 장로 및 다른 두 명의 장로 들와 대결을 펼쳐 나갔다.

호열이 보기에 비록 칠 대 사의 접전이었지만 위태위태해 보였다. 그나마 여섯 명의 장로가 절진을 형성하며 외곽의 공격을 방어하고, 보 타신니가 중심에서 장로들의 취약한 곳을 보완하고 있어서 마교의 장 로들 중 몇 명이 합세를 하지 않는 한 승리는 하지 못해도 충분히 버틸 수 있을 것 같았다.

이러한 것은 무당과 점창파, 그리고 엽씨검문의 다른 장로들 역시 마찬가지였다. 무당은 일곱 명의 장로들이 진무칠절진(眞武七絕陣)을 구축하며 열 명의 장로들을 상대하고 있었고, 점창파와 엽씨검문은 유 운신검(流雲神劍) 정검(丁劍)과 소검왕(小劍王) 엽천강(葉天剛)이 주축 이 되어 장로들과 함께 흑마단의 공격을 별 무리 없이 막아냈다.

이제 남은 것은 호열과 조 검주, 그리고 아직 미동을 보이지 않고 있 는 보타문의 젊은 여승뿐이었다. 또한 마교 내에서도 아직 움직이지 않고 있는 사람들이 있었는데, 매 교주와 원로원주인 설공신 및 설공신 과 나란히 서 있는 세 명의 중년인들이었다.

이들 여덟 명은 급박하게 돌아가는 주변 상황과는 어울리지 않는 모 습으로 처음 서 있던 그 자리에 그냥 서 있을 뿐, 자신들 바로 옆에 검 세가 이어져도 일체의 다른 움직임을 보이지 않고 있었다. 이따금씩 호열과 매 교주의 눈이 마주쳤지만, 매 교주는 호열에게 신경 쓰지 않 고 그저 주변의 상황이 어떻게 돌아가는지 관망하는 자세로 바라보고 있을 뿐이었다.

이에 호열은 매 교주에게 주었던 시선을 거두고서는 자신과 이 장 정도 떨어진 곳에 조용히 서 있는 여승을 바라보았다. 나이는 이십대 초반으로 보이는데, 자세히 보니 이목구비가 뚜렷한 것이 불가가 귀하지 않았다면 당대의 미인으로 추앙받을 수 있을 정도로 미모가 빼어나 보였다. 그러나 이러한 것은 접어두고서라도 호열은 왜 브타신니와 함께 움직이지 않는지 궁금증이 일었다. 그러나 그런 궁금증은 마교의 원로원주인 설공신으로 인해 풀릴 수 있었다.

설공신은 아직 움직이지 않고 있는 그녀에게 다가가기 시작했다. 호열은 잠시 설공신의 앞을 가로막을까 생각해 보았지만, 젊은 여승의 몸에서 풍기는 기도가 연정 장문인이나 조 검주와 비교해도 그리 낮지 않음을 알고는 그냥 지켜보자는 판단을 내렸다.

'내가 그동안 주변 사람들에게 신경을 쓰지 않았던 모양이구먼. 이곳에 조 검주 못지않은 여고수가 있다는 것을 이제야 알게 되다니. 흠.'

"그대가 당대의 검후인가?"

"그렇습니다, 관세음보살……."

'응? 저 여승이 정말 검후였단 말인가?'

호열은 설공신의 물음에 서슴없이 자신의 신분을 밝힌 여승을 놀란 눈으로 바라보았다. 조 검주와 비교했을 때 어느 정도 예상은 하고 있었지만, 막상 직접 확인하게 되자 새삼스럽다는 듯 여승을 다시 한 번 쳐다보게 되었다.

"확실히 검왕보다는 검후의 전설이 우의를 점할 만하구건. 확실히 달라."

"그렇게 보아주시니 감사합니다."

젊은 여승은 설 원주의 말에 깊숙이 합장을 하며 예를 취해 보였다.

아직 상대가 누구인지 모르지만, 마교의 교주로부터 공경받을 수 있는 인물로부터 검왕보다 검후의 전설이 인정받았다는 것은 충분히 고마움을 표시할 만한 일이었다.

"나는 원로원의 원주 직을 맡고 있는 설공신이라 하네. 마교 내에서는 한때 한성검주란 칭호를 썼었네."

"그렇군요."

여승의 대답은 짧고도 간결했다. 하지만 설공신은 그러한 것을 나무랄 생각은 없었다. 외모로 보아 아직 어린 처녀였지만, 불가에 귀의한 여승이기에 아무리 자신이 연장자라고 해도 그러한 것을 탓할 수는 없었던 것이다. 아니, 오히려 더욱 친근한 미소로 젊은 여승을 바라보았다.

"어린 나이에 불가에 귀의한 모양이구먼. 실례가 되지 않는다면 방명을 물어보아도 괜찮겠는가?"

"……."

"허허, 다른 뜻이 있는 것은 아니네. 그냥……."

"나영미(羅永媄)라 합니다."

"나영미라… 나씨란 말이군. 나영미라……. 허허, 참으로 미모만큼이나 고운 이름이로구먼."

설 원주는 검후 나영미의 이름을 듣고서는 고개를 끄덕이며 흡족한 미소를 지었다.

'이곳에서 넷째의 그림자를 보게 되다니, 세상일이란 정말 모를 일이로군. 흐으음.'

설공신은 나영미란 이름을 되새기게 되자 오래전, 정확히 이십일 년 전 자신의 곁을 떠났던 넷째 아우 뇌격마검(雷擊魔劍) 나대철(羅大喆)을 떠올릴 수 있었다. 그러고 보니 나영미란 이름도 자신이 지어준 것이란 것도 떠올랐다. 그에 다시 한 번 검후의 얼굴로 자연스럽게 시선이 가게 되었다.

'이 아이가 그때 그 아이인가 보구먼. 그런데 어떻게 보타문에 귀의하게 되었단 말인가? 그렇다면 넷째는……?'

설공신이 잠깐 딴생각을 하며 깊은 상념에 빠져 있는 동안, 검후 나영미는 천천히 수중의 검을 뽑아 들었다.

스르르르릉~

'응?'

피부를 찌르는 듯한 예기와 함께 검이 뽑혀지는 소리가 들리자, 깊은 상념에 빠져 있던 설공신의 정신은 어느새 현실로 돌아와 있었다.

"허허, 역시 검후인가? 그렇다면 어디 나와 한번 검을 부딪쳐 보겠는가?"

"……."

설공신의 질문에 나영미는 대답 대신에 수중의 검을 살짝 지면을 향하게 하고서는 조금씩 공력을 검신에 주입하였다. 이미 그것으로 설공신의 질문에 대답을 한 것이나 진배없었다.

설공신은 검에 공력이 주입되는 것을 느끼며 뒤로 두 걸음 물러나서는 역시 수중의 한성검(寒星劍)을 뽑아 들었다.

이미 두 사람 간에는 말이 필요없었다. 모든 것은 이제 두 사람의 검이 대신할 뿐이었다.

호열은 갑자기 변한 두 사람의 분위기에 따라 자연스럽게 시선이 옮겨졌다. 하지만 그러한 것은 오래 지속되지 못했다. 어느새 매 교주 뒤에 서 있던 세 명의 중년인이 호열과 조 검주가 있는 곳으로 걸어오고 있었기 때문이다.

"어찌 된 일인지 자네들만 검을 뽑지 않았더군. 우리들 세 명이 한꺼번에 올 필요도 없었겠지만, 그렇지 않으면 오랜만에 세상에 나온 보람이 없지 않겠는가."

"그러게 말이야. 살살해 줄 테니 한번 용을 써보게."

"주군, 제가 상대하겠습니다."

"그렇게 하게."

조 검주는 호열의 옆에 있다가 세 명의 원로가 다가오자 호열의 앞을 막아서며 호열을 향해 부복하며 말했다. 이에 세 명의 원로는 자신들의 생각과 다른 행동을 보이는 조 검주와 호열을 이상한 눈초리로 바라보았다. 그러나 누가 먼저 나오든 크게 상관없다고 생각했는지 세 명의 원로는 잠시 서로의 얼굴을 쳐다보다가 조 검주를 향해 한 명이 앞으로 나섰다.

"훗훗! 주종 관계든 어떻든 먼저 죽겠다고 하니 내가 대신 그 소원을 들어주지. 나는 구음마제(九陰魔帝) 하점도(河点度)라 한다."

"나는 조재현(趙齋峴)이라 한다."

"조재현? 별호는 없느냐?"

"철혈검주(鐵血劍主)라 한다."

"아～ 그럼 뒤에 서 있는 자가 철혈검문의 문주인가 보군. 뭐, 강호에 나온 후로 소문은 몇 번 들어보았다. 생각보다 좋은 수하를 곁에 두고 있었군. 그래서 철혈검문이 그토록 소문이 자자했던가?"

하점도는 조 검주의 별호를 통해 호열이 철혈검문의 문주라는 것을 알 수 있었다. 그러나 별로 신경 쓰지 않았다. 자신의 눈에는 호열보다 자신을 가로막고 있는 조 검주가 더 눈에 들어왔기 때문이다.

"흥! 감히 어줍잖은 입을 가지고 주군을 들먹이다니! 받아라!"

"뭐라? 좋다! 어디, 얼마다 실력이 좋은지 보자! 허엇!"

조 검주는 천도신행보(天道神涔步)로 빠르게 하점도의 가슴으로 돌진하면서 천도선검(天道仙劍)의 일초인 천도행(天道行)을 시전했다. 신속하고 빠른 움직임이었지만, 조 검주의 손에서 빛을 발하기 시작한 검은 하점도의 전신을 수십 조각으로 분리하고 있었다.

그러나 하점도 역시 마교의 원로답게 뒤로 빠르게 움직였다가 옆으로 미끄러지듯 움직이며 조 검주의 검세를 살짝 피했다. 그러나 조 검주의 검은 집요하게 하점도의 목을 노리고 움직였다. 마치 독사의 혓바닥처럼 영활하기가 이루 말할 수 없을 정도였다.

"이, 이런! 혈응조(血鷹爪)!"

선수를 빼앗긴 하점도는 좀처럼 조 검주의 검에서 벗어날 수가 없었다. 별다른 생각 없이 조 검주를 맞이하려고 생각했다가 큰 곤욕을 치르게 된 것이다. 하지만 마냥 뒤로 물러설 수 없는 상황이라, 하점도는 조 검주의 검로를 다른 곳으로 빗겨나게 하기 위해서 좀처럼 쓰지 않는 혈응조를 시전했다.

깡! 까강!

"흥! 그렇게 한다고 벗어날 줄 알았느냐! 이것도 받아라!"

"헉! 이, 이런! 어떻게……?"

하점도는 소스라치게 놀랐다. 비록 응급조치로 시전한 혈응조였지만, 그 위력만큼은 하점도 역시 알고 있었기에 조 검주의 검로를 바꿀 수 있다는 믿음이 있었다. 그러나 그런 기대와는 달리 혈응조는 순식간에 파괴되었다. 일반 조공과는 달리 순수 강기로 형성되는 혈응조가 조 검주가 시전한 검로에 마치 무 잘리듯 하면서 하마터면 하점도의 손가락마저 잘려질 뻔한 것이다.

사악~

"큭! 제길! 이런 어이없는……."

하점도는 혈웅조가 깨지면서 왼쪽 어깨에 빈틈을 드러낼 수밖에 없었다. 당연히 이런 기회를 조 검주가 놓칠 리 없었다. 하점도는 자신의 허점을 방비하기도 전에 조 검주의 검이 어깨를 지나치는 것을 그대로 보고 있을 수밖에 없었다.

"헉!"

어깨에 핏줄기가 솟구치면서 그 충격은 고스란히 하점도에게 전해져 움직임을 둔하게 만들었다. 그에 이번엔 오른쪽 옆구리가 비게 되었고, 하점도는 자신의 경험으로서는 도저히 생각할 수도, 그리고 공격할 수도 없는 방향에서 꺾여져 들어오는 검로를 보게 되었다. 어찌할 수 없었다. 보고 있어도 자신의 옆구리를 향해 쇄도해 오는 검을 막을 방법이 없었다. 그에 하점도는 두 눈을 시퍼렇게 뜨고서 검이 움직이는 검로를 바라만 보았다.

조 검주는 하점도의 어깨를 그은 후 바로 옆구리를 향해 검로를 바꾸었다. 거의 수평으로 움직이던 검을 수직도 아닌 사선으로 움직인 것이다. 이제 그 검을 적의 옆구리에 박아 넣기만 하면 되는 것이었다.

"이런! 여기도 있다. 하앗!"

쿠아아앙~

"이런! 이… 하앗……!"

창!

하점도의 옆구리를 향해 검을 내리긋던 조 검주는 갑자기 뒤에서 다가오는 뜨거운 기운을 느꼈다. 초유의 시간이었지만, 조 검주는 하점도에게 향하던 검로의 방향을 결정해야만 했다. 그냥 하점도의 옆구리에 검을 그어서 한 명이라도 회생 불능의 상해를 줄 것인지, 아니면 자신을 덮치는 또 다른 상대를 맞이해야 하는지 결정하지 않으면 안 되었던 것이다.

그러나 조 검주는 하점도로 향하던 검로를 변경할 수밖에 없었다. 검로를 바꾸지 않으면 한 명은 죽일 수 있을지 모르지만, 그렇게 되면 자신 역시 큰 피해를 감수해야만 했기 때문이다. 그에 조 검주는 신형을 얼른 우측으로 돌리면서 검로의 방향을 바꾸어 적의 검을 비껴냈다.

"괜찮으냐?"

"괘, 괜찮습니다, 형님."

하점도는 죽다 살아난 기분이었다. 하지만 자신을 걱정스럽게 바라보고 있는 친형을 향해 얼른 고개를 끄덕여 자신의 안전을 확인시켜 주었다.

하점도를 죽음의 수렁에서 구해준 인물은 다름 아닌 하점도의 친형 천양검왕(天陽劍王) 하겸지(河謙地)이었다.

"흐음, 다행이구나."

하겸지는 동생의 안전을 확인한 후 자신을 향해 검을 겨누고 있는 조 검주를 쳐다보았다.

"그대의 검은 잘 보았다. 실로 날카롭기 그지없더군. 동생이 힘 한 번 제대로 써보지 못하고 황천으로 갈 뻔했으니, 그대의 실력이 뛰어나다는 것은 인정해 주겠다."

"그래서 뭘 어찌할 생각인가? 같이 덤비기라도 하겠단 말인가?"

"그렇다. 어차피 우리는 합벽검진으로 원로 직에 오른 사람들이다. 그동안 합벽검진을 사용할 정도의 인물을 만나보지 못했는데, 오늘 그대를 만남으로서 이십일 년 만에 다시 세상에 선보이게 되었다."

"훗! 말이 많군. 괜히 시간 끌 것 없다. 준비가 되었으면 덤벼라! 하아앗!"

조 검주는 하겸지가 동생인 하점도가 정신을 추스를 수 있는 시간을 벌어주기 위해 잠시 자신과 이야기하고 있다는 것을 알고 있었다. 그에 더 이상 기다리지 않고 하겸지와 하점도를 향해 신형을 날렸다.

"좋다. 간다!"

"오늘 네놈의 목을 취하겠다. 이야압!"

창! 창창! 창! 차아아아앙……!

양강의 기운을 겸비한 하겸지의 검과 음산한 음강의 기운이 짙은 하점도의 검이 서로 융화를 이루기 시작하면서 삽시간에 커다란 검이 조 검주의 앞을 가로막기 시작했다. 하겸지와 하점도는 마치 한 사람처럼 서로 등을 붙이고서 조 검주를 맞이했는데, 그런 그들의 움직임은 도저히 두 명이 움직인다고 생각할 수 없을 정도로 완벽한 합벽검을 구사하고 있었다.

조 검주는 하겸지와 하점도를 한 명의 적으로 간주하며 상대할 수밖에 없었다. 이것은 보통의 합벽검진과는 완전히 차원이 다른 합검이었던 것이다. 더구나 그 성질이 다른 합검이라서 조 검주의 놀라움은 이루 말할 수 없을 정도였다.

그러나 처음과 달리 시간이 흐르면서 조 검주는 마치 물 흐르듯 자신을 향해 무서운 속도와 위력으로 쇄도해 오는 검세를 좌우로 흘리면서 합검을 몰아붙여 갔다. 하지만 쉽게 우위를 점할 정도의 차이를 보이지 못했다. 어느 한쪽이라도 약간의 실수가 있다면 그대로 이승과 작별을 고하는 숨 막히는 접전이 벌어진 것이다.

"훗, 그대는 좋은 수하를 두었구먼."

"……?"

"이제 자네밖에 남은 사람이 없는 것 같은데?"

호열은 조 검주를 쳐다보고 있다가 자신을 향해 천천히 걸어오는 중년인을 향해 시선을 주었다.

"그럼 당신이 나를 상대할 생각인가?"

"내가 아니라 그대가 나를 상대한다는 말이 더욱 이치에 맞지 않겠는가?"

"훗! 과연 당신이 나를 상대할 수 있을까?"

"후후, 그거야 시간이 지나면 알게 되겠지. 그렇지 않은가?"

호열은 삼 장 앞에 멈추어 서서 천천히 검을 뽑고 있는 중년인의 말에 살짝 고개를 끄덕여 보였다.

"그렇겠군."

"그럼 죽기 전에 누가 저승으로 보냈는지 알려주겠네. 나는 음양신마(碧眼神魔) 목지첨(睦趾詹)이라고 하네."

"그대도 원로들 중 한 명인가?"

"그렇네."

"후후, 나는 임호열이라고 한다. 저승에 가거든 철혈검황(鐵血劍皇)이 보냈다고 해라."

"하하, 검황(劍皇)이라… 광오한 별호군. 여하튼 그렇게 하지. 이제 할 말은 다 했는가?"

"그럭저럭."

호열은 자신을 향해 미묘한 미소를 머금고 있는 음양신마 목지첨을 향해 시선을 주면서 천천히 철혈검(鐵血劍)을 뽑아 들었다. 적룡(赤龍)

의 형상이 보석으로 장식된 검집에서 빠져나온 철혈검은 넉 자 길이에 흑색 일변의 묵검(墨劍)이었다. 일견하기에도 장인의 숨결이 고스란히 느낄 수 있는 명검임을 한눈에 알아볼 수 있을 정도였다.

호열은 천천히 철혈검을 가슴과 일자로 들어 올린 후 음양신마 목지침의 두 눈에 시선을 고정시켰다.

'오늘인가? 내 한계를, 내 능력이 어디까지인지를 시험하게 되는 날이?'

이미 돌기 시작한 피의 수레바퀴는 아무도 멈출 수 없는 지점을 향해 치닫고 있었다. 그 정점에 무엇이 있는지 아무도 모르지만, 그러한 것을 생각하는 사람도 이제는 찾을 수 없었다. 그곳에 무엇이 있든, 누가 정점을 향해 가고 있는지 알 수 있을 뿐이었다. 그러나 정점에 누가 우뚝 설 수 있는지는 역시 아무도 몰랐다. 그저 가능성있는 몇몇 사람의 이름을 기억할 뿐이었다.

그러나 무림인 중 그 누구도 생각하지 못했던 한 사람이 드디어 검을 뽑아 들었다. 자의에 의한 것이든 그렇지 않든 이제는 그에게도 상관없었다. 지금은 그저 수레에 함께 동승하게 되었고, 그렇게 돌아가는 피의 수레바퀴에 몸을 맡길 뿐이었다. 멈출 줄 모르는 수레바퀴에…….

『호열지도』 12권으로…